國家社科基金重大委托項目"《子海》整理與研究"成果

山東省社科規劃重大委托項目成果

子海精華編

主編 王承略 聶濟冬

殷芸小說補證

[梁] 殷芸 撰 魏代富 補證

山東人民出版社·濟南

國家一級出版社 全國百佳圖書出版單位

圖書在版編目（CIP）數據

殷芸小說補證/（梁）殷芸撰；魏代富補證. --濟南：
山東人民出版社，2018.2
（子海精華編/王承略，聶濟冬主編）
ISBN 978－7－209－11184－3

Ⅰ.①殷… Ⅱ.①殷… ②魏… Ⅲ.①筆記小說—中
國—南朝時代 Ⅳ.①I242.1

中國版本圖書館CIP數據核字(2017)第300803號

責任編輯：楊雲雲　趙　菲
封面設計：武　斌

殷芸小說補證
［梁］殷芸 撰　魏代富 補證

主管部門　山東出版傳媒股份有限公司
出版發行　山東人民出版社
社　　址　濟南市英雄山路165號
郵　　編　250002
電　　話　總編室（0531）82098914
　　　　　市場部（0531）82098027
網　　址　http：//www. sd－book. com. cn
印　　裝　山東臨沂新華印刷物流集團有限責任公司
經　　銷　新華書店

規　　格　32開（148mm×210mm）
印　　張　9.25
字　　數　230千字
版　　次　2018年2月第1版
印　　次　2018年2月第1次
ISBN　978－7－209－11184－3
定　　價　65.00圓
　　　　　　如有印裝質量問題，請與出版社總編室聯繫調換。

國家社科基金重大委托項目"《子海》整理與研究"成果之一

《子海精華編》

工作委員會

主　　任：樊麗明　王清憲

副 主 任：李建軍　胡金焱　劉致福　張志華

委　　員(按姓氏筆畫排列)：

王　飛　王　偉　王君松　王學典　方　輝　巴金文

邢占軍　杜　福　李平生　李劍峰　吳　臻　胡長青

孫鳳收　陳宏偉　劉丕平　劉洪渭

編纂委員會

學術顧問：安平秋　周勛初　葉國良　林慶彰　池田知久

總 編 纂：鄭傑文(首席專家)　王培源

副總編纂：王承略　劉心明

委　　員(按姓氏筆畫排列)：

王　瑋　王　震　王小婷　王國良　李　梅　李士彪

李玉清　何　永　宋開玉　苗　菁　郝潤華　姜　濤

馬慶洲　秦躍宇　高海安　陳元峰　黃懷信　張　兵

張曉生　單承彬　蔡先金　漆永祥　鄧駿捷　劉　晨

聶濟冬　蘭　翠　竇秀豔

《子海精華編》出版説明

"子海"，即"子書淵海"的簡稱。"《子海》整理與研究"課題係國家社科基金重大委托項目、山東省社科規劃重大委托項目。該課題分《珍本編》《精華編》《研究編》《翻譯編》四個版塊，力圖把子部珍稀文獻、精華文獻進行深層次的整理、研究和譯介，挖掘子部文獻的價值，促進子學研究的發展。

山東大學向來以文史見長。古籍整理與子學研究，是其中的傳統研究方向。"《子海》整理與研究"，是在山東大學前輩學者高亨先生積三十年之力陸續做成的《先秦諸子研究文獻目録》的基础上，由已故著名古籍整理與研究專家董治安先生參與策劃、設計的大型綜合研究課題。課題立項後，得到了宣傳部、教育部、財政部、山東省政府和山東大學的大力支持，學界同仁踴躍參與。《精華編》的整理研究團隊近兩百人，來自海内外四十八所高校和研究機構。在組織管理上，《精華編》努力探索傳統文化研究協同創新的新體制、新機制，現已呈現出活力和實效。

華夏文明是由多元文化構築而成的。中國古代子部典籍，以歷代士人個性化作品的形式,系統性地展示了華夏民族的世界觀和方法論,立體性地反映了中華民族對世界文明發展的貢獻。其中,無論是宏篇大論,還是叢殘小語,都激蕩着歷史的聲音,閃爍着智慧的光芒,構成中國古代思想、藝術、科技和生活方式的主體内容。《精華編》通過對子部最优秀的典籍的整理,一方面擷英取粹,爲華夏文明的傳播提供可靠的資源和文本;另一方面以古鑒今,爲當下社會的發展提供智力支持和精神支撑。並希望進而梳理中華傳統文化的多元結構,繼承中華優秀傳統文化的一貫文脈。

根據漢代以後子學發展和子部典籍的實際情况,參照官私目録的分類與著録,《精華編》選取先秦諸子、儒學、兵家、法家、農家、醫家、曆算、術數、藝術、雜家、小説家、譜録、釋道、類書等十四個類目的要籍幾百種,編爲目録,作爲整理的依據,而在成果展現上則不出現具體的類目。爲統一體例,便於工作,《精華編》編有詳細的《整理細則》,并有簡明的《整理要則》,供整理者遵循使用。

《精華編》整理原則是,對每種子書的整理,突出學術性、資料性和創新性,力求吸納已有的整理成果,推出更具參考價值、更方便閱讀的整理文本。所采用的整理方式,大體有三種:一、部頭較大且前人未曾整理者,采用標點、校勘的方式整理;二、前人曾經標點、校勘者,或采用抽换更好或別具學術特色底本的方式整理,或采用集校、集注的方式整理,或采用校箋、疏證的方式整理,或綜合使用以上方式;三、前人已有較好的注本者,則采用集注、彙評、補正等方式整理。

《精華編》采用五次校審、遞進推動的管理程式,即:一、初校全稿。子海編纂中心組織碩、博研究生,修改文稿錯別字,規範異體字,調整格式,發現並標明校點中的不妥之處。二、初審文稿。子海編纂中心的編纂人員根據情況,解決初校時發現的問題,並判斷書稿的整體質量。三、匿名評審。聘請資深教授通審全稿,全面進行學術把關,消滅硬傷,寫出審稿意見。四、修改文稿。子海編纂中心及時把專家審稿意見反饋給整理者。整理者根據審稿意見修改,做出新文稿。五、終審文稿。待新文稿返回子海編纂中心後,總編纂做最後的學術質量把關。五步程序完成後,將文稿交付出版社。

五次校審的目的是爲了保證學術質量,提高整理水平,減少錯訛硬傷。但校書如掃塵埃落葉,隨掃隨有,《精華編》雖經多道程序嚴加把關,仍難免有錯,懇請方家不吝指教。子海編纂中心將及時總結經驗,吸取教訓,把工作做得更好,以實現課題設計的初衷。

目　録

整理説明

一、關於殷芸生平

　　殷芸（471—529），字灌蔬，陳郡長平（在今河南省周口市西華縣東北十八里）人。性格豪放不羈，於瑣屑細微之事不斤斤計較。然相較於性格闊落、好爲交友之人，其於擇友之時則又謹小慎微，道不同者不相爲謀，故所與皆志趣相投之輩。他從小奮發圖強，博覽群書。當時的著名目録學家何憲（？—492）亦廣覽群書者，《南史》稱其"博涉該通，群籍畢覽，天閣寶秘，人間散逸，無遺漏焉"，可見讀書之多。他見了幼年時的殷芸，是"深相嘆賞"，可推知殷芸讀書亦甚夥，此蓋後來梁武帝敕其寫史之因。殷芸首次出仕，書載在"永明中，爲宜都王行參軍"，"永明中"概是永明五年、六年間，時殷芸十七八歲。天監元年（502），蕭宏被封爲臨川王，四年，奉詔都督南北兖、北徐、青、冀等八州北

討諸軍事，大約在此時①，殷芸轉調於蕭宏麾下，負責軍中
徵召、曉諭等文書之撰寫事宜。天監七年（508），又遷爲通
直散騎侍郎，兼中書通事舍人。

《梁書》載："（天監）十年（511），除通直散騎侍郎，
兼尚書左丞，又兼中書舍人，遷國子博士、昭明太子侍讀。
西中郎豫章王長史，領丹陽尹丞，累遷通直散騎常侍、秘書
監、司徒左長史。"此數次升遷綿延至普通六年（525），時
間長達十五年。史書惟載其官職升降，而於殷芸之具體行迹
則略而不書。但我們可以推測出，殷芸一生最重之二事，皆
發生於此時。首先是文學活動。其時昭明太子蕭統好文學，
《梁書·劉孝綽傳》："時昭明太子好士愛文，孝綽與陳郡殷
芸、吳郡陸倕、琅邪王筠、彭城到洽等，同見賓禮。"又云：
"昭明太子愛文學士，常與筠及劉孝綽、陸倕、到洽、殷芸等
游宴玄圃。太子獨執筠袖、撫孝綽肩而言曰：'所謂左把浮丘
袖，右拍洪崖肩。'其見重如此。筠又與殷芸以方雅見禮
焉。"又《梁書·裴子野傳》："子野與沛國劉顯、南陽劉之
遴、陳郡殷芸、陳留阮孝緒、吳郡顧協、京兆韋棱皆博極群
書，深相賞好，顯尤推重之。"《梁書·王規傳》："敕與陳郡

---

① 《梁書》載其在"天監初，爲西中郎主薄、後軍臨川王記室"，沒有明言其
年代。蕭宏初爲臨川王，後遷揚州刺史，此前一直與軍務無關，天監四年始涉軍
事。殷芸初次任職爲參軍，此又轉爲記室，應該都是軍事調配的需要，所以我們推
測他至蕭宏麾下，應在天監四年之後。

殷鈞、琅邪王錫、范陽張緬同侍東宮，俱爲昭明太子所禮。"
殷鈞即殷芸。由此可以得知，殷芸與當時著名文人阮孝緒、
裴子野、王筠、陸倕、到洽、王規等皆見重於昭明太子。《梁
書・明山賓傳》專門記載有明山賓死時（520）昭明太子給
殷芸之令，可見殷芸亦深受昭明太子垂青。昭明太子招集麾
下文人編纂《文選》，殷芸很有可能作爲其中之一參與編纂
《文選》。其次是史學活動。梁時修史館隸屬於秘書省，殷芸
在此時任秘書監，奉梁武帝詔令，編修前代史書，《小説》
就是在編修史書過程中，殷芸把一些認爲不可以入正史的内
容編纂在一起而成的。

　　關於殷芸之文學創作，目前所見資料惟有兩則，一是任
昉卒時殷芸所寫《與到溉書》："哲人云亡，儀表長謝。元龜
何寄，指南誰托。"（《全梁文》卷五十四，始見《梁書・任
昉傳》）二是《初學記》卷十五載殷芸《咏舞詩》："斜身含
遠意，頓足有餘情。方知難再得，所以遂傾城。"此二則或是
殷芸爲昭明太子侍讀時所作。加上擇史之餘所輯《小説》，
對於一個博覽群書、涉獵廣博的人來説，所存著作可稱之爲
寡少。之所以出現這種現象，蓋有兩因：一是殷芸雖博覽群
書，然其作品文學性較同時之任昉、阮孝緒爲低，自然爲歷
史洪流所淹没；二是殷芸同時參與《文選》之編纂和史書之
修撰，這兩項活動皆耗時耗力，非須臾所能就，故直接影響
其文學創作。

在侍奉昭明太子十餘年之後，普通六年（525），殷芸直東宫學士省。大通三年（531）卒，時年五十九。

殷芸其人，蓋承繼孔子不語怪力亂神之思想。劉知幾《史通·雜説》篇云：“劉敬叔《異苑》稱：‘晋武庫失火，漢高祖斬蛇劍穿屋而飛。’其言不經，致梁武帝令殷芸編諸《小説》。”從輯本來看，衆多鬼神報應之事殷芸皆録之，則此等文字，於殷芸看來，皆屬於“其言不經”之類。又如第64條漢袁安之事，見於今本《後漢書》，然殷芸亦不録，可見相比於同時代之史學家，殷芸尚且比較理性。

二、關於《殷芸小説》

《隋書·經籍志》云：“《小説》十卷。梁武帝敕安右長史殷芸撰，梁目三十卷。”姚振宗《隋書經籍志考證》説：“本志注云‘梁目三十卷’，其分卷當亦如此。此十卷蓋合并，非關缺失。”此三十卷本和十卷本所記内容多相同，並非三十卷較十卷多出衆多。蓋殷芸初次編目，定爲三十卷，後人重編，見其過於瑣碎，且許多卷之篇名相重複，故合併爲十卷。即假如《秦漢魏晋宋諸帝》後來爲一卷，在梁代的時候可能爲三卷。其後《舊唐書·經籍志》《新唐書·藝文志》都著録爲十卷，則此三十卷本唐時已不見存。

此書至宋代尚存，《宋史·藝文志》《崇文總目》《郡齋讀書志》《直齋書録解題》都著録爲十卷。至於此書亡佚時間，余嘉錫説：“陶宗儀撰《説郛》，引用尚夥，實自原書録出，知元末猶存。明文淵閣儲藏至富，而目中竟無此書，疑其亡於明初也。”認爲此書亡於明初，恐有待商榷。首先，吾所輯《小説》佚文，有兩條出自元陰幼遇《韻府群玉》，兩條記載均爲唐朝之事，皆非《小説》文，一條出自唐盧言《盧氏雜説》，一條出自五代金利用《玉溪編事》。陰幼遇早於陶宗儀，假如其時《小説》尚存，似不能有此之誤。其次，我們發現《小説》佚文僅見於元以後者，惟陶宗儀一家，元人著述雖少，似亦不能有此狀況。再次，第48條載秦始皇事，其末段“或云”以下，《開元占經》《太平御覽》引《異苑》皆無。此使我憶其舊輯郭璞《洞林》之時，即發現陶宗儀《説郛》極不可信，有誤收之內容。其所輯《洞林》八條，真正爲《洞林》文者，只有四條半。之所以有半條，是因爲此半條與真正《洞林》文聯在一起，陶氏誤收。第48條也應該是這種情況，後半段“或云”以下不是《小説》文，陶氏收録時見兩段義相近，因一併録入。假如陶氏所見爲全本《小説》，不當有此誤。最後，《小説》原本是下有注文，云所録內容出自某書。但並非原文抄録，往往有節引。本書中有許多條目同時見於宋代《紺珠集》《續談助》《太平廣記》《類説》中，文字往往相近，假如是宋人在抄録《小説》時又有節引，不可能節引內容完全相同，只能是宋人所見《小説》之原貌即如此。然在《説郛》中，往往與宋人所引不同，而多與《小説》原注出自某書之內容相似，此足證並非陶宗儀見到了比宋人更早之本，而是陶宗儀録入之時據原書修改。若陶氏所見《小説》全本，知其原貌如此，恐不會隨意修改。綜上，我們認爲陶宗儀《説郛》中《小説》乃輯本，而非摘録本。《小説》在元代已經亡佚，而非余嘉錫所云明初。馬端臨《文獻通考》中所云得《小説》十卷，並非實見，而是述《小説》之原貌。

至明代，晁瑮《寶文堂書目》著録有《殷芸小説》，未言卷數。其後祁承爣《澹生堂藏書目》云："《殷芸小説》二卷，一冊。"晁氏所見，或也是兩卷本《小説》。至於爲輯本抑或是原書存兩卷，則無從得知。迨清，錢曾《述古堂藏書目》著録"《殷芸小説》一卷"，從佚名《唐書藝文志注》"今存《續談助》中一卷"來看，概亦是自《續談助》抽出，單獨列爲一卷。近人輯本有魯迅、余嘉錫、唐蘭、周楞伽輯本，關於此四種輯本情況，我們在下節中加以説明。

《小説》三十卷本的原貌我們已經不能知，但十卷本的還是可以從諸書所引中略可推知。關於《小説》每卷的標題，主要有三種説法，俱本《續談助》。《續談助》惟列九卷，分別是：秦漢晋宋諸帝，周六國前漢人，後漢人物，後漢人物，魏世（世，原誤作"上"）人，吳蜀人，晋江左人，晋江左人，晋江左人。姚振宗據此推論十卷書目爲：第一卷曰秦漢晉宋諸帝，第二卷周六國前漢人物，第三、四卷後漢人物，第五、六卷魏人物，第七卷吳蜀人物，第八、九、十卷並晉中朝江左人物。將《續談助》中的一卷"魏世人"分爲兩卷。余嘉錫十卷篇目爲：第一卷秦漢魏晉宋諸帝，第二卷周六國前漢人，第三、四卷後漢人，第五卷魏世人，第六卷吳蜀人，第七、八、九卷晉江左人，第十卷宋人。因《小説》中有宋傅亮一條，在《續談助》九卷本的基礎上補了宋人。唐《輯》、周《輯》又因有齊王鏗事，補第十卷爲宋齊人。《直齋書録解題》明云"其序事止宋初"，則《小説》不涉及齊人物，唐、周二家輯本不足信。《續談助》所列首卷標題云至宋帝，加之有傅亮一條，表明《小説》尚有齊事，故姚、余二家之説，余嘉錫更得其原貌。又，《直齋書録解題》云："此書首題'秦漢魏晉宋諸帝'注云：'齊殷芸撰。'"可知在首卷標題之下，十卷本《小説》還有"齊殷芸撰"四字。

三、《殷芸小説》諸家輯本

前面説過，在清初有《小説》一卷本，僅從《續談助》中抄出，嚴格意義上來説尚不能謂之輯本。真正第一個輯本應是魯迅先生《古小説鈎沉》（《魯迅全集》第八卷，上海人民出版社，1973年）中所輯《小説》。以下簡稱《鈎沉》），共輯録134條。據魯迅致許壽裳書信，時間是在1910年。魯迅輯《小説》是和其《裴子語林》《郭子》《笑林》諸書一併而輯，應該是先有輯古小説之想法，在翻檢諸書中，將屬於小説之文字皆摘録出來，然後各歸其類。相比於後來諸家，並非有意於輯《小説》，故其不足之處也很明顯，一是所輯條目較少，二是忽略對原文校勘。但魯迅先生首創之功，亦足爲後人所欽敬。

續而輯佚者爲余嘉錫先生，具體始於何時，余先生未有明言，只説是在 1942 年輯佚加考據才完成。據余先生在《殷芸小説輯證》（《余嘉錫文史論集》，岳麓書社，1997 年。以下簡稱余《輯》）序言中所説：余先生首先發現《廣記》《續談助》《紺珠集》《類説》《説郛》諸書皆載衆多《小説》内容，故認爲可以輯佚成書。恰其長女專攻文學，爲同時培養長女搜集、考證文獻之功，命其將上五書所載，輯爲一編。然後又廣泛搜羅其他書中所載《小説》，共輯 154 事。余先生又略加考證，根據《續談助》所載定爲十卷。輯本初成，將行繕寫，忽聞《古小説鈎沉》已經雕版，於是輾轉求獲，據魯迅所輯補充一條，方才完書。余先生此書每條末之考證極見功夫，讀來不得不令人佩服。雖偶有疏漏，亦無傷大雅。

再爲輯佚者爲唐蘭先生，其《輯殷芸小説並跋》（以下簡稱唐《輯》）發表在《周叔弢先生六十生日紀念論文集》上。據唐先生書跋，是書在 1950 年完稿，唐先生在此之前，只見魯迅《古小説鈎沉》中輯的《小説》，並不知道余嘉錫先生也曾輯是書。唐先生共輯 151 條，比余先生的少了 4 條，也没有考證，總體來说，未出余《輯》之上。《周叔弢先生六十生日紀念論文集》也收有余先生《四庫提要辯證未刊稿（〈東觀漢記〉）》一文，余先生似應見過唐《輯》，未知轉告唐先生自己嘗輯是書否。

三者之外，目前最流行輯本乃周楞伽先生《殷芸小説輯注》（上海古籍出版社，1984 年。以下簡稱周《輯》），周先生是在魯迅、余嘉錫兩人輯本基礎上所作，共有 163 條。周先生之貢獻主要是在於對《小説》所做之注，對人們解讀原文有很大裨益。但是本缺憾亦較多，主要表現在以下幾個方面：

首先，周《輯》所列的 163 條，乍看比余《輯》多 8 條，然真正屬於《小説》者只有一條，即 132 條。其 39 條取自《鈎沉》，其 87、88 條將《鈎沉》、余《輯》中一條分爲兩條。其 163 條余嘉錫先生已經辯證，認爲不屬於《小説》。其 42、45、46、47 條取自余先生《讀已見書齋隨筆》，而此篇文章同樣刊在《余嘉錫文集》里。這其中 42、45、46 條諸書皆無言出自《殷芸小説》，惟見於《衝波傳》，47 條楊慎《升庵集》《玉芝堂談薈》等只云出自《小説》，未言出自《殷芸小説》。周先生或亦知此數條未必爲《小説》文，故前言中稱"借此以存其全"，但此乃輯《殷芸小説》，而非輯《衝波傳》，若有不審者，則或誤以爲本即《小説》文。譬如

第45條，近年來諸多論文引用，即誤言出自《殷芸小說》。

其次，周《輯》多有隨意增補文字之嫌。《殷芸小說》下有注云出自某書，周先生往往據此書增補《小說》，此種現象在周《輯》中隨處可見。然此等做法未必妥當，一是殷芸編纂《小說》時，未必照錄原文。前面已言，《小說》中文字同時見於《續談助》《類說》《紺珠集》，三書中文字往往相近，而與所引之書差距卻較遠，說明殷芸非照抄直錄，而是本身有節引。二是《小說》中所引用《世說》《異苑》《語林》已非最早版本，乃經後人改易，不可據此以訂正文字。如第21條末句原作"身不極也"，周先生乃據《古文苑》補"勞"字，作"身不極勞也"，蓋以"極"爲"極爲"之"極"。然此處"極"本身即是"勞"義，《古文苑》中"勞"字很可能爲後人不知"極"有"勞"義而妄補。又如第30條"晝動夜靜故也"，周氏據今本《世說》補"晝動"二字，以其《續談助》原注出《世說》也，但余氏《世說新語箋疏》云唐寫本《世說》本無此二字，《藝文類聚》《太平御覽》引《世說》也無此二字，此二字恐是後人所加。故在句義通順前提下，不應妄補文字，出校即可。

再次，周《輯》所用底本多有不恰當者。和上條隨意增補文字一樣，周先生甚至因《小說》所云出自某書而某書比《小說》文字多，便直接捨棄諸書所引《小說》，而以某書爲底本出校。又或某條相似內容見於它書，即便未言出自《小説》，但因爲字數比較多，周先生亦不論其是否爲《小説》文，而率意用作底本。如第 159 條，見《續談助》，注云："出《別傳》。"余《輯》云："此事見《幽明録》，較《續談助》爲詳。"周先生因以《幽明録》爲底本進行校注，如此，實是校《幽明録》，而非校《殷芸小説》也。

另外，周《輯》中諸多注釋值得商榷。此點王達津的《〈殷芸小説〉輯注獻疑》（原載《古籍整理情況簡報》，後收入《王達津文粹》，南開大學出版社 2006 年版）、范崇高《〈殷芸小説〉校注瑣議》（見《重慶師範大學學報》2005 年第 1 期，是文收入其《中古小説校釋集稿》）已經指出許多，不再贅述。

除以上幾點外，周《輯》中所存問題尚多，比如其解説往往多揣測之語，難以令人信服。又如以魯迅《古小説鈎沉》所輯《郭子》《語林》校《小説》，而其書魯迅實是從《小説》之注中輯出，本爲一文，不可據以參校。因周《輯》中所存問題過多，故很有對此重新整理之必要。因此筆者在周《輯》基礎上，删除其中簡單注釋，對每一條進行補注、説明，以使人們在引用是書時，避免裏面錯誤。同時對與《小説》所載内容之來源、對後世之影響等諸多方面進行補説，以使人們對此書有更好之瞭解。後生狂簡無畏，或有不諱之辭；才疏學淺，恐出不當之論。前賢時俊，必有足駁吾是、正吾非者，適足以爲吾師也。

凡　例

1. 周《輯》本雖有諸多問題，然是書乃汲取其前魯迅、余氏等輯本的研究成果，又參以己見，詳加注釋，最近出版，影響較大，是目前比較完整的輯本，因仍以上海古籍出版社1984年出的周氏《殷芸小説輯注》爲底本，以便於對近世諸家作統一之品評正誤。本書主要是對周《輯》中的問題進行補正，對周《輯》中未説的問題進行補説。其中有改易、增删之處，皆一一標出。

2. 周《輯》中有些注是借用前人之説而未加説明的，有的是在前人之説的基礎上補説，其中主要借鑑了余嘉錫先生的注。爲了正本清源，如果注文内容相似，我們取最早的；如果注文有異則兼而備之；如果注文有詳略之别，則取最詳細者。

3. 由於項目整理的要求，我們删掉了周《輯》中的簡單注釋，對於難理解或者周解有誤者則保留之。

4. 余《輯》、唐《輯》多采用句中注的形式，爲便於觀覽，引用之時將所注字句一並録出。

5. 我們所據余《輯》、唐《輯》中的標點時有缺誤，周《輯》也偶有之，一並改正，不做説明。

6. 由於有些據以校注的書需要用到多次，如果在"綜説"中提到，在正文中就不再標注卷數；如果只在注文中出現，首引標注卷數，再次引用則但注書名。

7. 余《輯》每卷標題之注不單獨進行疏證，放入此卷首條中。

8. 若它書亦引稱出自《小説》，雖晚出或乃轉引自它書，因其時可能用到更早的版本，因取以參校。若只一書引《小説》，則取它書内容相類者參校。如《小説》稱引自某某書，乃取此書校之。

卷一　秦漢魏晉宋諸帝^①

1　齊鬲城東有蒲臺，^②秦始皇所頓處。時始皇在臺下縈蒲繫馬，^③至今蒲生猶縈，^④俗謂之始皇蒲。^⑤

【疏證】

① 余《輯》：“《書録解題》十一云：‘此書首題秦漢魏晉宋諸帝’，知原本標題如此。”按：《鈎沉》不分卷數，唐《輯》分卷而不立篇目，余氏據《直齋書録解題》而補之，周氏效之。《續談助》作“秦漢晉宋諸帝”，無“魏”字。

② 此條又見宋楊伯巖《六帖補》卷十、《佩文韻府》卷五十一之一，任昉《述異記》卷下亦載録。唐《輯》：“鬲，《紺珠集》作‘歷’，同音通借，《廣記》作‘南’誤。”周《輯》：“《廣記》作‘南城’，《紺珠集》作‘歷城’，均誤。鬲城，古縣名，在今山東省平原縣西北。蒲臺，臺名，在今山東省博興縣。”按：《六帖補》《佩文韻府》亦皆作“歷”，《六帖補》自注：“一作‘鬲’。”二字古通，《史記·滑稽列傳》：“銅歷爲棺。”《索隱》：“歷即釜鬲也。”《類篇》：“鎘，或作‘鬲’。”皆二字古通之證。然齊本有歷城，在今山東濟南市，若作“歷”，易俾人迷惑。且《水經注》引《三齊略記》既作“鬲”，則本作“鬲”爲上。作“歷”者，蓋二字音近而訛。

③ 以上兩句，《紺珠集》《佩文韻府》止作“世傳秦始皇嘗過此，

1

縈蒲以繫馬”，嘗，《類説》無，《六帖補》作“常”，二字古通。《藝文類聚》卷八十、卷八十九、《太平御覽》卷三百五十、卷九百五十七引《三齊略記》同《廣記》，《述異記》作“秦始皇至此臺下”，此處既用《三齊略記》，則《廣記》所載爲上。

④ 唐《輯》：“縈，《廣記》作‘榮’。”按：《述異記》作“縈紆”，《元和郡縣志》卷二十一作“縈結”，《輿地廣記》卷十作“縈繫”，則是環繞意，作“榮”字誤。

⑤ 余《輯》：“《廣記》引至此止，《紺珠集》《類説》皆無此句。”唐《輯》：“《廣記》作‘秦始皇’。”

【綜説】

此條《説郛》云出《三齊要略》，周《輯》：“余嘉錫謂：‘《三齊要略》不見著録，《水經》河水《注》引蒲臺事，濡水《注》引石橋事，皆作《三齊要略》。’是。《三齊要略》係伏琛撰，其書至清初猶存。《淵鑒類函》居處部臺二引《三齊要略》云：‘鬲城東南有蒲臺，高八丈。秦始皇東游海上，於臺下縈蒲繫馬。夾道數百步，到今蒲生縈委，猶若有繫狀。蒲似水楊而勁，堪爲箭。’較此條及《水經》河水《注》引蒲臺事爲詳細。”按：殷芸編著《小説》之時，因纂録自它書，未必抄録原文。況殷芸所見之本，或本當如此，它書或有後人增益之語。以此論之，凡原書條目仍得睹見者，但可據以校勘文字之正誤，不可以此刪補其異同。以下所論，皆仿此，不再説明。又周氏因《淵鑒類函》嘗引《三齊要略》，而云《三齊要略》清初猶存，是不知《淵鑒類函》亦多據它書轉引也，周説誤。

始皇作石橋，①欲過海觀日出處。②時有神人能驅石下海，③石去不速，神人輒鞭之，皆流血，至今悉赤。④陽城十一山石盡起東傾，⑤如相隨狀，⑥至今猶爾。

【疏證】

① 始皇，《類説》作“秦始皇”。

②《會稽三賦注》《紺珠集》《類説》皆無“處”字。

③ 周《輯》：“下，《會稽三賦注》《類説》作‘入’。”按：《紺珠集》亦作“入”。《藝文類聚》卷七十九、《太平御覽》卷八百八十二、《太平廣記》卷二百九十一等引《三齊略記》皆作“下”。

④ 周《輯》：“‘石去’四句，《紺珠集》作‘神人鞭之流血，石皆赤色’。《類説》作‘去不速，鞭之，石皆赤色。’”按：《會稽三賦注》無此四句。

⑤ 周《輯》：“陽城，《會稽三賦注》作‘城陽’，是。陽城，楚地。城陽，即漢文帝封朱虛侯劉章爲城陽王之地，後漢置郡，治所在今山東莒縣。十一山石盡起，《紺珠集》《類説》作‘等山皆起’，《會稽三賦注》作‘等山皆起立’。”按：周説是，作“陽城”者，蓋以習聞陽城之險而誤。《左傳·昭公四年》：“四岳、三塗、陽城、太室、荆山，九州之險也。”晏殊《類要》卷三十二庾信《哀江南賦》注引《尸子》：“比干諫紂曰：‘今日之危，無異登陽城而避險，卧砥柱而求安。’”又《會稽三賦注》引“城陽”上有“其”字。

⑥ 周《輯》：“‘如相’句，《紺珠集》《會稽三賦注》《類説》作‘有趨赴之狀’，並均引至此止。”

秦皇於海中作石橋，或云：“非人功所建，海神爲之豎柱。”始皇感其惠，乃通敬於神，求與相見。神云：“我形醜，約莫圖我形，當與帝會。”始皇乃從石橋入海三十里，與神人相見。左右巧者潛以腳畫神形。神怒曰："速去。"即轉馬，前腳猶立，後腳隨崩，僅得登岸。①

【疏證】

① 此條不見它書轉引。《藝文類聚》卷七十九、《太平御覽》卷八百八十二引皆作《三齊略記》，與上條同處，中間以"又曰"隔開。

【綜説】

以上三條，《鈎沉》、余《輯》、唐《輯》據《説郛》皆合爲一條。周《輯》："此條所叙之事有三，《説郛》合而爲一，似未盡善，今析而爲三，以清眉目。《説郛》原注出《三齊要略》。"按：周説是。此三條，首條、次條同見於《紺珠集》《類説》等，皆未聯綴。三條它書不見轉引，然《類聚》《御覽》引《三齊略記》皆以"又曰"隔開，明是別爲一條，不當混同。

又次條諸家皆用《説郛》，然《紺珠集》《會稽三賦注》《類説》早出，文字相近，而《説郛》所載則比此三家相差較遠。且陶宗儀之時，《殷芸小説》是否尚存難以確知。故此處當用《紺珠集》所載爲上。

以上三條，蓋皆據秦始皇東行求仙附會而成，《史記·秦始皇本紀》載始皇二十八年，琅琊刻石既成，"齊人徐市等上書，言海中有三神山，名曰蓬萊、方丈、瀛洲，仙人居之。請得齋戒，與童男女求之。於是遣徐市發童男女數千人，入海求仙人。"至三十二年，"始皇之碣石，使燕人盧生求羨門、高誓。"既刻石，"因使韓終、侯公、石生求仙人不死之藥。"秦始皇游仙之事，兩漢之時，史學家、經學家多持批判態度，《漢書·郊祀志上》："秦始皇至海上，則方士爭言之。始皇如恐弗及，使人齎童男女入海求之，船交海中，皆以風爲解。"此史學家之斥言。《鹽鐵論·散不足》：“秦始皇覽怪迂、信機祥，使盧生求羨門高、徐巿等入海求不死之藥。當此之時，燕齊之士釋鋤耒，爭言神仙方士。於是趣咸陽者以千數，言仙人食金飲珠，然後壽與天地相保。於是數巡狩五嶽、濱海之館以求神仙蓬萊之屬。”此經學家之斥言。然世人皆好怪，雖一二有獨立之思想，不爲妄說所惑者，亦不能轉捩衆人之觀念。於是好怪之士，爭造迂怪詭譎之語以欺世人。世人亦好奇其所聞，寧信其謾誕誣罔，不取其質直平實。故鄉俗風物之傳說托於超自然之上者，不可勝計矣。正史以爲秦始皇不得見仙人，此處不止云得見，且爲始皇助力造橋，與世說不同，此蓋殷芸收入《小說》之由。

2　秦始皇時，長人十二，見於臨洮，皆夷服，於是鑄銅爲十二枚以寫之。蓋漢十二帝之瑞也。

【綜説】

周《輯》：“此條僅見《太平廣記》一三五。”按：此事乃合諸多事成之。長人最早見於《春秋》，《左傳·文公十一年》：“冬十月甲午，敗狄於鹹，獲長狄僑如。”杜預注：“僑如，鄋瞞國之君，蓋長三丈。”鑄金人十二之説首見賈誼《過秦論》：“殺豪傑，收天下之兵，聚之咸陽。銷鋒鑄鐻，以爲金人十二，以弱黔首之民。”《史記·秦始皇本紀》同。《漢書·五行志下之上》云：“《史記》：‘秦始皇帝二十六年，有大人，長五丈，足履六尺，皆夷狄服，凡十二人，見於臨洮。天戒若曰：勿大爲夷狄之行，將受其禍。是歲始皇初并六國，反喜以爲瑞，銷天下兵器，作金人十二以象之。”則至少西漢以前，長人與鑄金人之説已合而爲一。十二帝之瑞説，《後漢書·公孫述傳》云：“述亦好爲符命鬼神瑞應之事，妄引讖記。以爲孔子作《春秋》爲赤制，而斷十二公，明漢至平帝十二代，曆數盡也，一姓不得再受命。”此公孫述僞造其説，以爲王莽篡漢立説。而東漢劉秀自認漢室正統，必不能承認漢十二帝之説。以此論之，此條之形成，必在漢後。《華陽國志・巴志》載："秦始皇時有長人二十五丈，見宕渠。秦史胡母敬曰：'是後五百年外必有異人爲大人者。'及雄之王祖世出自宕渠，有識者皆以爲應之。"宕渠在今四川渠縣東北，此亦附會之事，爲合其説而改臨洮爲宕渠。

　　3　滎陽板渚津南原上有厄井，[①]父老云：[②]"漢高祖曾避項羽於此井，[③]爲雙鳩所救。故俗語云：'漢祖避時難，隱身厄井間。雙鳩集其上，誰知下有人？'漢朝每正旦輒放雙鳩，起於此。[④]"

【疏證】

　　① 周《輯》："板渚津，在今河南省滎陽縣東北。酈道元《水經注》：'河水東經板城北，有津，謂之板城渚口。'南，原無，據《廣記》補。"按：有"南"字爲上，《初學記》卷七引戴延之《西征記》有"南"字。

　　② 周《輯》："父老，古時官職，選民衆中年高有德者爲之。又，古時對一般老年人亦尊稱爲父老。"按：此處以後説爲上。

　　③ 周《輯》："井，原作'井也'，據《廣記》刪。"

　　④ 周《輯》："起，原作'或起'，據《廣記》刪。"今人范崇高《〈殷芸小説〉校注瑣議》（見《重慶師範大學學報》2005 年第 1 期，下不再具體標識出處）云："'或起於此'是對漢代正旦放雙鳩習俗起源的推測，這種句式在本書中並非僅此一見，如卷二（36 條）記晉文公焚林求介子推不得，遂伐樹製屐事，最後也推測説：'足下之言，或起於此。''將'與'或'都是'或許'義，兩處意義相同。又有'蓋

起（於）此'，句式也同，如《太平廣記》卷一九七'束皙'引《續齊諧記》：'漢章帝時，平原徐肇以三月初生三女，至三日而俱亡，一村以爲怪。乃相推之水濱盥洗，因流以濫觴。曲水之義，蓋起此也。'故不能據《廣記》把'或'字輕易删去。"按：范説爲上，據下引《列子·説符》，正旦放鳩之習俗古已有之，故此用"或"，不定之辭也。

【綜説】

周《輯》："此條據《説郛》二五，亦見《太平廣記》一三五。惟《説郛》失注書名，《太平御覽》九二一引出《地理志》。《淵鑑類函》地部井二引云出《郡國志》，文字小異，云：'板渚津南有厄井。漢高與楚戰，敗，遁井中。追軍至，見兩鳩從井出，得免厄。'又盧文弨《群書拾補》子部引漢應劭《風俗通》佚文云：'俗説，高祖與項羽戰，敗於京、索間，遁叢薄中。羽追求之，時鳩正集其上，追者以爲必無人，遂得脱。及即位，異此鳥，故作鳩杖以賜老人也。'《水經注》所載與此同，惟較簡。同一事而説法互異，或云遁井中，或云遁叢薄中；或云鳩集其上，或云鳩從井出；其結果則或云正旦放雙鳩，或云賜老人鳩杖。此種參差不同處，正民間傳説之本色。"按：此事《初學記》卷七引作戴延之《西征記》，《事類備要》卷十五、《錦繡萬花谷》卷四、《事文類聚》後集卷四十五皆云出《地理志》，《天中記》卷四稱出自《齊略》，即《三齊要略》，《類雋》卷三稱出《漢紀》，盧文弨《群書拾補》引《風俗通》乃據《藝文類聚》卷九十二，文字略有小異。

正旦放鳩事，首見於《列子·説符》："邯鄲之民以正月之旦獻鳩於簡子。簡子大悦，厚賞之。客問其故。簡子曰：'正旦放生，示有恩也。'"溯源放生之事，蓋本於商湯，《吕氏春秋·異用》載商湯見祝網者置四面，乃命其去一面，南國之人聞之，乃曰："湯之德及禽獸矣。"故後世統治者多有效之者，以宣示君王之德。自佛法東傳，宣教人人需持慈悲之心，放生之風，漸靡於天下矣。《藝文類聚》引《風俗通》末爲“作鳩杖以賜老者”，本於周禮，《周官·春官·羅氏》云：“中春，羅春鳥，獻鳩以養國老。”漢循此制，乃有賜鳩杖之説，《漢書·儀禮志》：“仲秋之月，縣道皆案户比民。年始七十者，授之以王杖，餔之糜粥。八十、九十禮有加賜。王杖長九尺，端以鳩鳥爲飾。鳩者，不噎之鳥也，欲老人不噎。”後世因稱鳩爲噎鳩，稱杖爲鳩杖。

漢高祖困於滎陽事，見《史記·高祖本紀》：“（三年）漢王軍滎陽南，築甬道屬之河，以取敖倉。與項羽相距歲餘。項羽數侵奪漢甬道，漢軍乏食，遂圍漢王。漢王請和，割滎陽以西者爲漢。項王不聽。漢王患之，乃用陳平之計，予陳平金四萬斤，以間疏楚君臣。……漢軍絶食，乃夜出女子東門二千餘人，被甲，楚因四面擊之。將軍紀信乃乘王駕，詐爲漢王，誑楚，楚皆呼萬歲，之城東觀，以故漢王得與數十騎出西門遁。”此其本事。然劉邦因鳩而脱困之事來源甚早，《易林·損之家人》：“有人追亡，鳥言所匿，不日而得。”乃反用其事。

其後又有因蜘蛛網得脱一説，明夏樹芳《詞林海錯》卷九引《郡國志》云：“滎陽有厄井，相傳漢祖爲雍齒所追，投匿井中。有蜘蛛結網，蔽其井口，得脱。汲黯爲滎陽守，立神蛛廟祀之。”此説晚出，然影響最大，今世仍多承襲其説，若項城一地傳劉秀避王莽事，烟台一地傳朱元璋避流寇事，萊蕪一地傳馬三彪避追兵事，羅山一地傳周、黨二姓避追兵事，蓋皆據此演繹而成。

4　漢高祖手敕太子云：“吾遭亂世，生不讀書，當秦禁學問，又自喜，[①]謂讀書無所益。[②]洎踐阼以來，時方省書，[③]乃使人知作者之意，[④]追思昔所行多不是。”

【疏證】

①　余《輯》於“不”字下注云：“《古文苑》無以上七字。按文

8

義，‘生不讀書’四字疑當在‘吾遭亂世’之下，此‘不’字衍。”周《輯》：“‘生不’三句，原作‘當秦禁學問，生不讀書，又不自喜’，據《古文苑》改。”按：此處需仍存其舊，不當妄改。《説郛》之義言秦禁學問，使人不得讀書；而於高祖自身，亦不喜讀書，意自可通。《殷芸小説》雖輯自它書，然文字本多不同，若有意不通處，列校記可也，不能據它書率意修正。文獻之輯佚，在於存乎其舊。周氏所輯，多有據它書校改者，下但作標志，不再加説明。

② 余《輯》：“《古文苑》無‘所’字。”此句《經濟類編》卷十五、《西漢文紀》卷一皆引之，不云出處，文作“吾遭亂世，當秦禁學，自喜謂讀書無益”。

③ 周《輯》：“方省，明鈔本《説郛》原空缺，涵芬樓排印本《説郛》空缺處作‘方生’，‘生’字誤，據《古文苑》改正。”

④ 余《輯》：“原誤作‘乃使人知之者作之’，據《古文苑》改正。”周氏從之。王達津《〈殷芸小説輯注〉獻疑》（《王達津文粹》，南開大學出版社，2006年版。下不再具體標識出處）云：“原文係據《論語》‘民可使由之，不可使知之’及‘知之爲知之，不知爲不知，是知也’意，言使自己了解許多道理。與下文‘追思昔所行多不是’相貼切，非不可解。‘作者之意’則很廣泛，反不貼切，當係宋人輯《古文苑》妄改，似不可從。”按：“知之者作之”即知而行之之意，可不必改。

【綜説】

當秦定天下，用丞相李斯之議，焚詩書，禁學問，黎民暨低級之官吏所能接觸者，惟法律條文而已，此即所謂“秦禁學問”也。《漢書·酈食其傳》云“沛公不喜儒，諸客儒冠來者，沛公輒解其冠，溺其中”，此從側面見其“不自喜”也。高祖之重文學，自即位始也，《漢書·高帝紀》載：“初，高祖不修文學……天下既定，命蕭何次律令，

韓信申軍法，張蒼定章程，叔孫通制禮儀，陸賈造新語，又與功臣剖符
作誓，丹書鐵契，金匱石室，藏之宗廟。雖日不暇給，規摹弘遠矣。”
即此處所本。《古文苑》章樵注云：“帝不事詩書，及陸賈奏新語，未
嘗不稱善，正與此敕同意。”劉邦云詩書之作用，亦修飾之語，不可盡
信。《史記·叔孫通列傳》載漢五年初并天下，“群臣飲酒爭功，醉或
妄呼，拔劍擊柱，高帝患之”。其時群臣輔弼劉邦取天下者，多不習禮
儀、粗魯莽撞之人，故劉邦雖據有天下之位，而乏天子之尊。其後，叔
孫通制禮儀，“諸侍坐殿上皆伏抑首，以尊卑次起上壽，觴九行，謁者
言罷酒。御史執法，舉不如儀者，輒引去。竟朝置酒，無敢歡嘩失禮
者。於是高帝曰：‘吾乃今日知爲皇帝之貴也。’”故劉邦所謂重文學
者，非以知作者之意，以其能顯己之尊；非以思昔所行至非，以群臣之
行爲非也。

又云：“堯舜不以天下與子，而與他人，此非爲不惜天
下，但子不中立耳！①人有好牛馬尚惜，況天下邪？吾以汝是
元子，早有立意，兼群臣咸稱汝友四皓，②吾所不能致，而爲
汝來，爲可任大事也。③今定汝爲嗣。”

【疏證】

　　①《史記·五帝本紀》：“堯知子丹朱之不肖，不足授天下，於是
乃權授舜。”“舜子商均亦不肖，舜乃豫薦禹於天。”乃此句所本。

　　②周《輯》：“稱，明鈔《說郛》原作‘稱如有’（涵芬樓排印本
已刪，魯迅《古小説鈎沉》輯本引有），當涉下文‘汝友’二字音訛重
複，據《古文苑》刪。”

　　③余《輯》：“原作‘自爲汝大事也’，據《古文苑》改。”周

《輯》："疑'汝'下脱'可任'二字。"按：此句《廣博物志》卷十一引《殷芸小説》作"是爲人大事也"。

【綜説】

此事又見《廣博物志》卷十一，自"吾以汝是元子"引起。《史記·留侯世家》云："（漢高祖）欲廢太子，立戚夫人子趙王如意。大臣多諫爭，未能得堅決者也。吕后恐，不知所爲，人或謂吕后曰：'留侯善畫計策，上信用之。'吕后乃使建成侯吕澤劫留侯，曰：'君常爲上謀臣，今上欲易太子，君安得高枕而卧乎?'……留侯曰：'此難以口舌爭也。顧上有不能致者，天下有四人。四人者年老矣，皆以爲上慢侮人，故逃匿山中，義不爲漢臣。然上高此四人。今公誠能無愛金玉璧帛，令太子爲書，卑辭安車，因使辯士固請，宜來。來，以爲客，時時從入朝，令上見之，則必異而問之。問之，上知此四人賢，則一助也。'於是吕后令吕澤使人奉太子書，卑辭厚禮，迎此四人。四人至，客建成侯所。""漢十二年，上從擊破布軍歸，疾益甚，愈欲易太子。留侯諫，不聽，因疾不視事。叔孫太傅稱説引古今，以死爭太子。上詳許之，猶欲易之。及燕，置酒，太子侍。四人從太子，年皆八十有餘，鬚眉皓白，衣冠甚偉。上怪之，問曰：'彼何爲者?'四人前對，各言名姓，曰東園公、甪里先生、綺里季、夏黄公。上乃大驚，曰：'吾求公數歲，公辟逃我，今公何自從吾兒游乎?'四人皆曰：'陛下輕士善罵，臣等義不受辱，故恐而亡匿。竊聞太子爲人仁孝，恭敬愛士，天下莫不延頸欲爲太子死者，故臣等來耳。'上曰：'煩公幸卒調護太子。'四人爲壽已畢，趨去。上目送之，召戚夫人指示四人者曰：'我欲易之，彼四人輔之，羽翼已成，難動矣。吕后真而主矣。'"即此事所本。

又云："吾生不學書，但讀書問字而遂知耳，以此故不大

11

工，然亦足自解。^①今視汝書，猶不如吾，汝可勤學習。每上疏，宜自書，勿使吏人也。^②"

【疏證】

　　①周《輯》："解，《古文苑》作'辭解'，'辭'字當繫涉上'自'字音同而衍。"按：《廣博物志》卷三十、《經濟類編》卷十五、《西漢文紀》卷一等引皆有"辭"字，蓋本之《古文苑》。此言字學，非是辭學，似不當有"辭"字。

　　②《古文苑》"吏"下無"人"字。按：其時有專職抄書之吏，擇其善書者爲之。《呂氏春秋·具備》篇云："宓子賤治亶父，恐魯君之聽說人而令已不得行其術也，將辭而行，請近吏二人於魯君。"《新序·雜事二》作"因請借善書者二人"，是"吏人"爲善書者。

【綜說】

　　章樵注云："漢世人主不以字學爲重，此敕蓋言不可不學耳。晉宋而下至於唐，人主以字畫相誇，至與人臣較工拙，卑陋甚矣。"按：古之善書者即史學家也，《漢書·藝文志》："漢興，蕭何草律，亦著其法，曰：'太史試學童，能諷書九千字以上，乃得爲史。又以六體（《說文解字序》作八體，近是，六體乃新莽時所立，漢初當用秦八體）試之，課最者以爲尚書、御史、史書令史。吏民上書，字或不正，輒舉劾。'"識字多者是爲史，此正造書者多史官之因，故史官必善書者，而善書者未必爲史官。清鄒漢勛云："古無文士之目，善筆墨者悉號之爲史。"《漢書·元帝紀》云："元帝多才藝，善史書。"非止云識字之多，且云書字之工，故章樵以漢之人主不重字學，非也。

又云：“汝見蕭、曹、張、陳諸公侯，吾同時人，年倍於汝者，^①皆拜，並語汝諸弟。^②”

【疏證】

① 年倍，《古文苑》作“倍年”。

②《古文苑》“語”下有“於”字。

【綜説】

章樵注云：“以此命太子諸王，有古者尊敬師傅之遺意。如晋成帝拜王導並其妻，則尊卑之分舛矣。”按：此事不可據以爲實，《史記·高祖本紀》載：“夫運籌策帷帳之中，決勝於千里之外，吾不如子房；鎮國家，撫百姓，給餽饟，不絕糧道，吾不如蕭何；連百萬之軍，戰必勝，攻必取，吾不如韓信。”此處不及韓信，縱以韓信後謀反論之，樊噲、灌嬰、周勃亦佐漢之大將，何以不及之。且此云“語汝諸弟”，而漢惠帝劉盈尚有兄齊悼惠王劉肥，此處不及之，或亦上云“元子”，乃以劉盈爲長子，竟遺其庶兄也。考其所列蕭、曹、張、陳之順序，與《史記》所列之《蕭相國世家》《曹相國世家》《留侯世家》《陳丞相世家》同，以此論之，其源或在《史記》流傳之後，其在漢宣帝之後歟？

又云：“吾得病遂困，以如意母子相累，^①其餘諸子皆足自立，^②哀此兒猶小也。”

【疏證】

①《古文苑》章樵注：“趙王如意，母戚夫人。”

② 子，《古文苑》作"兒"。

【綜説】

周《輯》："此條據《説郛》。明鈔本《説郛》及涵芬樓排印本
《説郛》，内容或有缺字，或多錯誤，今均據《古文苑》十校改。《古文
苑》不署編纂人姓氏，係北宋孫洙得自古佛寺經龕中，傳爲唐人舊藏
本，凡二十一卷。又《説郛》引此條，原注出《漢書·高帝敕》。余嘉
錫謂：'《漢書》實無此敕，此條"書"字自是淺人妄增，今删去。《古
文苑》卷十録此文，不著出處，章樵注云："《漢書·藝文志》《高祖
傳》十三篇，固自注：高祖與大臣述古語及詔策也。此篇或居詔策之
一。"其説是也。但《古文苑》爲宋人所輯（周氏自注：應作所發現），
其時《高祖傳》已亡，蓋即自《小説》録出也。諸家注《漢書》者皆
不引此，殆疑其非真，不知已先見梁人書中矣。'又按：此條凡五敕，
《説郛》引合而爲一，今亦如首條例，析爲五，以清眉目。"按：王應
麟《漢藝文志考證》卷五於《高祖傳》下注云："《隋志》梁有漢高祖
手詔一卷。"吾頗疑此條不但非《漢書·藝文志》《隋書·經籍志》所
著録之高祖書，亦非《殷芸小説》之文也。《漢書·藝文志》《高祖傳》
班固自注："高祖與大臣述古語及詔策也。"此條既非古語且非詔策，
頗類平日家常語。《隋書·經籍志》云"梁有漢高祖手詔一卷"，或即
《高祖傳》之孑遺，然其下云"亡"，是書至唐初已亡佚。其時《殷芸
小説》尚存，魏徵安得不由是書而窺其一斑？且《小説》所録者，皆
以爲荒誕不經，難入正史者，而二條論傳天下以中立，三條論帝王之善
書，四條論尊朝廷之賢老，皆人君之所當爲，何來不經之説？又是書宋
以前不見徵引，且無相類文字，余氏以"疑其非真"一筆帶過，恐不
能成其説。

章樵注："鴆毒人彘之禍，高祖蓋逆慮其至此。孝惠懦弱，以萬乘
之主，不能庇其弟，亦可悲矣。"按：以結果推原因，此故傳説之特

色。劉邦愛如意母子甚於呂后，若能慮及鴆毒人彘之禍，恐不能成其謀。且《史記·高祖本紀》載趙王如意爲第三子，與"其餘諸子皆足自立，哀此兒猶小也"不合，此必後人據呂后殺如意母子事而虛構。《史記·呂后本紀》云："呂后最怨戚夫人及其子趙王，乃令永巷囚戚夫人，而召趙王。使者三反，趙相建平侯周昌謂使者曰：'高帝屬臣趙王，趙王年少。竊聞太后怨戚夫人，欲召趙王並誅之，臣不敢遣王。王且亦病，不能奉詔。'呂后大怒，乃使人召趙相。趙相徵至長安，乃使人復召趙王。王來，未到。孝惠帝慈仁，知太后怒，自迎趙王霸上，與入宮，自挾與趙王起居飲食。太后欲殺之，不得間。孝惠元年十二月，帝晨出射，趙王少，不能蚤起。太后聞其獨居，使人持酖飲之。黎明，孝惠還，趙王已死。……太后遂斷戚夫人手足，去眼，煇耳，飲瘖藥，使居廁中，命曰'人彘'。"即此事所本。

5　高祖初入咸陽宮，周行府庫，金玉珍寶，不可稱言。其尤驚異者，有青玉九枝燈，①高七尺五寸，下作盤龍，②以口銜燈，燈燃則鱗甲皆動，③爛炳若列星而盈室焉。④復鑄銅人十二枚，坐皆高三尺，⑤列於一筵上，⑥琴瑟笙竽，⑦各有所執，皆點綴華彩，⑧儼若生人。筵下有二銅管，⑨上口高數尺，出筵後，⑩其一管空，一管有繩，⑪大如指，使一人吹管，⑫一人約繩，⑬則琴瑟笙竽等皆作，⑭與真樂不殊。⑮有琴長六尺，安十三弦二十六徽，用七寶飾之，銘曰："璠璵之樂。"⑯玉笛長二尺三寸，⑰六孔，⑱吹之，則見車馬山林，隱嶙相次；吹息，則不復見，銘曰："昭華之管。"⑲有方鏡，廣四尺，高五尺九寸，表裏有明，人直來照之，⑳影則倒見，以手掩心而照之，則知病之所在，見腸胃五臟，歷然無礙。^㉑又女子有邪心，則膽張心動。始皇常以照宮人，^㉒膽張心動者則殺之。^㉓高祖悉封閉以待項羽。羽併將以東，後不知所在。

【疏證】

① 九，《西京雜記》作"五"，《初學記》卷二十五、《太平廣記》卷四百三、《太平御覽》卷第八百五引《西京雜記》亦作"五"。《全芳備祖》卷二十六引李頎詩"但看青玉五枝燈，蟠螭火盡光欲然"，引晏殊詩"煌煌五枝燈，下有玉蟠螭"，皆用此典故，亦作"五"。九燈之說，李商隱《和韓錄事送宮人入道》："九枝燈下朝金殿，三素雲中侍玉樓。"《行至金牛驛寄興元渤海尚書》："六曲屏風江雨急，九枝燈檠夜珠圓。"與此文關係不大，則此或本作"五"字爲上。

② 周《輯》："下，《西京雜記》無。"按：龍，《西京雜記》作"螭"，螭，亦龍屬。

③ 周《輯》："甲，魯迅所據明鈔本《說郛》引無，似較正確。龍與龜鱉不同，是否有甲，甲是否能動？均屬疑問。"范崇高《〈殷芸小說〉校注瑣議》云："傳說中的龍有若干種，如《廣雅·釋魚》：'有鱗曰蛟龍；有翼曰應龍；有角曰虬龍；無角曰螭龍。'其中或有鱗甲，或無鱗甲，如《淮南子·墬形訓》：'介鱗生蛟龍。'高誘注：'蛟龍，有鱗甲之龍也。'王念孫在上舉《廣雅》文下注引《眾經音義》卷一引熊氏《瑞應圖》：'虬龍身黑，無鱗甲。'是其證也。龍有鱗甲，古代文獻中多有記載，如《藝文類聚》卷九八引《龍魚河圖》：'黃龍從洛水出，詣虞舜，鱗甲成字，令左右寫文竟，龍去。'漢詩《龍蛇歌》：'有龍矯矯，遭天譴怒，卷逃鱗甲，來遁於下，志願不得，與蛇爲伍。'《拾遺記》卷六：'釣得白蛟，長三丈，若大蛇，無鱗甲。'（作者自注：后兩句《太平廣記》卷四二五引作"若龍而無鱗甲"）《搜神後記》卷十：

'見一人年可二十許，騎白馬……馬五色斑，似鱗甲而無毛。……將淹尹舍，忽見大蛟長三丈餘，盤曲庇其舍焉。'此馬爲蛟龍所變，故身上'似鱗甲而無毛'。《太平廣記》菌絲三五'馬'引《洽聞記》：'水有龍馬，身長八九尺，龍形，有鱗甲，橫文五色，龍身馬首，頂有二角。'《青瑣高議》後集卷一：'畫龍則貴目生威武，朱須激水，鱗甲藏烟，爪牙快利，點其睛，則當飛去，於水則起雲雷，盡其妙也。'龍的鱗甲能動，也有例證，如三國康僧會譯《六度集經・太子得禪》：'佛在水邊，光明徹照龍所居處，龍睹光影，鱗甲皆起。'《太平廣記》卷二一二'吳道玄'條引《唐畫斷》：'又畫殿內五龍，鱗甲飛動，每欲大雨，即生烟霧。'由此可見，龍有鱗甲，並且可動，這是古人的常識，不必有疑。"按：范説是。周氏之誤，蓋據"介蟲之精者曰龜，鱗蟲之精者曰龍"而以爲龜者稱甲，龍者稱鱗。殊不知後世二者漸淆，龜鱉之外殼爲甲，亦可稱爲鱗，江淹《赤虹賦》："錯龜鱗之峻峻，繞蛟色之漫漫。"郭震《古劍篇》："精光黯黯青蛇色，文章片片綠龜鱗。"龍之鱗亦可稱爲甲，此處即其證。《酉陽雜俎》卷十亦載此事，亦作"鱗甲"，《初學記》卷二十五、《太平廣記》卷四百三、《太平御覽》卷第八百五引《西京雜記》亦皆作此，則有"甲"字爲上。

④ 余《輯》："《雜記》下有'焉'字，盧文弨據《初學記》改'而盈室焉'作'盈盈焉'，非是。"周《輯》："焉，原無，據《西京雜記》補。"按：此不當妄補字，作校記可也。又"爛炳"，《西京雜記》作"焕炳"，《酉陽雜俎》作"炳焕"。

⑤ 《酉陽雜俎》作"坐皆三五尺"。

⑥ 余《輯》："《雜記》作'列在一筵上'。"按：《酉陽雜俎》同。

⑦ 余《輯》："瑟，《雜記》作'筑'。"按：《酉陽雜俎》同。

⑧ 《西京雜記》作"皆綴花采"，《酉陽雜俎》作"皆組綬花彩"。按：依《説郛》輯本，云"點綴華彩"，是言爲銅人漆其顏色；若無"點"字，則意與《酉陽雜俎》同，言爲銅人著服，關乎下"儼若生

人”，似以著服爲上。

⑨《酉陽雜俎》脱“二”字。

⑩《酉陽雜俎》“上”作“吐”，無“出筵後”三字。

⑪《西京雜記》作“一管内有繩”，《酉陽雜俎》作“内有繩”。

⑫ 余《輯》：“《雜記》‘一人’上有‘使’字。”按：《酉陽雜俎》同。又《西京雜記》《酉陽雜俎》“吹”下並有“空”字。

⑬ 約，《西京雜記》作“紐”，《酉陽雜俎》作“紉”。疑作“紉”是，《廣雅》：“敨、輱、弧、紉、咈、抮、狼、很，鼇也。”此“鼇”即“戾”之借，含二義，一爲“很戾”之“戾”，敨、咈、狼、很是也。一又通“捩”，均含“曲”義，輱、弧、紉、抮是也，此處紉用作動詞，謂使之曲，紉繩即扭轉繩子之義。

⑭ 余《輯》：“《雜記》作‘衆樂皆作’。”按：《酉陽雜俎》作“則琴瑟箏筑皆作”。

⑮ 周《輯》：“與，原作‘雖’，魯迅所據明鈔本《説郛》引作‘與’，《西京雜記》同，故據改。不殊，原作‘不如’，據魯迅所引明鈔本《説郛》改，《西京雜記》作‘不異’。”按：《酉陽雜俎》亦作“異”，《西京雜記》“異”下有“焉”字。

⑯ 周《輯》：“‘用七寶’二句，《紺珠集》《類説》作‘琴以七寶飾之，名璠璵之樂’。七寶，佛經以金、銀、琉璃、硨磲、瑪瑙、琥珀、珊瑚爲七寶，但秦時佛教尚未傳入中國，此七寶當與佛經所載不同，究竟是何七寶，不能確指。璠璵，春秋時魯國特産的兩種美玉名。《太平御覽》八〇四引《逸論語》：‘璠璵，魯之寶玉也。孔子曰：“美哉璠璵，遠而望之，奐若也；近而視之，瑟若也。”’又《左傳·定公五年》：‘陽虎將以璵璠斂。’”按：上句《西京雜記》“用”上有“皆”字，《酉陽雜俎》“用”作“皆”；下句《酉陽雜俎》“璠璵”作“璵璠”。七寶，今首見於三國康僧鎧《大無量壽經》卷上：“其佛國土自然七寶，金、銀、琉璃、珊瑚、琥珀、車磲、瑪瑙合成爲地。”周氏以

秦時佛教未傳入中國論之，殊不知此乃傳説，不可據以爲實。傳説之特徵，乃在流傳中雜入衆多後世之物産、思想。以此論之，此事必在佛教傳入之後方産生。

⑰　周《輯》："笛，《西京雜記》作'管'。"按：作"管"者恐誤字，《酉陽雜俎》作"笛"，《北堂書鈔》卷一百一十一、《初學記》卷十六、《太平廣記》卷四百三、《太平御覽》卷五百八十、《事類賦》卷十一等書引《西京雜記》亦皆作"笛"，疑涉下"昭華之管"而誤。

⑱　周《輯》："六孔，《西京雜記》作'二十六孔'，盧文弨據《北堂書鈔》删爲'六孔'，正與《説郛》所引合。笛、管不會有二十六孔之多，作'六孔'是。"按：《酉陽雜俎》作"二十六孔"，此頗難斷定，此條所記本多誇飾虛構，不能以虛實斷其是非。

⑲　周《輯》："昭華，玉名。《淮南子》：'堯贈舜以昭華之玉。'"按：此句《酉陽雜俎》作"吹之，則見車馬出山林，隱隱相次，息亦不見。銘曰：'昭華之管。'"轔，《西京雜記》作"轥"，當作"轔"爲上，轔，車行聲，與"隱"同；"則不"之"則"作"亦"；管，作"琯"，通。

⑳　周《輯》："人，原無，據《西京雜記》補。"

㉑　余《輯》："《雜記》作'以手捫心而來，則見腸胃五臟，歷然無硋。人有疾病在内，掩心而照之，則知病之所在。'"按：《四庫》本、《四部叢刊》影明鈔本《西京雜記》"掩心"上並有"則"字。

㉒　《西京雜記》"始皇"上有"秦"字。

㉓　此記寶鏡事，亦見《酉陽雜俎》卷十，文作："秦鏡，儺溪古岸石窟有方鏡，徑丈餘，照人五藏，秦皇世號爲照骨寶。在無勞縣境山。"

【綜説】

周《輯》："此條據《説郛》，校以《西京雜記》三、《紺珠集》

《類説》。魯迅所據明鈔本《説郛》，與涵芬樓排印本略有不同，故亦以
《古小説鈎沉》參校。”按：《酉陽雜俎》亦載此事，而文字多有不同，
尤以寶鏡條，與《西京雜記》相差甚遠，則是別有出處，故亦取《酉
陽雜俎》參校。

《史記·高祖本紀》記漢元年十月，劉邦“西入咸陽。欲止宮休
舍，樊噲、張良諫，乃封秦重寶財物府庫，還軍霸上”。“項羽遂西，
屠燒咸陽秦宮室，所過無不殘破。”即此條之大環境。後人因造燈、銅
人、琴、笛、鏡五説以附會之。

6　晋武庫失火，[①]漢高祖斬蛇劍穿屋而飛。[②]

【疏證】

①周《輯》：“‘晋武庫’句，武庫，漢初初建。《漢書》：‘蕭何治
未央宮，立武庫、太倉。’晋武庫失火，在晋惠帝元康五年冬十月，見
《晋書·惠帝紀》。古時武庫所藏，不全是兵器。此次失火，據《晋
書·五行志》載：‘累代異寶王莽頭、孔子屐、漢高祖斬白蛇劍……一
時蕩盡。’”

②周《輯》：“漢高祖斬蛇劍，據《西京雜記》載：‘高祖斬白蛇
劍，以七彩珠、九華玉爲飾，五色琉璃爲匣，刃上常如霜雪，光照於
外，開囊拔鞘，輒有風氣射人。’按《史記·高祖本紀》記高祖斬蛇情
況云：“高祖被酒，夜徑澤中，令一人行前。行前者還報曰：‘前有大
蛇當徑，願還。’高祖醉，曰：‘壯士行，何畏！’乃前，拔劍擊斬蛇；
蛇遂分爲兩，徑開。’時高祖以亭長爲縣送徒酈山，所持劍似不會如此
華麗，乃至綴以珠玉，當是後來增飾。”

【綜説】

周《輯》：“此條見劉敬叔《異苑》，據《叢書集成》本輯録。唐

劉知幾《史通·雜記》篇所引全同，故不列校記。"按：《史通·雜説中》云："劉敬升《異苑》稱'晋武庫失火，漢高祖斬蛇劍穿屋而飛'，其言不經，故梁武帝令殷芸編諸《小説》。"以此知該條屬《殷芸小説》也。然此未必爲《小説》原文，《史通》此條上云："應劭《風俗通》載'楚有葉君祠，即葉公諸梁廟也'。而俗云'孝明帝時有河東王喬爲葉令，嘗飛鳧入朝'。及干寶《搜神記》乃隱應氏所遺，而收其流俗怪説。"考《風俗通》《搜神記》原文，皆較劉説爲詳。《北堂書鈔》卷一百二十三引《異苑》作："晋惠帝元康三年，武庫火燒斬蛇劍。茂先懼難作，列兵陳衛。咸見此劍穿屋飛去，莫知所在。"則此處劉氏亦約引之。《晋書·張華傳》作："武庫火，華懼，因此變作列兵固守，然後救之。故累代之寶，及漢高斬蛇劍、王莽頭、孔子屐等盡焚焉。時華見劍穿屋而飛，莫知所向。"

又據上引《異苑》《晋書》，此條缺主要人物張華，若有張華，則當置於《晋江左人》。

7　文帝自代還，有良馬九匹，皆天下之駿馬也。① 一名浮雲，一名赤電，一名絶群，一名逸驃，一名飛燕，② 一名緑螭，③ 一名龍子，④ 一名驎駒，⑤ 一名絶塵，號爲九逸。⑥ 有來宣能禦馬，⑦ 代王號爲王良。⑧ 俱還代邸。

【疏證】

①　周《輯》："'皆天下'句，原無，據《西京雜記》補。"

②　余《輯》："《雜記》作'一名紫鵉騮'。"

③　余《輯》："《雜記》'螭'下有'驄'字。"

④　周《輯》："子，原作'駒'，據《西京雜記》改。"

⑤ 驎，《西京雜記》作"麟"，二字古通。

⑥ 周《輯》："'號爲'句，原作'號九駿'，據《西京雜記》改。"

⑦ 周《輯》："'有來'句，原作'有求最能馬'，據《西京雜記》改。'求最'係'來宣'形似而訛。"按：《鈎沉》作"求宣"，唐《輯》云"一作'有求宣能禦馬'"，則魯迅所用明鈔本《説郛》本作"求宣"，但誤"來"爲"求"，至涵芬樓刊印所據本，又誤"宣"爲"最"。又《西京雜記》無"馬"字。

⑧ 余《輯》："原無'爲'字，據《雜記》增。"

【綜説】

周《輯》："此條據《説郛》，原注出《西京雜記》。因以《西京雜記》參校。"

代地出良馬，《史記·蘇秦列傳》蘇秦説楚威王有"燕、代橐駝良馬必實外廏"之語，《淮南子·墜形訓》言北方"多犬馬"，高誘注："《傳》曰：'冀之北土，馬之所生。'言燕、代出馬也。"曹植《朔風》詩："馳騁代馬，倏忽北徂。"又《史記·文帝本紀》："孝文皇帝，高祖中子也。高祖十一年春，已破陳豨軍，定代地，立爲代王，都中都。"漢文帝曾爲代王，而代地又産良馬，後世因據之以成説。此頗類於周穆王有八駿（《穆天子傳》）、秦始皇有七名馬（崔豹《古今注》）之説。

8 漢武帝嘗微行，^①造主人家。^②家有婢，有國色，^③帝悦之，因留宿，^④夜與主婢卧。^⑤有一書生，^⑥亦寄宿，善天文，忽見客星將掩帝星甚逼，^⑦書生大驚，^⑧連呼"咄咄"，^⑨不覺聲高。^⑩乃見一男子，^⑪持刀將欲入，^⑫聞書生聲急，^⑬謂爲已故，

遂蹙縮走去，⑭客星應時而退。⑮如是者數遍。⑯帝聞其聲，異而召問之，⑰書生具説所見，⑱帝乃悟曰：⑲"此人必婢婿，⑳將欲肆其凶惡於朕。"㉑乃召集期門、羽林，㉒語主人曰："朕天子也。"於是擒拿問之，服而誅。㉓後，帝嘆曰："斯蓋天啓書生之心，以扶佑朕躬。"㉔乃厚賜書生。㉕

【疏證】

①　嘗，《玉芝堂談薈》無，《開元占經》作"常"，古通。

②　周《輯》："造主人家，《幽明録》作'過人家'。"

③　周《輯》："有，《幽明録》無。"按：《玉芝堂談薈》亦無。

④　周《輯》："因，原作'乃'，據《幽明録》改。"按："因留宿"三字《玉芝堂談薈》無。乃，《開元占經》《太平廣記》引《幽明録》俱作"仍"，《説文》："仍，因也。"仍、乃、因三字俱可。

⑤　周《輯》："主，《幽明録》無。"

⑥　周《輯》："一，《幽明録》無。"

⑦　周《輯》："將，《幽明録》作'移'。"范崇高《〈殷芸小説〉校注瑣議》："帝星，《太平廣記》卷一六一、《古小説鈎沉·幽明録》並作'帝座'，當據正。古代占星術認爲，有天象，必有人事。帝座星受客星冒犯，意味著帝王將有危險。如《太平御覽》卷七五四引范曄《後漢書》：'客星經帝坐。或問袁延，延因上封事曰："河南尹鄧萬有龍潛之舊，封爲通侯，恩重公卿，惠豐宗室，加禮引見，與之對博，上下媟黷，有虧尊嚴。"'《太平廣記》卷三十八'李泌'引《鄴侯外傳》：'泌曰："臣絶粒無家，禄位與茅土，皆非所欲。爲陛下帷幄運籌，收京師後，但枕天子膝睡一覺，使有司奏客星犯帝座，一動天文足矣。"'又有'賊星逼帝座'，義與上同。如《醒世恒言》卷二十四

《隋煬帝逸游召譴》：'帝深識玄象，常夜起觀星，乃召太史令袁充，問曰："天象如何？"充伏地泣涕曰："星文大惡！賊星逼帝坐甚急，恐禍起旦夕！願陛下遽修德滅之。"'本文記一男子持刀欲害漢武帝，帝王將遇不測，形諸天象，自然該是客星逼掩帝座星了。"按：范說是。《玉芝堂談薈》引《殷芸小說》、《開元占經》引《幽明錄》《太平廣記》皆作"座"。又"甚逼"二字《玉芝堂談薈》無，當於"甚"上絶句，《爾雅》："逼，迫也。"言客星即將掩帝座。

⑧ 周《輯》："驚，《幽明錄》作'驚躍'。"按：《開元占經》《太平廣記》作"驚懼"，《玉芝堂談薈》無此句。

⑨ 周《輯》："咄咄，驚嘆聲。"按：此處含有二義，古"咄"與"出"音近，《説文》："咄，從口，出聲。"《莊子·徐無鬼》："君將黜嗜欲。"《釋文》："黜，司馬本作'咄'。"此處言"咄咄"，在書生言之爲驚嘆聲，在婢婿聞之爲"出出"聲，以爲書生令己出也，故下文云"遂蹙縮而出"。連，《玉芝堂談薈》作"大"。

⑩ 《玉芝堂談薈》無此句。

⑪ 周《輯》："乃，原作'仍又'，據《幽明錄》改。"按：《開元占經》作"仍"，《太平廣記》作"仍又"，同上文"仍留宿"之"仍"，本有乃意，不煩改字。《玉芝堂談薈》作"俄"。

⑫ 周《輯》："持，《幽明錄》作'操'。入，《幽明錄》作'入户'。"按：《玉芝堂談薈》引同《幽明錄》。

⑬ 《玉芝堂談薈》"急"上有"甚"字。

⑭ 周《輯》："蹙，原無，據《幽明錄》補。去，《幽明錄》無。"按：此句《玉芝堂談薈》作"遂縮走"。

⑮ 周《輯》："而，《幽明錄》作'即'。"按：《玉芝堂談薈》引至此句。

⑯ 周《輯》："'如是'句，《幽明錄》無。"

⑰ 周《輯》："召，原無，據《幽明錄》補。"

⑱ 周《輯》："書，原無，據《幽明録》補。"

⑲ 周《輯》："帝，《幽明録》無。"

⑳ 周《輯》："必，《幽明録》作'是'。"

㉑ 周《輯》："惡，《幽明録》無。"

㉒ 周《輯》："集，《幽明録》無。期門，《幽明録》無。期門，官名，漢置期門郎，以僕射領之，主管游獵。漢武帝好微行，詔隴西、北地良家子能射者期於殿門，故有期門之號。羽林，禁衛軍的名稱。漢武帝置建章營騎，後更名羽林。"

㉓ 周《輯》："'於是'二句，《幽明録》作'於是擒拿伏誅'。"王達津《〈殷芸小説輯注〉獻疑》："'服而誅'，似當作'而服誅'，'服'與'伏'通，見《文選》陸士衡詩注及《易·繫辭》《釋文》引孟氏、京氏注。或'誅'下脱'之'字。"按："服而誅"自可通，不必改，存其舊可也。

㉔ 周《輯》："'後帝嘆曰'四句，《幽明録》無。"

㉕ 周《輯》："乃，《幽明録》無。"

【綜説】

周《輯》："此條據《説郛》，原注出《幽明録》，因校以琳琅秘室叢書本《幽明録》。唐瞿曇悉達《開元占經》八三引《幽明録》，較此條所載爲略。亦見《太平廣記》一六一，未引書名。"按：此《玉芝堂談薈》卷二十引云出自《小説》，即《殷芸小説》也，其所引與《説郛》多有不同，恐別有出處。《廣博物志》卷十、清吴景旭《歷代詩話》卷六十九皆云出《廣異記》。

漢武帝微行之説，《史記》尚未見載，《漢書·東方朔傳》云："初，建元三年，微行始出，北至池陽，西至黄山，南獵長楊，東游宜春。微行常用飲酎已。八九月中，與侍中常侍武騎及待詔隴西北地良家子能騎射者期諸殿門，故有'期門'之號自此始。微行以夜漏下十刻

乃出，常稱平陽侯。旦明，入山下馳射鹿豕狐兔，手格熊羆，馳鶩禾稼
稻粳之地。民皆號呼罵詈，相聚會，自言鄠杜令。令往，欲謁平陽侯，
諸騎欲擊鞭之。令大怒，使吏呵止，獵者數騎見留，乃示以乘輿物，久
之乃得去。時夜出夕還，後齎五日糧，會朝長信宮，上大歡樂之。是
後，南山下乃知微行數出也。然尚迫於太后，未敢遠出。丞相御史知
指，乃使右輔都尉徼循長楊以東，右內史發小民共待會所。後乃私置更
衣，從宣曲以南十二所，中休更衣，投宿諸宮，長楊、五柞、倍陽、宣
曲尤幸。"此蓋本事，後世乃據此多造漢武微行事。《三輔黃圖》卷三：
"黃山宮在興平縣西三十里，武帝微行，西至黃山宮，即此也。"（《水
經注》卷十九稱引自《東方朔傳》）《初學記》卷二十五引《拾遺記》：
"武帝好微行，於池傍游宮，以漆爲柱，鋪黑綈之幕，器服乘輿，皆尚
黑色。"（今本《拾遺記》作漢成帝）又《漢武故事》云："上微行，
至於柏谷，夜投亭長宿，亭長不內，乃宿於逆旅。逆旅翁謂上曰：'汝
長大多力，當勤稼穡；何忽帶劍群聚，夜行動衆，此不欲爲盜則淫耳。'
上默然不應，因乞漿飲，翁答曰：'吾止有溺，無漿也。'有頃，還內。
上使人覘之。見翁方要少年十餘人，皆持弓矢刀劍，令主人嫗出安過客。
嫗歸，謂其翁曰：'吾觀此丈夫，乃非常人也；且亦有備，不可圖也。不
如因禮之。'其夫曰：'此易與耳！鳴鼓會衆，討此群盜，何憂不克。'
嫗曰：'且安之，令其眠，乃可圖也。'翁從之。時上從者十餘人，既聞
其謀，皆懼，勸上夜去。上曰：'去必致禍，不如且止以安之。'有頃，
嫗出，謂上曰：'諸公子不聞主人翁言乎？此翁好飲酒，狂悖不足計也。
今日具令公子安眠無他。'嫗自還內。時天寒，嫗酌酒，多與其夫及諸少
年，皆醉。嫗自縛其夫，諸少年皆走。嫗出謝客，殺雞作食。平明，上
去。是日還宮，乃召逆旅夫妻見之，賜嫗金千斤，擢其夫爲羽林郎。自
是懲戒，希復微行。"（潘岳《西征賦》"長徼客於柏谷，妻睹貌而獻餐"
即云此事）與此條俱言欲害漢武帝事，明錢希言云此條："疑即柏谷微行
事而小變其説耳。"（《劍筴》卷十），未知其然否。

9　武帝時，①長安巧工丁緩者，②爲恒滿燈，③七龍五鳳，④
雜以芙蓉蓮藕之奇。又作臥褥香爐，一名被中香爐，本出房
風，⑤其法後絕，至緩始更爲之，機環運轉四周，⑥而爐體常
平，可致之被褥，⑦故以爲名。又作九層博山香爐，⑧鏤爲奇禽
怪獸，窮諸靈異，皆能自然轉動。⑨又作七輪扇，輪大皆徑
尺，⑩相連續，一人運之，⑪則滿堂皆寒戰焉。

【疏證】

① 余《輯》："《雜記》無此三字，此可補各本之缺。"

② 周《輯》："工，原作'手'，據《西京雜記》改。丁緩，《西
京雜記》抄本作'丁緩'，刻本作'丁謖'。"按：古香齋袖珍本《初
學記》卷二十五兩引《西京雜記》，一作"巧工"，一作"巧手"；《錦
繡萬花谷》卷三引作"巧工"，《錦繡萬花谷》續集卷七作"巧手"；
《古今事文類聚》續集卷十二引作"巧手"，是作"手"未必爲誤字，
則存疑可也，不可妄改。

③ 余《輯》："《雜記》作'常'，蓋避宋諱。盧校據《初學記》
改爲'恒'。"

④ 七，《初學記》《錦繡萬花谷》續集引《西京雜記》作"九"。

⑤ 周《輯》："房風，古時善製香爐的人。"按：房風之爲人，古
書未見記載。疑"房風"即"防風"，乃地名，非人名。《事物紀原》
卷八引此作"防風"，《博物志》卷八"經房風"，《太平御覽》卷九百
三十作"防風"。《國語·魯語下》："昔禹致群神於會稽之山，防風氏
後至，禹殺而戮之，其骨節專車。"其地在今浙江德清一帶。

⑥ 余《輯》："《雜記》'機'上有'爲'字，'運轉'作'轉
運'。"

⑦ 余《輯》："致，《雜記》作'置'。"

⑧ 周《輯》："博山，彝器上刻山形爲飾，以香爐最著名，此外尚有博山鐘等。"按：《漢語大詞典》以"博山"爲"博山爐"之簡稱，二説俱非，古有博山冠、博山錦，則博山爲象山形，凡神仙人物、珍禽怪獸皆可附之。不必定爲彝器，二説皆失之狹隘。

⑨ 余《輯》："轉，《雜記》作'運'。"按：《西京雜記》無"能"字。

⑩ 周《輯》："'又作'二句，《西京雜記》刻本作'又作七輪扇，連七輪，大皆徑丈'。盧文弨校據鈔本作'又作七輪大扇，皆徑尺'。'丈'字似非，七輪相連續，大皆徑丈，則有七丈，一人之力，何能運轉？應從《説郛》引作'大皆徑尺'。七輪連續共七尺，一人之力運之，足使滿堂寒戰也。"按：周説蓋以扇爲竹扇、團扇之類，七輪扇則七扇相連並而運之。然此之七輪扇或猶今之風扇也，《續博物志》云臥褥香爐與七輪扇"今二法並存"，以此論之，則南宋時尚有類此者。臥褥香爐，宋陳敬《陳氏香譜》卷四引《西京雜記》後云"今之香毬是也"。七輪扇未見，《武林舊事》卷三《禁中納凉》條云："禁中避暑，多御復古、選德等殿及翠寒堂納凉。……置茉莉、素馨、建蘭、麝香藤、朱槿、玉桂、紅蕉、闍婆、簷蔔等南花數百盆於廣庭，鼓以風輪，清芬滿殿。……聞洪錦盧學士嘗賜對於翠寒堂，當三伏中，體粟戰慄，不可久立。上問故，笑遣中貴人以北綾半臂賜之，則境界可想見矣。"文中稱"當三伏中，體粟戰慄，不可久立"，與此處之"滿堂皆寒戰焉"相類，此處之風輪或即七輪扇之孑遺。再往前溯，《唐語林》卷四："明皇起凉殿，拾遺陳知節上疏極諫，上令力士召對。時暑毒方甚，上在凉殿，坐後水激扇車，風獵衣襟。"此處扇車，乃以水力鼓動，《西京雜記》所記，則以人力運轉。此皆古時有風扇之證。則七輪者，猶今之風扇有三輪乃至六輪也（七輪者吾未見之），語自可通。

⑪ 周《輯》："一人，《淵鑒類函》作'夏月一人'。"按：《淵鑒

類函》“一人”上有“使”字。

【綜説】

　　周《輯》：“此條據《説郛》，失注書名，實出《西京雜記》一。因以《西京雜記》參校。並校以《淵鑒類函》服飾部十扇二。”按：周氏以《淵鑒類函》校者僅一條，然實無必要。此段宋書所引，若《太平廣記》卷二百三十六、《事類賦》卷十四、《太平御覽》卷七百二、七百五十二、《類説》卷四等，皆無“夏月”。且《淵鑒類函》卷三百三十一引《西京雜記》、卷三百五十七引《續博物志》亦皆無“夏月”，則此二字爲後人隨意所增無疑也。

　　《殷芸小説》所收皆荒誕不經、不可入史傳者，然據上注，卧褥香爐、七輪扇後世皆存其大概；恒滿燈一物，惟有“恒滿”不可信，若“七龍五鳳”“芙蓉蓮藕”之類，亦不涉怪異，未知何以俱納入《小説》。

　　10　孫氏《瑞應圖》云：^①“神鼎者，文質精也。^②知吉凶，知存亡，能輕能重，能息能行，不灼自沸，不汲自盈，中生五味。^③昔黄帝作鼎，象太乙；^④禹治水，收天下美銅，以爲九鼎，象九州。^⑤王者興則出，衰則去。”

【疏證】

　　①　余《輯》：“‘氏’字原闕，據《隋書·經籍志》補。”唐《輯》：“云，原誤爲‘六’，今正。”按：明嘉靖談愷刻本《廣記》“氏”字闕，“云”作“六”；四庫本唯“云”作“六”。

　　②　周《輯》：“文質，《淵鑒類函》作‘質文’。”按：《宋書·符

瑞志下》《開元占經》引《瑞應圖》皆作“質文之精也”，《藝文類聚》卷九十九引無“之”字，則恐本作“質文”，後人以習聞“文質”而改。

③ 周《輯》：“盈，原作‘滿’，系避漢惠帝諱改，今據《淵鑒類函》《晋中興書》改。”按：周說殊無據。《瑞應圖》乃梁人孫柔之撰，何須避漢惠帝諱。《開元占經》引作“滿”，《藝文類聚》引作“盈”，則唐時版本已異。又自“知吉凶”以下，《開元占經》作：“知凶知吉，知存知亡，能重能輕，能不炊而沸，不汲而滿，中五味。”“中”下脱“生”字。《藝文類聚》作：“知吉凶存亡，能輕能重，能息能行，不灼而沸，不汲自盈，中生五味。”

④ 周《輯》：“太乙，即屈原《九歌》中的東皇太一。鄭玄說是北方神名。漢武帝建太乙祠於甘泉宮泰時壇，祀太乙。”按：《藝文類聚》引作“太一”，一亦數也，言黃帝作一鼎，猶下文大禹作九鼎而象九州。則太一者，或云天地之始，《禮記·禮運》：“必本於太一，分而爲天地，轉而爲陰陽，變而爲四時。”《淮南子·詮言訓》：“洞同天地，混沌爲樸，未造而成物，謂之太一。”又《吕氏春秋·大樂》云：“道也者，至精也，不可爲形，不可爲名，强爲之名，謂之太一。”太一即道家之道，而“道生一，一生二，二生三，三生萬物”，則太一乃化生萬物者也，猶太素、太初、太始，皆萬物之源。若解爲北方之神，則偏於一隅。且《史記·孝武本紀》云：“昔太帝興神鼎一，一者，一統天地萬物所繫終也；黃帝作寶鼎三，象天地人也；禹收九牧之金，鑄九鼎，皆嘗鬺烹。”即此說所本，惟將太帝之事附於黃帝（此處《開元占經》引作“黃帝作三鼎象三辰”，則云“太一”或爲誤説），而“一”之義乃“一統天地萬物所繫終”，則非神名明矣。

⑤ 周《輯》：“‘昔黃帝作鼎’六句，原無，據《淵鑒類函》補。”

【綜説】

周氏據《淵鑒類函》引孫氏《瑞應圖》校補此段，然《淵鑒類函》

晚出，若《開元占經》卷一百十四、《藝文類聚》卷九十九皆嘗引之，今據此校説。又《宋書·符瑞志下》云："鼎者，質文之精也。知吉知凶，能重能輕，不炊而沸，五味自生。王者盛德則出。"《開元占經》引《瑞應圖》後又引《晋中興徵祥説》云："王德盛則神鼎見，神鼎者，仁器也，不炊而沸，不汲而滿，烟熅之氣，自然而生。世亂則藏於深山，文明則應運而至，故禹鑄寶鼎以擬之。"與此文相類。

　　《説苑》云："孝武時，汾陰人得寶鼎，獻之甘泉宫。群臣畢賀，上壽曰：'陛下得周鼎。'侍中吾丘壽王曰：[1] '非周鼎。'上召問之，曰：'群臣皆謂周鼎，爾獨以爲非，何也？[2] 有説則生，無説則死。'[3] 壽王對曰：'臣安敢無説！臣聞周德者，[4] 始於后稷，[5] 成於文、武，顯於周公；德澤上暢於天，下漏於三泉，[6] 上天報應，鼎爲周出。今漢繼周，昭德顯行，[7] 六合和同，至陛下之身而逾盛，天瑞並至。昔秦始皇親求鼎於彭城而不得，天昭有德，神寶自至。此天所以遺漢，乃漢鼎，非周鼎也。'上曰：'善！'"

【疏證】

　　[1] 周《輯》："曰，原無，據《漢書》補。"按：補"曰"字近是。

　　[2] 周《輯》："'非周鼎'六句，原無，據《漢書》補。"按：《開元占經》引無"非周鼎"至"安敢無説臣聞"四十字。

　　[3] 周《輯》："生，《漢書》作'可'。"

　　[4] 周《輯》："'臣安敢'二句，原作'周德者'，據《漢書》

補。"按：《開元占經》引亦無"臣安敢無説臣聞"七字，意通則不必補。

⑤ 余《輯》："后稷，原作'天授'，蓋因形近而誤，今據《説苑》及《漢書》改。"按：余説近是，《開元占經》引此正作"后稷"。

⑥ 余《輯》："《説苑》作'上洞天，下漏泉'，《漢書》作'上昭天，下漏泉'，疑今本《説苑》爲後人據《漢書》改。"周《輯》："頗疑'三'字繫形似而衍，不應有，姑志於此。"按：周《輯》多"於"字，《廣記》只作"下漏三泉"，《開元占經》引作"上暢於天，下漏於泉"，近是。

⑦ 余《輯》："原作'德□顯行'，據《説苑》《漢書》增改。"按：余説近是，《開元占經》引此亦作"昭德顯行"。

【綜説】

余氏云："此節見《説苑·善説》篇，但文有删節，文句亦不盡同，今補具詳。"按：《開元占經》卷一百十四引《瑞應圖》下接《説苑》，與此處相類。考其文字，多與《太平廣記》所引相似，而與今本《説苑》有別，余氏疑後人據《漢書》改《説苑》，近是。周氏乃據《漢書》校改此段文字，則大謬也。

《史記·孝武本紀》《封禪書》俱載漢武帝元鼎元年："其夏六月中，汾陰巫錦爲民祠魏脽后土營旁，見地如鈎狀，掊視得鼎，鼎大異於衆鼎，文鏤無款識，怪之，言吏。吏告河東太守勝，勝以聞天子，使使驗問巫錦得鼎無奸詐，乃以禮祠，迎鼎至甘泉。"即此事所本。

魏文帝《典論》亦云："墨子曰：'昔夏后啓使飛廉折金於郴山，①以鑄鼎於昆吾，②使翁難乙灼白若之龜。③鼎成，四定而方，④不灼自烹，⑤不舉自藏，不遷自行。'"⑦

【疏證】

① 山，《初學記》卷三十引同，《墨子》作“山川”，《藝文類聚》卷七十三引作“山”，畢沅校云：“《山海經》云：‘其中多金，或在山，或在水。’諸書引多無‘川’字，非。”按：“郴山”與“昆吾”對文，作此爲上。畢氏不見《初學記》及此，而云有“川”字是，非也。

② 周《輯》：“鑄鼎，原誤作‘精神’，據《墨子》改。余嘉錫疑‘句有誤字’，而未查《墨子》改正，是其失。”

③ 周《輯》：“翁難乙，原作‘翁乙’，據《墨子》補。灼白若，原作‘灼自若’，據《墨子》改。灼白若，《三禮圖》：‘龜以上春灼後左，夏灼前左，秋灼前右，冬灼後右。’‘白’是龜之色，‘若’是龜之屬。《周官》：‘龜人掌六龜之屬，各有名物。天龜曰靈屬，地龜曰繹屬，東龜曰果屬，西龜曰靁屬，南龜曰獵屬，北龜曰若屬。’”

④ 四定，《墨子》作“三足”，《太平御覽》引作“四足”。按：作“四足”是也，鼎三足者方，四足者圓，後人習聞三足鼎立（《說文》：“鼎，三足兩耳，和五味之寶器也。”），又古“四”作“三”，乃徑改爲“三”。“定”則“足”之形訛。《鈎沉》、唐《輯》均改作“四足”，是也。

⑤ 周《輯》：“烹，《墨子》作‘成’。”按：灼，《墨子》作“炊”。下三句“自”上皆有“而”字，不俱出校。

⑥ 周《輯》：“藏，原作‘滅’，據《墨子》《晋中興書》改。”按：所改爲上，方、烹、藏、行韻，作“滅”者，蓋“藏”之形近而訛。

⑦ 余《輯》：“此條諸家所輯《典論》皆失收。”

《拾遺録》云：“周末大亂，九鼎飛入天池。”《末世書論》云：“入泗水。”聲轉，謬焉。①

【疏證】

① 周《輯》："諸書都説周鼎飛入泗水，所以秦始皇齋戒禱祠，使千人没水出之。直至文帝後元元（此"元"字周輯本無）年，方士新垣平也説'周鼎亡在泗水中'。這裏説'九鼎（實係九鼎之一）飛入天池'無據，故復引《末世書論》，説'天池'是'泗水'的聲轉，並認爲謬焉。"王達津《〈殷芸小説輯注〉獻疑》："《末世書論》不當加書名號，實指《史記》等諸書，'末世'對王子年而言即後世。殷芸以飛入天池爲是，飛入泗水爲非，言泗水爲天池聲轉之謬，周先生説似正與殷芸説相反。"范崇高《〈殷芸小説〉校注瑣議》云："此處將叙述文字'末世書論'看作書名，大誤。'末世'即'後世'之義，如《淮南子·原道訓》：'昔者馮夷大丙之御也，乘雲車，入雲霓……末世之御，雖有輕車良馬，勁策利鍛，不能與之爭光。'《漢書·藝文志》：'《春秋》所貶損大人當世君臣，有威權勢力，其事實皆形於傳，是以隱其書而不宣，所以免時難也。及末世口説流行，故有《公羊》《穀梁》《鄒》《夾》之傳。''書論'泛指文章、論著，如《淮南子·要略訓》：'夫作爲書論者，所以紀綱道德，經緯人事。'《宋書·王微傳》：'是以每見世人文賦書論，無所是非，不解處即日借問，此其本心也。''末世書論'等於説'後世論著'，其後文字都是《拾遺録》中語，故全段當標點爲：'《拾遺録》云："周末大亂，九鼎飛入天池。末世書論，云入泗水，聲轉謬焉。"'另外，《拾遺録》即晉代王嘉所著《拾遺記》，此段文字雖不見於今本《拾遺記》，但其辨正傳言之訛誤，與全書體例十分吻合。"按：王、范説近是。觀夫《殷芸小説》之體例，殷芸但引諸書，無作論斷者，不當有此體例。

【綜説】

余《輯》："案：《小説》所引書皆注於正文之末，云出某書，此條雜引群書，獨先出書名，與他書體例不類，恐是《廣記》所改。所引

《拾遺録》，當即王嘉《拾遺記》，今本無此文。"唐《輯》："蘭按：此
條與全書不類，且殷芸不見《拾遺録》，疑《廣記》引誤。"周《輯》：
"此條據《太平廣記》二二九，但《廣記》對原文删節處頗多，且多誤
字，魯迅及余嘉錫輯録時皆未補正。今據《説苑》《漢書》《墨子》
《晉中興書》《淵鑒類函》器物部二鼎一引孫氏《瑞應圖》校補。"按：
周氏所補之可商榷處，已見上論。又，唐説前半句似非，當依余説爲
上，《拾遺録》即《拾遺記》也，《晉書》卷九五《藝術》《隋書·經
籍志》皆有王嘉《拾遺録》。唐氏疑此非《殷芸小説》，則甚有見地。
余氏所云此段體例與他書不類，此其一證。引《説苑》條見於《漢
書》，其時間、地點、人物俱歷歷可考，正是史書所取，何以不合正史
而録之？此其二證。又引《典論》，其時《墨子》尚存，何以不引《墨
子》而轉取《典論》？此其三證。以此論之，則以上諸條或非《小説》
文也。

11　漢武帝過李夫人，^①就取玉簪搔頭。^②自此後宮人搔頭
皆用玉，^③玉價倍貴焉。^④

【疏證】

① 余《輯》："原本闕首二字，'帝'作'辛'，考《雜記》作
'武帝'，今'據改'。"

② 余《輯》："搔，原誤'捈'。"

③ 余《輯》："原誤作'白比言人檢頭'，據《雜記》改。"周
《輯》："後，原無，據《西京雜記》補。玉，原作'玉簪'，據《西京
雜記》删。"按："後"字似不當補，《初學記》卷十、《太平御覽》卷
一百四十四、《事類備要》卷二十一、《錦繡萬花谷》後集卷八引《西
京雜記》皆無"後"字，惟《錦繡萬花谷》別集卷十四有，則"後"

似後人誤增。

④ 余《輯》："玉價倍，三字原闕。"

又以象牙爲篦，[①]賜李夫人。[②]

【疏證】

① 余《輯》："又，原作'夫'，今以意改正。"唐《輯》："'篦'字，今《雜記》下作'簞'，疑象牙不可作簞，以'篦'字爲長，故不改。"按：《初學記》卷十、《太平御覽》卷一百四十四、《事類備要》卷二十一引《西京雜記》皆作"簞"。《魏志·韓務傳》："韓務除郢州刺史，獻七寶牀、象牙席。"左思《三都賦》："桃笙象簞，韜於筒中。"吳筠《行路難》："君不見上林苑中客，冰羅霧縠象牙席。"又周氏云："'篦'係晚出字，古時作'枇'不作'篦'，見《廣雅·釋器》。"（今考趙超《漢魏晉南北朝墓志彙編》、王其禕《隋代墓志銘彙考》等地下出土墓志，亦皆無"篦"字，此字至唐始出。）綜上三説，則作"簞"是也。

②《鈎沉》："《西京雜記》無末二句。"按：此句若上引《初學記》《太平御覽》諸書，皆云出《西京雜記》，蓋今本脱之。

【綜説】

周《輯》："此條據《太平廣記》二二九，失注書名出處，實出《西京雜記》二，因以《西京雜記》參校。末二句非《西京雜記》文，引自何書，待查。'篦'係晚出字，古時作'枇'不作'篦'，見《廣雅·釋器》。頗疑此二句爲後人所增。"按：周氏不知"篦"乃"簞"之誤，而疑末條爲後人增改，誤也。見上疏。

12　武帝爲七寶牀、雜寶案、厠寶屏風、列寶帳，^①設於桂宮，^②時人謂之四寶宮。^③

【疏證】

①　此句《紺珠集》作“漢武以雜寶妝牀屏帳等”，余《輯》云：“此所引出於删節，舉牀、屏、帳而遺案，致與下文四寶之名不合。《類説》又删去‘牀’‘等’二字，尤非也。”

②　《三輔黄圖》卷二引《西京雜記》後復引《長安記》云：“桂宮在未央宮北，亦曰北宮。”

③　周《輯》：“時人，原無，據《西京雜記》補。謂之四寶宮，原作‘謂之四寶帳’，《海録碎事》作‘謂四寶宮也’，此據《西京雜記》改。”

【綜説】

周《輯》：“此條據《紺珠集》二。《海録碎事》七、《類説》亦引之，均係删節成文，與原文相去甚遠。查此條亦出《西京雜記》二，爰據以校改。”按：《太平廣記》卷四〇三云出《拾遺録》（即王嘉《拾遺記》），“屏風”上無“厠寶”二字，蓋脱之。

13　成帝設雲帳、雲幄、雲幕於甘泉宮紫殿，^①世謂之三雲殿。^②

【疏證】

①　周《輯》：“幕，原作‘幂’，據《西京雜記》改。幂係覆食物

殷芸小説補證

之巾，非帳幕。宮，《西京雜記》無。”

② 周《輯》：“世，原無，據《西京雜記》補。之，《西京雜記》、涵芬樓排印本《説郛》無。”

【綜説】

周《輯》：“此條據《説郛》及《紺珠集》。《説郛》原注：‘出《西京雜記》上。’因據校。惟《西京雜記》有兩處反較《説郛》等所引爲簡，未知何故。”按：《編珠》卷二引此作：“成帝設雲幄、雲幕於甘泉殿，謂之二雲殿。”蓋脱“雲帳”二字，後人因改“三”爲“二”。

14　漢成帝好蹴鞠，①群臣以蹴鞠勞體，②非尊者所宜。③帝曰：“朕好之，④可擇似此而不勞者奏之。⑤”劉向奏彈棋以獻。⑥帝大悦，⑦賜之青羔裘、紫絲履，服以朝覲。

【疏證】

① 周《輯》：“成，《類説》誤作‘武’。”按：《白氏六帖事類集》卷九、宋史炤《資治通鑑釋文》卷十一引《西京雜記》亦誤作“武”，武、成形近，二字古書多互訛。

② 周《輯》：“‘群臣’句，《紺珠集》《類説》作‘左右以爲勞’。”

③ 周《輯》：“‘非尊者’句，《紺珠集》《類説》無。尊者，《西京雜記》作‘至尊’。”

④ 周《輯》：“朕好之，《紺珠集》《類説》無。”

⑤ 周《輯》：“可，《紺珠集》《類説》無。此，原無，據《紺珠

38

集》補。"

⑥ 周《輯》："劉向奏，《西京雜記》作'家君作'，因《西京雜記》作者劉歆繫劉向子，故稱。《紺珠集》《類説》作'乃作'。"

⑦ 周《輯》："帝大悦，原作'上悦'，據《西京雜記》改。稱'上'稱'帝'均可，此與上文統一，故改。《類説》自本句起無。"

【綜説】

周《輯》："此條據《太平廣記》二二八，因原出《西京雜記》二，故據以校勘，復參校《紺珠集》《類説》。"按：《太平御覽》卷六百九十四引《西京雜記》"至尊"作"尊者"，"家君"作"劉向"，與《廣記》引《小説》相似，蓋有人以《西京雜記》非劉歆作，乃據《小説》以校改也。

15　或言始於魏文帝宮人妝奩之戲，①帝爲之特妙，②能用手巾角拂之。③有人自言能，④令試之，⑤以葛巾低頭拂之，⑥更妙於帝。⑦

【疏證】

① 周《輯》："'或言'句，《世説》作'彈棋始自魏宮内用妝奩'，注云：'傅玄《彈棋賦》叙曰："漢成帝好蹴鞠，劉向以謂勞人體、竭人力，非至尊所宜御，乃因其體，作彈棋。今觀其道，蹴鞠道也。"按玄此言，則彈棋之戲，其來久矣。且《梁冀傳》云："冀善彈棋格五。"而此云起魏世，謬矣。'宮人，《類説》作'宮中'。"

② 周《輯》："'帝爲之'句，《世説》作'文帝於此戲特妙'。"按：《太平廣記》卷二百二十八引《世説新語》作"文帝爲之特妙"，

與此處文相類，後世引文多從"文帝於此戲特妙"，或爲後人所改。

③ 周《輯》："能，《世説》無。之，《世説》作'之無不中'。"

④ 余《輯》："《類説》無'自言'以下六字。"周《輯》："人自言，《世説》作'客自云'。"

⑤《輯》："令試之，《世説》作'帝使爲之'。"

⑥ 周《輯》："'以葛巾'句，《世説》作'客著葛巾角低頭拂棋'。"

⑦ 周《輯》："更妙，《世説》作'妙逾'。"

【綜説】

余《輯》："自'或言'以下出《世説·巧藝》篇，殷芸蓋合兩事爲一條。今故並所引《雜記》重録之，以存原書之式。惟删節過多，異同處不能悉校。"周《輯》："此條據《紺珠集》，因出於《世説新語》第二十一《巧藝》篇，故以《世説新語》爲主校，而以《類説》參校。余嘉錫謂：'殷芸蓋合兩事爲一條。今故並所引《雜記》重録之，以存原書之式。'此説殊未善，殷芸《小説》久佚，從何見'原書之式'？觀余氏所作《輯證》，於後一事自'或言'以上，將'漢成帝好蹴鞠'至'作彈棋以獻'重録一過，就《小説》體例觀，每條均無重複叙述處，恐殷芸原書之式絶不如此。魯迅先生輯《小説》，於此條後一事即自'或言'起，不再重録。惟前一事出《西京雜記》，後一事出《世説新語》，合而爲一，易兹混淆。因前後二事除彈棋外，内容並不相涉，故析爲二條，以清眉目。又余氏謂：'删節過多，異同處不能悉校。'似亦未盡校勘之能事。今各以所據引書爲底本，校以原書。"按：此或當存余氏之舊，周氏云小説"每條均無重複處，恐殷芸原書之式絶不如此"，殊未確也。《紺珠集》於《小説》下注云："至於目若岩電事，或云：'裴令公姿容爽俊，疾困，武帝使王夷甫往看之。裴先向壁卧，聞王來，強迴視之。夷甫出語人曰："雙目爛爛如岩下電，精神挺動，故有小惡耳。"'（原注：出《世説》）或云：'裴令公目王安豐，眼爛爛如岩下電。'（原注：出《語林》）俱收並録，並無考訂。"則是原書存有重複之條，殷芸收録之時，並無考訂甄別之勞。且觀夫《廣記》卷二二八，首引成帝好蹴鞠事，注云出《小説》；次引魏文帝善蹴鞠事，注云出《世説》，若《廣記》所引條本與《紺珠集》所引同，一併引之可也，似不必再爲別引《世説》。綜上，當依余氏所輯爲上。《鈎沉》、唐《輯》俱單録《紺珠集》而不取《廣記》，則其失也。

彈棋究竟起於何時，已無所考證，今所能知者，絶非起於魏文帝之時。史游《急就篇》"棋局博戲相易輕"顔師古注云："棋局謂彈棋、圍棋之局也。"依此論之，則漢元帝時已有彈棋。蓋彈棋始於宮中，後世據此以僞造其説。

傳説之演變，多屬之名人。《東觀漢記》卷八載樂成王萇事，云其"居諒闇，衰服在身，彈棋爲戲，不肯謁陵"。樂成王好彈棋，然其名不著，後世流傳中，因改樂成王爲成帝。後世又因此造漢成帝時劉向造彈棋之説。魏文帝好彈棋事，《典論》文帝自叙曰："戲弄之事少所喜，唯彈棋略盡其妙，少時嘗爲之賦。"《三國志·魏志·文帝》裴松之注引《博物志》云："帝善彈棋，能用手巾角。時有一書生，又能低頭以所冠著葛巾角撇棋。"世蓋以文帝善彈棋，乃造始自魏宮説。

16　漢帝及侯王送死，[①]皆用珠襦玉匣。[②]

【疏證】

　①　余《輯》："及侯王，今《雜記》脱此三字，此可補其闕。"按：余説是，《漢書·董賢傳》云："及至東園秘器、珠襦玉柙，豫以賜賢，無不備具。"董賢爲高安侯，是侯王送死亦用珠襦玉匣之證。且《初學記》卷十四、《北堂書鈔》卷九十四引《西京雜記》皆有此三字，蓋今本脱之。

41

　　② 周《輯》："珠襦玉匣，'匣'應作'柙'，用來作爲攔隔之物。珠襦及玉柙，都是封建時代帝王貴族死後盛殮時所用的服飾。據唐顏師古《漢書》注，珠襦是用珠爲襦（短襖），形似鎧，以黃金爲縷連縫，自腰以下，用玉爲柙，一直到脚，也以黃金爲縷連縫。但《漢書‧霍光傳》載：'太后被珠襦盛服，坐武帳中。'則又似凡串珠的衣服都叫珠襦，生前亦作爲盛服，不獨死後盛殮時始用。"王達津《〈殷芸小說輯注〉獻疑》："顏注以珠襦爲上，玉匣在下，似臆測，今發現金縷玉匣，實係全身。"按：周說"匣"應作"柙"，誤也。二字古通，《論語‧季氏》"虎兕出於柙"，《釋文》"柙"作"匣"。《莊子‧天運》"柙而藏之"，《北堂書鈔》卷一二二、《太平御覽》卷三四四引作"匣"。《列子‧湯問》"匣而藏之"，《釋文》"匣"作"柙"，云："柙與匣同。"《西京雜記》本作"匣"字，不必疑爲"柙"也。

【綜說】

　　周《輯》："此條據《類說》四九，因出《西京雜記》一，故據以參校。惟《西京雜記》反較《類說》脫'及侯王'三字，與前'漢成帝三雲殿'條同，頗疑今本《西京雜記》曾經後人刪節，故反較《類說》《紺珠集》《說郛》等書所引爲簡。余嘉錫謂：'此可補今本《西京雜記》之闕。'甚是。"按：此或爲後世傳鈔中脫漏，未必後人有意識刪節。

　　葬死用珠襦玉匣，《史記‧齊太公世家》正義引《括地志》云："齊桓公墓在臨菑縣南二十一里牛山上，亦名鼎足山，一名牛堌，一所二墳。晉永嘉末，人發之，初得版，次得水銀池，有氣不得入，經數日，乃牽犬入中，得金蠶數十薄，珠襦、玉匣、繒彩、軍器不可勝數。又以人殉葬，骸骨狼藉也。"《吳越春秋‧闔閭內傳》言闔閭女兒勝玉自殺後："闔閭痛之，葬於國西閶門外，鑿池積土，文石爲椁，題湊爲中，金鼎玉杯，銀樽珠襦之寶，皆以送女。"未知以珠襦玉匣爲葬器早在春秋時已有之，抑或後人因後世制度以附會也。

17　魏武少時，嘗與袁紹好爲游俠。^①觀人新婚，因潛入主人園中，夜叫呼云：“有偷兒至。^②”青廬中人皆出觀，^③魏武乃入，^④抽刃劫新婦。與紹還出，失道，墜枳棘中。^⑤紹不能動。^⑥帝復大呼：^⑦“偷兒今在此。^⑧”紹惶迫，自擲出，遂以俱免。^⑨

【疏證】

①　周《輯》：“劉孝標《世説新語》注引《曹瞞傳》云：‘少好譎詐，游牧無度。’又引孫盛《雜語》云：‘武王少好俠，放蕩不修行業。’則少年游俠事當有之。”按：《三國志·魏志·武帝紀》：“太祖少機警，有權數，而任俠放蕩，不治行業。”又《袁紹傳》：“紹有姿貌威容，能折節下士，士多附之，太祖少與交焉。”裴松之注引《英雄記》：“好游俠，與張孟卓、何伯求、吳子卿、許子遠、伍德瑜等皆爲奔走之友。”

②　余《輯》：“至，《世説》作‘賊’。”

③　余《輯》：“‘青’字據《世説》補。”周《輯》：“青廬，古時舉行婚禮的房屋。段成式《酉陽雜俎》：‘北朝婚禮，用青布幔爲屋在門内外，謂之青廬，於此交拜迎婦。’此俗在河北一帶，迄六朝猶然。”按：所補是也。《孔雀東南飛》：“其日牛馬嘶，新婦入青廬。”則至遲漢末已有此風俗。《北齊書·帝紀八》載北齊殤帝：“御馬則籍以氍毹，食物有十餘種，將合牝牡，則設青廬、具牢饌而親觀之。”是以人事作用於馬事也。

④　周《輯》：“‘魏武’句，原作‘帝乃’，據《世説》改。”按：

《太平御覽》卷六百九十九引《世説新語》亦只作"帝乃"，則宋時版本本有作此者，不必據《世説》改也。

⑤ 楊萬里《誠齋集》卷六十七云："昔曹孟德、袁本初同爲游俠，二人嘗抽刃劫人之新婚，而本初失道，墜枳棘中。孟德大呼云：'偷兒在此。'本初一擲而得出。"即用此事。據此，失道者，只是袁紹，非二人俱失道也，則"婦"下當作句號，"出"下當作逗號，今正之。

⑥ 周《輯》："能，《世説》作'能得'。"按：《御覽》引《世説》亦無"得"字。

⑦ 周《輯》："'帝復'句，《世説》作'復大叫云'。"按：呼，《太平廣記》本作"叫"，周《輯》誤録。又《御覽》引《世説》與《廣記》同，且上主語爲袁紹，若此無"帝"字，則主語爲曹操矣，今本《世説》或脱"帝"字。

⑧ 周《輯》："今，《世説》無。"按：《御覽》引《世説》有"今"字。

⑨ 周《輯》："遂以，原無，據《世説》補。"按：《御覽》引《世説》但作"遂"。

【綜説】

此事殷芸收入《小説》，蓋以搶婚之不經。然曹操於女子，猶特喜他人之婦，其妻杜夫人爲呂布部將秦宜禄之妻，尹夫人爲何太后侄之妻，而武宣卞皇后則本倡人。兩漢之風，娶妻不論貴賤，不重貞操，帝王娶再醮之婦，臣子掠他人之妻，經典習見。漢末承其餘緒，又有兵燹亂離之苦，曹操搶婦，未必真乃後人虛構。

魏武又嘗云：① "人欲危己，己輒心動。"因語所親小人云：② "汝懷刃密來我側，③我心必動，便戮汝，汝但勿言，④當

厚相報。⑤”侍者信焉，⑥不以爲懼，⑦遂斬之。此人至死不知
也。左右以爲實，⑧謀逆者挫氣矣。

【疏證】

　　① 周《輯》：“云，《世説》作‘言’。”按：《世説》“嘗”作
“常”，二字古通。

　　② 周《輯》：“云，《世説》作‘曰’。”按：明嘉靖談愷刻本、四
庫本《太平廣記》皆作“曰”，余《輯》、唐《輯》引《廣記》同，惟
《鈎沉》作“云”，未知所據何本。

　　③ 周《輯》：“我側，原無，據《世説》補。”

　　④ 周《輯》：“‘我心’三句，《世説》作‘我必説心動，執汝使
行刑，汝但勿言其使，無他’。”按：《太平御覽》卷三百七十六引《世
説》作：“我必心動，使戮汝，但勿言。”與《廣記》引《小説》相
近，疑今本《世説》爲後人所改。又此處言他人殺所親近小人，非曹
操自戮之，作“使”字爲上。“便”“使”形近，古多互訛。《漢書·
吴王濞列傳》顔師古注“使報”宋祁云：“當作‘便報’。”《戰國策·
東周策》“居中不便”姚宏注：“便，劉作‘使’。”皆二字易訛之證。

　　⑤ 周《輯》：“厚，原作‘後’，據《世説》改。”

　　⑥ 余《輯》：“侍者，《世説》作‘執者’，蓋誤。”按：此恐非誤
字，《御覽》引《世説》作“懷刃（原作刀，當作刃）者信焉”，若作
“執者”，則解爲執刃者，亦可通。

　　⑦ 周《輯》：“不以爲懼，原無，據《世説》補。”按：《御覽》
引《世説》亦無此四字。

　　⑧ 周《輯》：“‘此人’二句，原無，據《世説》補。”按：《御
覽》引《世説》亦無此二句。

【綜説】

余《輯》云："上引文有删節。"按：《太平御覽》引《世説》作多與此處相同，而與今本《世説》差距較遠，疑今本《世説》經後人增補。周氏據今本《世説》補《小説》，殊爲不妥。

又袁紹年少時，①曾夜遣人以劍擲魏武，②少下，不著。魏武揆其後來必高，③因帖臥牀上，劍至，④果高。

【疏證】

① 周《輯》："又，《世説》作'常'。"按：此條不明所云，上條"魏武又嘗云"之"嘗"《世説》作"常"，下條"魏武又云"之"又"《世説》作"常"，或爲某條誤置此處。

② 周《輯》："夜遣人，《世説》作'遣人夜'。"按：《御覽》兩引《世説》，卷三百九十三作"曾遣人夜以劍擲魏武"，卷七百〇六作"曾夜以劍遣人擲魏武"，則宋時《世説》版本已有歧。

③ 周《輯》："武，原作'帝'，據《世説》改。揆，《世説》作'揆之'。"按：《御覽》卷七百〇六引《世説》作"帝揆其後必高"，則《世説》或本作此，不當改，存其舊可也。

④ 周《輯》："至，原無，據《世説》補。"

【綜説】

此條與首條曹操與袁紹同搶婚完全相悖，《世説新語》劉孝標注云："按袁、曹後由鼎跱，迹始攜貳。自斯以前，不聞釁隙，有何意故而剗之以劍也？"余嘉錫《世説新語箋疏》引吳承仕説："'少不下著'者，劍著牀下耶？此節記事可疑。"

魏武又云：^①“我眠中不可妄近，近輒斫人，^②亦不自覺，^③左右宜慎之！^④”後乃佯凍，^⑤所幸小人竊以被覆之，^⑥因便斫殺。自爾每眠，^⑦左右莫敢近之。^⑧

【疏證】

① 周《輯》：“又，《世説》作‘常’。《語林》無。”

② 周《輯》：“輒，《世説》作‘便’。”按：《太平御覽》卷七百八引《語林》亦作“輒”。

③ 周《輯》：“自，《語林》無。”按：《御覽》引亦無“亦”字。

④ 周《輯》：“慎之，《世説》作‘深慎’。”

⑤ 余《輯》：“《世説》作‘此後陽眠’，此於文義爲長。”周《輯》：“後乃佯凍，《語林》作‘陽凍眠’。《世説》作‘此後陽眠’，義較長，惟‘凍’字不可無，如非恐其凍，即無下文覆被事。”

⑥ 余《輯》：“小人，《世説》作‘一人’，非是。”周《輯》：“小人，《語林》作‘小兒’。”

⑦ 周《輯》：“每眠，原無，據《世説》補。”

⑧ 周《輯》：“左右，原無，據《世説》補。之，《世説》作‘者’。”

【綜説】

周《輯》：“此條據《太平廣記》一九〇，因原出《世説新語》第二十七《假譎》篇，故以《世説》參校。《世説》原分四條，《廣記》合二爲一，殊非盡善，今依《世説》分爲四條，既存其真，復清眉目。又，《世説》第四條係襲自東晉裴啓《語林》，故復以《太平御覽》引《語林》參校。”

考上條，《小説》與《語林》文多相類，而距今本《世説》相差較多，是今本《世説》經後人校改之證也。又此條《三國演義》第七十二回《諸葛亮智取汉中　曹阿瞞兵退斜谷》用之。

18　魏武將見匈奴使，自以形陋，①不足懷遠國，②使崔季珪代當坐，③自捉刀立牀頭。④事畢，⑤令間諜問曰：⑥"魏王何如？"使曰：⑦"魏王雅望非常，⑧然牀頭捉刀人，乃英雄也！"⑨魏武聞之，⑩馳殺此使。⑪

【疏證】

①　周《輯》："自，原闕，據《世説》補。形陋，容貌不揚。《世説》注引習鑿齒《魏氏春秋》：'武王資貌短小。'足爲形陋之證。"按：此惟《鈎沉》引《廣記》無"自"字，明嘉靖談愷本、四庫本《廣記》俱有"自"字。

②　周《輯》："懷，《世説》《語林》均作'雄'。雄有威義，較懷義長，應從。"按：周説是，《錦繡萬花谷》正作"雄"，又"足"下有"以"字。

③　《世説新語》劉孝標注引《魏志》："崔琰字季珪，清河東武城人。聲姿高暢，眉目疏朗，鬚長四尺，甚有威重。"周《輯》："當坐，原作'當之'，據《語林》改。《世説》無。"按：《錦繡萬花谷》亦作"當之"，似原本作此，不必改字。

④　周《輯》："自，《語林》作'乃自'，《世説》作'帝自'。"按：《太平御覽》卷四四四引《語林》與《廣記》引《小説》同。

⑤　周《輯》："事，《世説》作'既'，《語林》作'坐既'。"

⑥　此句《御覽》卷四四四引《語林》作"使僕問曰"，卷七七九

引《語林》作“令人問”。周《輯》：“間諜，原指伺敵情而返報的細作，這裏似指接待人員。”按：此處釋作細作自可通，若是遣接待人員問之，匈奴使臣恐當僅贊崔季珪而不及曹操，自不能得其實。且若接待人員問之，隨時告之，則隨時殺之可也，不必云“馳殺”。

⑦ 周《輯》：“使曰，《語林》作‘使答曰’，《世説》作‘匈奴使答曰’。”

⑧ 此句《御覽》卷四四四引《語林》作“魏王信自雅望”，卷七七九引《語林》作“魏王信曰雅望”，“曰”當是“自”之訛。

⑨ 周《輯》：“乃，《語林》《世説》作‘此乃’。”

⑩ 周《輯》：“武，原作‘王’，據《世説》改。”按：此處“魏武”作“王”，非“武”作“王”也。《錦繡萬花谷》亦只作“王”，考《御覽》引《語林》皆作“魏王聞之”，《御覽》卷九十三引《世説》作“魏王”，《記纂淵海》卷六十一作“王”，則不必據今本《世説》改之。

⑪ 周《輯》：“馳，《語林》作‘馳遣’，《世説》作‘追’。”王達津《〈殷芸小説輯注〉獻疑》：“前有使曰云云，此當爲遣使，則原當作‘遣馳殺此使’，脱‘遣’字。《語林》今本二字誤倒。”按：王説似可從，魏武當非親自殺之，乃遣人耳。又：《錦繡萬花谷》“此”誤作“北”。

【綜説】

周《輯》：“此條據《太平廣記》一六九，亦見《世説新語》第十四《容止》篇，故以《世説》參校。但《世説》實襲自東晉裴啓《語林》，故又校以《太平御覽》所引。《御覽》引《語林》有四四四、七七九兩處，文字略有差異，以較近於《世説》者爲準。”按：《錦繡萬花谷》後集卷十九亦引此，云出《小説》，與《廣記》引多同。周氏據《世説》以改《小説》，非也。劉知幾《史通·暗惑》篇引《魏志注》

引《語林》云：“匈奴遣使人來朝，太祖令崔琰在座，而己握刀侍立。既而使人問匈奴使者曰：‘曹公何如？’對曰：‘曹公美則美矣，而侍立者非人臣之相。’太祖乃追殺使者。”與此處文字多異。

劉知幾論此事云：“昔孟陽卧牀，詐稱齊后；紀信乘轝，矯號漢王。或主遘屯蒙，或朝罷兵革。故權以取濟，事非獲已。如崔琰本無此急，何得以臣代君者哉？且凡稱人君，皆慎其舉措，況魏武經綸霸業，南面受朝，而使臣居君座，君處臣位，將何以使萬國具瞻，百寮僉矚也！又漢代之於匈奴，其爲綏撫勤矣。雖復略以金帛，結以親姻，猶恐虺毒不悛，狼心易擾。如輒殺其使，不顯罪名，復何以懷四夷於外蕃，建五利於中國？且曹公必以所爲過失，懼招物議，故誅彼行人，將以杜兹謗口，而言同綸綍，聲遍寰區，欲蓋而彰，止益其辱。雖愚暗之主，猶所不爲，況英略之君，豈其若是？夫芻蕘鄙説，閭巷讕言，諸如此書，通無擊難。而裴引《語林》斯事，編入《魏史》注中，持彼虛詞，亂兹實。蓋曹公多詐，好立詭謀，流俗相欺，遂爲此説。”余嘉錫《世説新語箋疏》亦云：“此事近於兒戲，頗類委巷之言，不可盡信。”按：《東觀漢記·承宮列傳》載承宮：“永平中徵爲博士，遷左中郎將，數納忠諫，論議切直，名播匈奴。時單于遣使，求欲得見宮。詔敕宮自整飾。對曰：‘彼徒炫名，非實識也。臣狀醜不可以示遠，宜選長大威容者。’帝乃以大鴻臚魏應代之。”與此事頗相類，或即此事所變而來。

19　陵雲臺上，①樓觀極盛。②初造時，③先稱衆材，④俾輕重相稱，⑤乃結構。⑥故雖高，⑦而隨風動搖，終不壞。⑧魏明帝登而懼其傾側，⑨命以大木扶之。⑩未幾毀壞。⑪論者謂輕重力偏故也。⑫

【疏證】

① 周《輯》："陵雲臺，在河南洛陽。楊衒之《洛陽伽藍記》：'千秋門内道北有西游園，園中有陵雲臺，即魏文帝所築者。臺上有八角井。高祖於此造梁風觀，登之遠望，極目洛川。'又《述征記》：'魏明帝起陵雲臺，躬自掘土，群工皆負畚鍤。時陰寒，役者多死。高堂隆等諫之，不聽，累年而畢。'按二記一云臺係魏文帝所築，一云起自魏明帝，未知孰是。但各書多作明帝，應從衆。上，《世説》《類説》無。"按：周氏從衆之説不確，見下綜説。

② 周《輯》："樓觀極盛，《世説》作'樓觀精巧'，《類説》無。"按：《初學記》卷二十四、《藝文類聚》卷六十三、《太平廣記》卷二百二十五、《太平御覽》卷一百七十六、《錦繡萬花谷》後集卷二十四引《世説》"精巧"上皆有"極"字，蓋今本脱之。

③ 余《輯》："《世説》不言'初造時'。"

④ 周《輯》："稱，原作'秤'，據《類説》改。《世説》作'稱平'。材，《世説》作'木'。"按：稱、秤古通。《初學記》《藝文類聚》《太平廣記》《太平御覽》《錦繡萬花谷》後集引《世説》"木"皆作"材"，今本《世説》作"木"，當是後人所改。

⑤ 周《輯》："俾輕重，《世説》作'輕重'。"按：《初學記》《藝文類聚》《太平廣記》《太平御覽》《錦繡萬花谷》後集引《世説》"輕重"下皆有"當宜"二字，疑今本《世説》脱之。

⑥ 周《輯》："乃結構，《類説》無，《世説》作'然後結構，乃無鎦銖相負揭'。"按：今本《世説》恐有脱誤，《初學記》引此作"然後造構，乃無錯鎦銖，遞相負揭"，《錦繡萬花谷》後集引同。"負揭"乃擔負之義，此處言層叠相累。"無錯鎦銖，遞相負揭"言其構造無鎦銖之差，層叠向上而成高峻之勢。今本脱漏，遂使其意不明。

⑦ 周《輯》："故，《世説》作'臺'。高，《世説》作'高峻'。"

⑧ 周《輯》："'而隨風'二句，《世説》作'常隨風摇動，而終

無傾倒之理'。"按：《初學記》《藝文類聚》《太平廣記》《錦繡萬花谷》後集引《世說》"常"皆作"恒"，今本作"常"者，蓋避宋真宗諱而改。又"而終無傾倒之理"，《初學記》《太平廣記》《錦繡萬花谷》後集引《世說》作"而終無崩隕"，《藝文類聚》《太平御覽》引則無此句。

⑨ 余《輯》："魏，兩書皆作'晋'。按晋明帝未嘗至洛陽，其誤顯然，今據《世說》改。"周《輯》："而，《世說》作'臺'。傾側，《世說》作'勢危'。"

⑩ 周《輯》："'命以'句，《世說》作'別以大材扶持之'。"

⑪ 周《輯》："'未幾'句，《世說》作'樓即頹壞'。"按：《初學記》《藝文類聚》《太平廣記》《太平御覽》《錦繡萬花谷》後集引《世說》"即"下皆有"便"字，今本恐脫之。

⑫ 周《輯》："'論者'句，原無，據《世說》補。"

【綜說】

周《輯》："此條據《紺珠集》，校以《類說》。因出《世說新語》第二十一《巧藝》篇，故又以《世說》參校。惟《紺珠集》《類說》二書不僅刪節甚多，且多錯誤，尤其誤魏明帝爲晋明帝，其錯特甚。魯迅據《紺珠集》輯殷芸《小說》，刪去'晋'字，似亦鑑於其誤，惟將此條列於晋明帝條後，似仍受其影響。余嘉錫謂：'按晋明帝未嘗至洛陽，其誤顯然。'甚是。惟謂《世說》多刪改，則殊未然，由於《紺珠集》《類說》皆節略成書，此條反賴《世說》得存其全。"按：周說有兩處值得商榷，《小說》本刪節成文，周氏以爲《紺珠集》《類說》自爲刪節，考二書所引《小說》，文字相類，且並誤魏明帝爲晋文帝，二書作者不同，若並刪節成文，不得如此相類。周氏據今本《世說》參校文字，然今本《世說》亦有脫訛之處，則需先校今本《世說》之誤方能疑《小說》之非。陵雲臺之建，世多傳爲魏明帝時，除上周氏引

《述征記》，又見於《拾遺記》卷七、《酉陽雜俎》卷九，然《三國志・魏志・文帝紀》明載文帝四年築陵雲臺，不當信衆而疑寡、信小說而疑正史。

　　20　晉咸康中，有士人周謂者，^①死而復生。言天帝召見，^②引升殿，^③仰視帝，^④面方一尺，問左右曰："是古張天帝邪？^⑤"答云：^⑥"上古天帝，久已聖去，^⑦此近曹明帝也。^⑧"

【疏證】

　　① 余《輯》："《類説》作'晉周興'。"按：《括異志》與《類説》同，《弇州四部稿》第二句但作"周興"。

　　②《弇州四部稿》無"言"字，意不順，蓋脱之。

　　③ 余《輯》："《類説》無'引'字。"按：《括異志》《弇州四部稿》與《類説》同。

　　④ 周《輯》："帝，《類説》作'紫氣鬱鬱'。"按：《弇州四部稿》與《類説》同，《括異志》作"雲氣紫鬱鬱然"。余《輯》、唐《輯》皆據《類説》補"紫氣鬱鬱"四字，近是。又《括異志》"帝"作"天帝"，屬下句。

　　⑤ 邪，《紺珠集》本作"耶"，二字古雖通，然周氏既據《紺珠集》録之，則當存其舊。又《括異志》無"古"字，《類説》"天"誤作"大"。

　　⑥ 余《輯》："《類説》作'曰'。"按：《括異志》《弇州四部稿》亦作"曰"。

　　⑦ 周《輯》："聖去，《類説》作'升去'。"按：《括異志》"去"誤作"矣"，《弇州四部稿》"聖"作"仙"。

⑧ 余《輯》："也，《類説》作'耳'。"按：《括異志》《弇州四部稿》亦作"耳"，《弇州四部稿》"此"下有"是"字。

【綜説】

周《輯》："此條據《紺珠集》，校以《類説》。余嘉錫謂：'此不知出何書。'查《淵鑒類函》天部天三曾引此條，至'面方一尺'爲止，謂出《晋書》，但《晋書》中未見此文。"按：此事又見宋魯應龍《括異志》，惜未云出處，王世貞《弇州四部稿》卷一百七十四引之，云出《殷芸小説》，因并據二書以參校。考二書之所録，多與《類説》同，或當取《類説》爲底本録之。《淵鑒類函》云出《晋書》，今本《晋書》實未嘗見。考明陳耀文《天中記》卷十六引此條，未云出處，而上下兩條皆出自《晋書》，或後世因此而乃誤以爲此條亦屬《晋書》歟？殊不知殷芸纂輯《小説》，乃取不可入史書者，若果出自《晋書》，則與編纂之本旨相悖也。

余《輯》："此不知出何書。《酉陽雜俎》十四《諾皋記》言天翁姓張名堅，奪劉天翁之位而代之，其事雖爲不經。蓋張角之徒所妄造。此條稱張天帝知其説自晋以前已有之，可與《雜俎》互證。曹睿有何功德，乃得尊爲天帝？妖妄之談，無足深辨耳。"清人俞正燮亦云其語荒誕（見《癸巳存稿》卷十三）。天帝者爲何，本無一説，略陳梗概，約有三變。初以天帝爲一，中央之帝爲皇帝，然孰爲皇帝？或言伏羲，或言帝俊，未得一統。至於王莽立新，修易郊祀志禮，以中央之帝并四方之帝統稱爲天帝。至於漢末，神州陸離，懷異志者咸欲明正統，登大寶，故造爲天帝變更之説，以人帝配天帝，以爲變革之輿論。（天帝變更之説，仍本於周禮。《史記·封禪書》云："周公既相成王，郊祀后稷以配天，宗祀文王於明堂以配上帝。"是以天帝爲自然之神，天者，日月星辰之類也；上帝爲人文之神，以始祖爲之，上者，登遐之謂也。後世乃混天帝、上帝爲一，並言在下爲人帝，在上爲天帝，天人相應，朝代有更革，天帝有變易也。）《後漢書·天文志》載初平四年："孛星出兩角間，東北行入天市中而滅。占曰：'彗除天市，天帝將徙，帝將易都。'是時上在長安，後二年東遷，明年七月，至雒陽，其八月，曹公迎上都許。"天帝之行爲與人帝相互影響，則天上人間俱爲一家之所有。《小説》載曹明帝代張天帝非以其有德，以其據寶位也。然其事所以荒謬不能信者，周最既是晉人，若阿諛以悦上，當云所見爲晉文帝、晉元帝，何稱乎曹明帝？豈非自取其禍也。

21　晉明帝爲太子時，①聞元帝沐，上啓云：②"臣紹言，伏蒙吉日沐頭，老壽多宜，謹拜表賀。③"答云："春正月沐頭，至今大垢臭，故力沐耳！④得啓，知汝孝愛，當如今言，父子享禄長生也。⑤"又啓云：⑥"伏聞沐久，⑦想勞極，⑧不審尊體何如？⑨"答云：⑩"去垢甚佳，身不極勞也。⑪"

【疏證】

①《類説》無"時"字。

②《鈎沉》："《續談助》引作'晉明帝啓元帝'。"

③　余《輯》："'表'字原脱，據《古文苑》補。"周《輯》："表賀，原作'賀表'，據《古文苑》改。"按：《十萬卷樓叢書》收録之《續談助》，未脱"表"字。又《四庫》本、《四部叢刊》影宋本《古文苑》"表賀"下並復有"表"字，或爲衍文。

④　余《輯》："'力'字，孫氏覆宋本及章注本《古文苑》皆誤作'乃'。"

⑤　周《輯》："《紺珠集》《類説》無上一啓。"按：《丹鉛續録》亦無。

⑥ 周《輯》:“又啓云,《紺珠集》《類説》無。”

⑦ 周《輯》:“‘伏聞’句,原作‘沐伏久’,據《類説》改。”

⑧ 周《輯》:“想,原無,據《紺珠集》補。”按:上兩句,《丹鉛續録》所載與《續談助》同,《古文苑》作“沐久勞極”。作“沐伏久勞極”亦通,《左傳·僖公二十四年》“沐則反覆”《正義》引韋昭説:“沐則低頭,故心反覆也。”沐需低頭,故曰“伏”。上啓云晋元帝“力沐”,“力沐”則“伏久”,“伏久”則“勞極”,因果相生,義既通,存其舊可也。

⑨ 何如,《類説》作“如何”。

⑩ 答云,《丹鉛續録》作“元帝答之曰”,蓋因節録,恐義不完,因補之。

⑪ 余《輯》從《紺珠集》,云:“不勞,《類説》作‘不極’,《古文苑》作‘不極勞’。”周氏乃據《古文苑》補“勞”字,蓋以“極”爲“極爲”之“極”。《丹鉛續録》與《續談助》同,楊慎引此文下云:“《神農本草》云:‘勞極灑灑。’注:‘極,欿也。’”按:“欿”,今本《説文》作“㑯”,云“勞也”。《史記·司馬相如列傳》索隱引《説文》作“谻”,云“燕人謂勞爲谻”。《方言》作“㩶”,云“㱦,㩶,倦也”,下注:“今江東呼極爲㱦。”㱦、極,地隔言殊;㑯、極,一聲之轉,三者皆有困倦勞苦之義。《史記·屈原列傳》:“勞苦倦極,未嘗不呼天也。”司馬相如《上林賦》:“窮極倦谻,驚憚慴伏。”《漢書·王褒傳》:“匈喘膚汗,人極馬倦。”《世説新語·言語》:“顧司空未知名,詣王丞相,丞相小極,對之疲睡。”四處“極”皆“倦怠”之義。此處“身不極”義自通,不凡補“勞”字。

【綜説】

周《輯》:“此條據宋晁載之《續談助》四,原注:‘出晋敕。’《續談助》雖也有脱誤,但所引係全文,不若《紺珠集》《類説》之僅引一啓，節略太甚。又《古文苑》卷五亦有此條，當係從本書録入，今一並據校。"按：此又見楊慎《丹鉛續録》卷四，故據以補校。《續談助》引此條下，云："此卷並秦漢晋宋諸帝。"唐《輯》："《續談助》常於每卷所引第一條下注出此卷内容，今《説郛》所引正爲秦漢諸帝，故當在此條前同爲一卷也。"

此事平淡乏味，一沐兩啓，瑣屑繁蕪，且"大垢臭""去垢甚佳"之語鄙陋之極，不似帝王言。上第四條漢高祖之敕亦有此類特點。

22　晋成帝時，庾后臨朝，南頓王宗爲禁旅官，典管鑰。諸庾數密表疏宗，宗罵言云："是汝家門閣邪？"諸庾甚忿之，托黨蘇峻誅之。後帝問左右："見宗室有白頭老翁何在？①"答："同蘇峻作賊已誅。②"帝聞之流涕。后頗知其事，每見諸庾道"枉死"。帝嘗在后前，乃曰："阿舅何爲云人作賊，輒殺之？人忽言阿舅作賊，當復云何？③"庾后以牙尺打帝頭云：④"兒何以作爾形語？⑤"帝無言，唯大張目，⑥熟視諸庾。諸庾甚懼。

【疏證】

①　周《輯》："見，現在。"按：此釋爲"目見"之"見"亦通，《晋書》作"常日"，曰"見"者，謂常日所見也。

②　余《輯》："作賊，二字據《困學紀聞》引補。"

③　周《輯》："'南頓王宗……當復云何'一段，《困學紀聞》引作：'諸庾誅南頓王宗，帝問："南頓何在？"答曰："黨峻作賊已誅。"帝知非黨，曰："言舅作賊，當復云何？"'《晋書·成帝紀》末段作：

'南頓王宗之誅也，帝之不知。及蘇峻平，問庾亮曰："常日白頭翁何在？"亮對以謀反伏誅。帝泣謂亮曰："舅言人作賊，便殺之；人言舅作賊，復若何？"亮懼，變色。'與《困學紀聞》所引同而較詳，且指出成帝是問庾亮而非問諸庾，但與《晋書》本傳所載大異，當以《成帝紀》爲正。"

④ 余《輯》："原無'頭'字，從《紀聞》補。"周《輯》："庾后以牙尺打帝頭事不見於正史，《晋書·明穆庾皇后傳》僅云'及蘇峻作逆，京都傾覆，后見逼辱，遂以憂崩'。但後面《后妃傳論》中明明有'持尺威帝'之語，若庾后已死於蘇峻作亂時，則不應在蘇峻亂平後，尚能偏袒庾亮，以牙尺打成帝頭。"

⑤ 余《輯》："鼠，《紀聞》作'兒'。案：鼠或是成帝小字。形，《紀聞》無此字。"周《輯》："兒，原作'鼠'，當繫形似而訛。余嘉錫按語謂：'鼠或是成帝小字。'非。成帝以太子之尊，小字似不會叫'鼠'。"王達津《〈殷芸小説輯注〉獻疑》："'爾形'當爲'爾許'，聲近致訛。爾許即如此、這樣。"按：余説存疑可也，不可臆改爲"兒"。古人小字，多有以獸名命之者，《左傳》載令尹子文名斗穀於菟，楚人謂虎爲於菟也；《南史》載張敬兒小字狗兒，以其母夢犬子舐之；《邵氏聞見後録》載王安石小字獾郎，以其生時有獾入室也。《道山清話》載歐陽修語："人家小兒要易長育，往往以賤名爲小名，如狗、羊、犬、馬之類是也。"古人小字不避賤名，雖帝王亦然。王説雖於義更順，然乃臆測之語，似不可從。

⑥ 余《輯》："《紀聞》無'大'字。"

【綜説】

余《輯》："原注：出《雜語》。……《隋書·經籍志》有《雜語》三卷，不著撰人名氏。又按王伯厚因《晋書·后妃傳贊》'持尺威帝'，《庾亮傳論》'牙尺垂訓，帝念深於負芒'，而史不書牙尺之

事，故引《殷芸小説》以明之，可見此書之有益於史學矣。"周
《輯》："此條據《續談助》，校以宋王應麟《困學紀聞》十三。《續談
助》原注：'出《雜語》。'余嘉錫謂：'《隋書·經籍志》有《雜語》
三卷，不著撰人名氏。'其實此條非出無名氏《雜語》，而係出東晉裴
啓《語林》。唐劉知幾《史通·雜説》篇云：'晉史所采多小書，若
《語林》《世説》《搜神記》《幽明録》是也。'惟因《語林》隋時已
佚，而《殷芸小説》則至明初猶存，王應麟未見《語林》，故在《困
學紀聞》十三'考史'中僅舉《殷芸小説》，而不及《語林》。余嘉
錫謂：'按王伯厚因《晉書·后妃傳贊》"持尺威帝"，《庾亮傳論》
"牙尺垂訓，帝念深於負芒"，而史不書牙尺之事，故引《殷芸小説》
以明之，可見此書之有益於史學矣。'殊不知有益於史學者乃晉裴啓。
又按：牙尺事，實爲歷史上一重疑案，關於庾后持尺威帝，詳注〔一
一〕（按：即上注四）。《庾亮傳》叙亮對蘇峻之亂深自引咎，'泥首
謝罪，乞骸骨，欲闔門投竄山海'，絶無恃寵怙權之迹，而後面的
'論'卻一開頭就批評説：'外戚之家，連輝椒掖，舅氏之族，同氣蘭
闈，靡不憑藉寵私，階緣險謁。門藏金穴，地使其驕；馬控龍媒，勢
成其逼。'與'傳'中所叙，互相牴牾，尤其是'論'中'璿蕚見
誅，物議稱其拔本；牙尺垂訓，帝念深於負芒'四句，明確的寫出了
南頓王司馬宗的被殺和成帝受制於舅氏的不安情態，而'傳'中無一
語道及。無怪晁公武謂'晉史叢冗最甚'了。其所以叢冗，就在對叙
事彼此矛盾，'傳'與'論'互相背離的現象，不加詳考。"按：此
事又見明王世貞《弇州四部稿》卷一百五十九，"帝頭"下"云"作
"曰"，餘與《困學紀聞》相同，故不再出校。《晉書》言南頓王宗有
謀反之舉，而庾亮與王導乃輔佐幼主之人，此則完全相反。又據《晉
書》，元帝病篤，宗密謀爲亂，亮力諫，乃遷宗爲驃騎將軍，則成帝
時亦任此職。此處云仍掌典鑰之職，亦與《晉書》相齟齬。二者所
記，未知孰是？周氏云此條襲自《語林》，又云《晉書》取自《語

林》，所記不當悖逆如此，當以余説爲上。

23　宣武問眞長：①"會稽王如何？"②劉惔答："欲造微。"桓曰："何如卿？"曰："殆無異。"桓溫乃喟然曰："時無許、郭，人人自以爲稷、契。"

【疏證】

①　宣武，原作"宣帝"。《鈎沉》："宣帝，疑是'宣武'之誤。"余《輯》："宣帝不與劉眞長同時，當作桓宣武。"周氏因據改。

②　會稽王，原作"會王"，余《輯》云："當作'會稽王'，即簡文帝也。"周氏因據改。

【綜説】

周《輯》："此條據《續談助》，原注：'出《雜記》。'余嘉錫謂：'《隋書·經籍志》云：梁有《雜記》十卷，何氏撰，亡。'"

《世説新語·品藻》載："桓大司馬下都，問眞長曰：'聞會稽王語奇進，爾邪？'劉曰：'極進，然故是第二流中人耳！'桓曰：'第一流復是誰？'劉曰：'正是我輩耳！'"余嘉錫《世説新語箋疏》云："眞長方以會稽王自比，而《世説》此條則自許在相王之上，蓋所出不同，傳聞異辭故也。"又《新語》劉孝標注引《桓溫別傳》載此事在興寧九年，興寧無九年，程炎震以爲是元年之誤，程又云："興寧元年，劉惔死久矣。此當是桓溫自徐移荆時，永和元年也。"《晋書》將此事置於守荆之前，蓋因桓溫將守荆州，劉惔有勸沮之語，此事似不當在此後也。

24　海西時，諸公每朝，朝堂猶暗，惟會稽王來，軒軒如朝霞舉。

【綜説】

周《輯》："此條據《類説》，亦見《世説》第十四《容止》篇，内容文字全同。"按：《北堂書鈔》卷七十引《郭子》亦載此事，文作："海西時，諸公朝堂猶闇，惟會稽王來，軒軒如朝霞之舉。"

司馬奕即帝位之元年（366），以會稽王司馬昱爲丞相、録尚書事，六年被廢，咸和二年（372）降封海西公。《晉書·簡文帝紀》稱司馬昱"幼而岐嶷"，又云"少有風儀，善容止"，蓋司馬昱乃風姿俊秀之人。

25　簡文在殿上行，右軍與孫興公在後。右軍指孫曰：[①]"此是噉石客。[②]"簡文聞之，顧曰："天下自有利齒兒。"後王光禄作會稽，謝車騎出曲阿祖之。[③]孝伯時罷秘書丞，在坐，[④]因視孝伯曰："王丞齒似不鈍。"王曰："不鈍，頗有驗。[⑤]"

【疏證】

①　余《輯》指下有"謂"字，云："《類説》無'謂'字，則右軍語乃譏興公。《世説》作'指簡文語孫'，則是譏簡文，疑《類説》爲是。今本《世説》出後人妄改，《談助》'謂'字亦衍文也。"王達津《〈殷芸小説輯注〉獻疑》："一譏一答，此是晉人清談習氣，下文謝車騎譏王孝伯，孝伯作答即其證，'謂'字不當删。《晉書·簡文帝本

紀》認爲簡文雅善清談，在政治上卻是惠帝之流，所以這樣的讖語，正合簡文特點，並非簡文不能受的，所以‘謂’字不當删。”按：王說近是。《事類備要》卷三十四、《海録碎事》卷八下、《錦繡萬花谷》後集卷十六引《世說》皆作“右軍指晋簡文顧語孫興公曰”，亦以爲乃王羲之對孫綽論司馬昱語，則《世說》其書，宋時已如此。以情態言之，《世說》未必誤也。其時王羲之、孫綽在司馬昱之後行走，二人私語，故前指司馬昱言之。孰料司馬昱聞之，乃自爲辯解。若是王羲之論孫綽，二人平行，似不必用“指”字。《續談助》引文作“右軍指謂孫曰”，或是“右軍指簡文謂孫曰”之省。《事類備要》三書所引則多“顧”字也。又余氏以爲此乃譏諷之語，然實只是相調侃耳。倘非，下謝玄當面諷王恭，則失風度也。

② 余《輯》：“石，粵雅本作‘名’，蓋從今本《世說》改，十萬卷樓本作‘石’，《類說》亦作‘石’。案：道家有唉石之法，右軍以興公善持論，然多強詞奪理，故以此譏之。簡文然其言，答謂天下自有齒牙堅利能唉石者，亦以戲興公也。後人不曉，遂改‘石’作‘名’矣。”按：《事類備要》《海録碎事》《錦繡萬花谷》後集引《世說》亦皆誤作“名”。

③ 余《輯》：“祖，原誤‘視’，據《世說》改。”周《輯》：“祖，是古人出行時祭路神的一種風俗，後世因稱餞行爲祖餞。”按：出行祭祀路神之風今猶存之。

④《世說新語》此二字上有“謝言及此事”五字，作爲謝玄調侃王恭之承接語，若無此五字，其下略顯突兀。

⑤ 余《輯》：“《世說》作‘頗亦驗’。”

【綜說】

周《輯》：“此條據《續談助》，原注：‘出《世說》。’惟伍崇曜粵雅堂叢書本有誤字，因復校以陸心源十萬卷樓叢書本，並校以《類

說》。因出《世說新語》第二十五《排調》篇，故又以《世說》
參校。"

此首云"簡文在殿上行"，則其時司馬昱已進位丞相，必太和六年
（366）之後事。王羲之生卒年不可盡考，文學界初有公元321至379年
一說，此說蓋本清人錢大昕。然據《晉書·王羲之傳》："羲之幼訥於
言，人未知奇。年十三，嘗謁周顗，顗察而異之。時重牛心炙，坐客未
噉，顗先割啗羲之，於是始知名。"周顗永昌元年（322）爲王敦所害，
若依錢說，王羲之時年方一歲，豈能拜謁周顗。余嘉錫《世說新語箋
疏》據此駁之，並定王羲之生卒年爲公元303至361年，此說幾爲學術
界公認。依余氏所定年代，王羲之其年早亡，不得與孫綽言簡文帝也。
《晉書》多取《世說》而不收此事，或以年代相牴牾歟？

26　簡文集諸談士，以致後客前客。[①]夜坐每設白粥，唯
然燈，燈暗，輒更益炷。

【疏證】

①　王達津《〈殷芸小說輯注〉獻疑》："'後客'後當脫一字，或
爲'繼'字，以致後客繼前客，言談客不絕。"

【綜說】

周《輯》："此條據《續談助》。原注：'出《世說》。'但今本《世
說新語》無此條。"按：此條與上條《續談助》並爲一條，《鈎沉》析
爲兩條，余《輯》、唐《輯》未析。《北堂書鈔》卷一百四十四引《俗
說》云："晉簡文集諸談士，夜坐每自設粥。"《隋書·經籍志》有《俗
說》三卷，沈約撰，疑《續談助》誤合兩條爲一條也。又"設白"，

《北堂書鈔》作“自設”，二説皆可通，未知孰是。

27 佛經以爲袪治神明，^①則聖人可致。^②簡文曰：“不知便可登峰造極不？^③然陶治之功，^④故不可輕。^⑤”

【疏證】

① 周《輯》：“治，《世説》作‘練’。”

② 周《輯》：“人，原無，據《世説》補。”

③ 周《輯》：“不，《郭子》無。”

④ 周《輯》：“治，《世説》作‘練’。”

⑤ 周《輯》：“故，《世説》作‘尚’。輕，《世説》作‘誣’。《郭子》無。”按：誣，《鈞沉》輯《郭子》作闕文處理。

【綜説】

周《輯》：“此條據《續談助》，原注：‘出《郭子》。’《隋書·經籍志》小説家：‘《郭子》三卷，東晉中郎郭澄之撰。’《唐書·藝文志》云‘賈泉注’，今亡。魯迅《古小説鈞沉》曾輯得八十四條，此條居五十三，故據以參校。魯迅謂：‘審其遺文，亦與《語林》相類。’（《中國小説史略》）又，此條亦見《世説新語》第四《文學》篇，故亦據校。東晉雖尚玄言清談，然佛教勢力亦廣被，佛家教義，多與道家學説相表裏，故簡文有是語。”按：魯迅《古小説鈞沉》所輯《郭子》，亦出《續談助》，而與此文小異者，疑鈔寫時有缺漏矣，不可據《鈞沉》以校此文也。

28 簡文帝爲撫軍時，^①所坐牀上塵，^②不令左右拂，^③見鼠

行之迹,^④視以爲佳。^⑤參軍見鼠白日行,^⑥以手版打殺之。^⑦撫軍意色不悦。^⑧門下起彈,辭曰:^⑨"鼠被害,尚不能忘懷;今復以鼠損人,^⑩無乃不可乎?"

【疏證】

① 周《輯》:"時,原無,據《世説》、《御覽》七〇六、九一一補。"

② 周《輯》"塵"字原屬下句,《鈎沉》、余《輯》、唐《輯》皆屬上,是。

③ 周《輯》:"令,《世説》作'聽'。左右,《世説》無。"按:以上兩句,《北堂書鈔》引《語林》作:"所坐牀上生塵,不命左右拂。"

④ 周《輯》:"之,《世説》無。"按:《北堂書鈔》《太平御覽》卷二三九、卷七〇六、卷九一一、《職官分紀》卷三三引《語林》亦無。

⑤ 周《輯》:"視以,原無,據《世説》補。"按:余嘉錫亦以爲有脱字,諸書引《語林》皆有"視以"二字,《北堂書鈔》引作"視之",則余、周二説近是。

⑥《世説》《語林》"參軍"上皆有"有"字。

⑦ 周《輯》:"打,《世説》作'批'。"按:疑"打"乃"批"之闕。又《太平御覽》卷二三九引《語林》作"以手板格煞之","煞""殺"古通;《職官分紀》引《語林》作"以手扳格殺之",行書"扌""木"相近,當誤字。

⑧ 周《輯》:"撫軍,原無,據《世説》補。"按:"色"字亦周氏據《世説》補,未出校。

⑨ 余《輯》從《世説》改"辭"爲"教"。周《輯》:"辭,《世

說》作‘校’，非。"范崇高《〈殷芸小説〉校注瑣議》："周先生認爲
‘辭’是‘教’非，未知所據。大概以爲此‘辭’是‘拒絕’義，或
以爲引號中語是門下彈奏的話吧。‘教’指教令，在此可通。江藍生先
生云：‘魏晋六朝時期，"教"的使用範圍擴大，凡上司對部下所作的
批示、所下的指令，都可以叫"教"。'所釋甚是。徐震堮先生校箋本
《世説新語·德行》作‘門下起彈教曰’，並注云：‘撫軍意色不悦，或
有責備之言，故門下起而彈之。文曰彈教，意即彈撫軍也。'也把後面
的話當作門下彈奏之文。筆者以爲，門下糾吏糾劾的對象不是撫軍，而
是殺鼠之參軍。‘教’後的一段話，不是門下彈劾撫軍的文字，而是撫
軍對門下佐吏糾劾參軍的迴應。《太平御覽》卷二三九引《語林》：‘有
參軍見鼠，以手板格煞之，撫軍謂曰："無乃不可乎？"'雖是節引，語
意欠明，但‘無乃不可乎’云云乃撫軍之言，卻是明白的。參軍殺鼠，
撫軍不悦，門下佐吏糾劾參軍，本想迎合撫軍的情意；而撫軍先已失
鼠，不願再因鼠而損人。此段叙述，表現了簡文帝的寬仁明智，與
《續晋陽秋》所記簡文帝‘仁明有智度’的德行正相符合。"按：若作
"教"，則是簡文帝語；若作"辭"，則是門下之言。《淵鑒類函》卷四
三二直接作"門下曰"，以爲是門下之語。當以作"教"爲上，此處
"不能忘懷"承上"意不悦"而來，"以鼠損人"承上"門下起彈"而
來，若作門下語，則是門下見簡文帝色不悦而欲刑參軍，其下"彈"
字則無著落矣。

⑩ 周《輯》："‘參軍見鼠’三句，《御覽》二三九作‘參軍見鼠，
以手板格殺之，撫軍謂曰’。繫節引。"

【綜説】

周《輯》："此條據《續談助》，原注：‘出《語林》。'因以《太平
御覽》引《語林》參校。亦見《世説新語》第一《德行》篇，故同
據校。"

《世說新語》劉孝標注引《續晉陽秋》曰："帝諱昱，字道萬，中宗少子也。仁聞有智度。穆帝幼沖，以撫軍輔政。大司馬桓溫廢海西公而立帝，在位三年而崩。"《晉書·簡文帝紀》："咸康六年，進撫軍將軍，領秘書監。……永和元年，崇德太后臨朝，進位撫軍大將軍、録尚書六條事。"

此條蓋喻簡文帝之仁也，其前亦有相類之傳説。《晏子春秋·內篇·諫上》載："景公使圉人養所愛馬暴死。公怒，令人操刀解養馬者。是時晏子侍前，左右執刀而進，晏子止而問於公曰：'堯舜支解人，從何軀始？'公矍然曰：'從寡人始，遂不支解。'公曰：'以屬獄。'晏子曰：'此不知其罪而死，臣爲君數之，使知其罪，然後致之獄。'公曰：'可。'晏子數之曰：'爾罪有三：公使汝養馬而殺之，當死，罪一也；又殺公之所最善馬，當死，罪二也；使公以一馬之故而殺人，百姓聞之，必怨吾君，諸侯聞之，必輕吾國，汝殺公馬，使怨積於百姓，兵弱於鄰國，汝當死，罪三也。今以屬獄。'公喟然嘆曰：'夫子釋之！夫子釋之！勿傷吾仁也。'"景公因晏子諫而不殺養馬者，簡文自明而不殺參軍，皆倡不以物害仁，事雖異，所喻同也。

29　簡文初不別稻。

【綜説】

周《輯》："此條據唐段公路《北户録》，但係節引。《世說新語》第三十三《尤悔》篇所載較詳，云：'簡文見田稻不識，問：是何草？左右答：是稻。簡文還，三日不出，云：寧有賴其末，而不識其本？'"按：《世說新語》劉孝標注云："文公種菜，曾子牧羊，縱不識稻，何所多悔！此言必虛。"古者君子重本，本立而末生，簡文非悔不識稻也，悔其食末而忘本也。殷芸取之以入《小説》，而不用賴末識本之句，或非因悔悟之言，而以稻乃常見之物，簡文不當不識。然古者帝王貴胄之家，生長玉殿金門之內，不識鄉間世俗之物，亦不足爲奇。宋張唐英《蜀檮杌》卷下載："蜀中久安，賦役俱省，斗米三錢。城中之人子弟不識稻麥之苗，以筍芋俱生於林木之上，蓋未嘗出至郊外也。"蜀人子弟尚且不識，而況簡文乎？

30　晋孝武年十二時，^①冬天晝日不著複衣，但著單絹裙衫五六重，^②夜則累茵褥。^③謝公云："聖體宜令有常，^④陛下晝過冷，夜過熱，恐非攝養之術。^⑤"帝曰："晝動夜靜故也。^⑥"謝公出，^⑦嘆曰："上明理不減先帝。^⑧"

【疏證】

① 此句《續談助》原作"晋孝武年十三四時"，《鈎沉》從《御覽》作："晋武帝即位時，年十三四。"余《輯》云："今本《世說》作'年十二時'。此與唐寫本合。《御覽》《事類賦》引《小說》作'晋孝武即位時，年十三四'。案：孝武以咸安二年即位，在位二十四年，崩年三十五，則即位之時僅十一歲，《御覽》誤也。"唐《輯》從《御覽》，周《輯》據今本《世說》改，云："《御覽》《事類賦》同誤。"按：此處不當改字，余嘉錫云唐寫本《世說》作"年十三四"，《藝文類聚》卷七十、《白氏六帖事類集》卷四、《太平御覽》卷七百八、《事類備要外集》卷五十一引《世說》同，是古本《世說》或本作此，余氏、周氏云《御覽》引誤，恐非。且此乃小說，《世說》作"年十二"既可，則"年十三四"亦不誤也。

② 周《輯》："絹裙衫，《世說》作'練衫'。"按：單絹裙衫，《御覽》引《小說》作"單衣絹裙"，《記纂淵海》無"裙"字。

③ 余《輯》："《事類賦》'褥'上有'重'字。"按:《記纂淵海》
亦有"重"字。

④ 周《輯》："聖,原無,據《世説》補。令,原無,據《世説》
《御覽》及《事類賦》補。"按:余氏僅據《御覽》補"聖"字,近
是。《白氏六帖事類集》《太平御覽》《事類備要》引《世説》皆無
"聖"字,今本《世説》有者,恐後人臆增。

⑤ 周《輯》："恐,原無,據《世説》補。"按:《太平御覽》《事
類賦》引《小説》皆無"恐"字,則或本無此字,作注可也,不必
改字。

⑥ 余《輯》此句只作"夜靜",注云:"今《世説》作'晝動夜
靜'。此與唐寫本合。《御覽》《事類賦》此下有'故也'二字。"周
《輯》:"晝動,原無,據《世説》補。故也,原無,據《御覽》《事類
賦》補。"按:此處依《御覽》《事類賦》補"故也"則可(《鈎沉》、
唐《輯》皆只補此二字),"晝動"二字則不當據《世説》補。余氏
《世説新語箋疏》云此句唐寫本作"夜靜則寒,宜重茵",《藝文類聚》
《太平御覽》引《世説》皆作"夜靜宜温",皆無"晝動"二字,不當
以今本《世説》校《小説》也。

⑦ 周《輯》："出,原無,據《世説》補。"按:不當補,出校
可也。

⑧ 周《輯》："明,原無,據《事類賦》補。《世説》劉孝標注
云:'簡文帝善言理也。'似以無'明'字爲是。今姑補於此,以供
探討。"

【綜説】

周《輯》:"此條據《續談助》,校以《太平御覽》二七及宋吴淑
《事類賦》五。《續談助》原注:'出《世説》。'見《世説新語》第十
二《夙惠》篇,故亦據以參校。余嘉錫曾校以唐寫本《世説》,均與今

本《世説》合。"按：此條又見《記纂淵海》卷二，稱引自《晋史》，然今所傳《晋書》未見，未知是誤注亦或別本《晋史》所載，其內容與《事類賦》引《小説》同。周氏云余氏"曾校以唐寫本《世説》，均與今本《世説》合"，誤也。考余氏《世説新語箋疏》引唐寫本，多與今本《世説》不合，余氏注云"此與唐寫本合"者，言《續談助》所載《小説》與唐寫本《世説》內容多相合。以此知今本《世説》經後人改易，已失其真，不可據以參校也。

《晋書·簡文帝紀》載："簡文之崩也，（晋孝武帝）時年十歲，至晡不臨，左右進諫。答曰：'哀至則哭，何常之有？'謝安常嘆以爲精理不減先帝。"所嘆內容相同，或謝安確有此嘆，而至於因何而嘆，諸家所載不一。《北堂書鈔·帝王部》引有"名理不減先帝"，未知據言哀哭事抑或夜靜事也？又"精""明"同義，"名""明"通假，據此，則今本《世説》"理"上或當有"明"字爲上。然《小説》本有刪節，不可據此以補《小説》也。

31　孝武未嘗見驢，^①謝太傅問曰：^②"陛下想其形，^③當何所似？"孝武掩口笑云：^④"正當似猪。"^⑤

【疏證】

① 周《輯》："武，《淵鑒類函》作'武帝'。"按：此當用《太平御覽》出校，見下綜説。

② 周《輯》："曰，《淵鑒類函》無。"

③ 周《輯》："想，《淵鑒類函》作'遥想'。"按：《天中記》卷五十五"想"作"相"。

④ 周《輯》："掩口笑云，《淵鑒類函》作'掩口而笑，答曰'。"

⑤ 周《輯》："正，《淵鑒類函》作'頭'。"

【綜説】

周《輯》："此條據《續談助》，校以《太平御覽》九〇一及《淵鑒類函》獸部七驢二。各本原注‘出《世説》’，但今本《世説》無此條。"按：除周氏所列外，此文又見《天中記》卷五十五、《類雋》卷三十，亦皆云出《世説》。考四書所引，《類雋》《淵鑒類函》與《御覽》所引文字全同，頗疑二書皆轉引自《御覽》。《天中記》自"謝太傅"上作"王導謂諸葛嘗見驢"，乃是涉下條"王導謂諸葛恢曰"而誤。又"想"作"相"，文雖有異，恐傳抄所致，較之《續談助》，亦更近於《御覽》，當亦本自《御覽》。周氏既云校以《太平御覽》及《淵鑒類函》，而校注中又單云《淵鑒類函》作某某，恐不甚當。

32　晉孝武帝嘗於殿中北窗下清暑，[①]忽見一人，[②]著白袷黃練單衣，[③]舉身沾濕，[④]自稱是華林園中池水神，[⑤]名曰淋涔君，[⑥]語帝：[⑦]"若能見待，[⑧]必當相祐。[⑨]"帝時飲已醉，[⑩]便取常佩刀擲之，[⑪]刃空過無礙。[⑫]神忿曰：[⑬]"不能以佳士見接，[⑭]乃至於此，[⑮]當令知所以。[⑯]"居少時，而帝暴崩。[⑰]

【疏證】

① 余《輯》："晉孝武帝，原作‘武帝’，據《御覽》《廣記》增改。"周《輯》："中，原無，據《幽明録》補。清暑，《廣記》無。"按：晉孝武帝，《開元占經》引《幽明録》作"晉武帝"。北，《開元占經》作"上"，蓋左邊缺而誤。暑，《開元占經》作"曙"。《幽明録》已佚，魯迅《古小説鈎沉》輯得二百六十五條。此條云輯自《開元占經》《太平廣記》《太平御覽》，然三書皆無"中"字，當刪。周氏又據輯本補《小説》，未妥。下皆如此，不俱書。

② 周《輯》："忽,《廣記》無。"

③ 祫,余《輯》作"帕",云:"原本'白'下闕一字,又有一
'黄'字,今據《廣記》刪改。"周《輯》:"祫,原空缺,《廣記》作
'帕',此據《幽明錄》補。練,《廣記》作'疏',《開元占經》作
'絹'。"按:祫,《開元占經》作"幬",《太平御覽》作"夾"。

④ 周《輯》:"'舉身'句,《廣記》無。濕,《幽明錄》作
'濡'。"按:《鉤沉》仍作"濕",非作"濡",周氏誤書。

⑤ 周《輯》:"是,《廣記》無。中池水,《廣記》作'池水中'。"

⑥ 周《輯》:"君,《幽明錄》作'君也'。"按:淋淥,《開元占
經》作"淋泠",《續談助》作"琳琤",皆形訛。上云池水神"舉身
沾濕",而"淋淥"乃水流滴貌,故以名之。

⑦ 周《輯》:"語帝,《幽明錄》無。"按:此處當有二字,上乃叙
述,下乃對話,若無此二字,則句意有缺。

⑧ 周《輯》:"能,《幽明錄》作'善'。"

⑨ 周《輯》:"必當相祐,《幽明錄》作'必當福祐'。"按:《鉤
沉》輯《幽明錄》此句實作"當相福祐",從《御覽》也,周氏誤書。
又《開元占經》引此句作"有福祐"。

⑩ 周《輯》:"帝時,《幽明錄》作'時帝'。"

⑪ 周《輯》:"'便取'句,《幽明錄》作'取常所佩刀擲之'。"
按:《鉤沉》輯此句用《御覽》,《開元占經》作"取常佩刀空擲之",
"空"字涉下而衍。《廣記》自"語帝"已下十字無,自"帝時"至此
省作"帝取所佩刀擲之"。

⑫ 周《輯》:"刃,《幽明錄》作'刀',《廣記》無。"

⑬ 忿,四庫本《開元占經》誤作"忽"。

⑭ 余《輯》:"不能以佳士見接,《御覽》作'不以佳事垂接'。"
周《輯》:"不能以,原作'已不能',據《幽明錄》改。"按:《開元
占經》"佳"誤作"往","見接"亦作"垂接"。作"垂接"爲上,垂

接者，上接下也，《後漢書・文苑傳》：“以貴下賤，握髮垂接。”“見接”乃被動式，頗不通。

⑮ 周《輯》：“‘乃至’句，《幽明録》無。”

⑯ 周《輯》：“‘當令’句，原作‘當知之’，據《幽明録》改。”按：此句《鉤沉》輯《幽明録》從《御覽》，《開元占經》作“當令知所過”，《廣記》作“當令君知之”。

⑰ 周《輯》：“‘不能以’五句，《廣記》節作‘當令君知之，少時而帝崩’。《幽明録》下有‘皆呼此靈爲禍也’。”按：《開元占經》引末句無“帝”字。

【綜説】

周《輯》：“此條據《續談助》，原注：‘出《幽明録》。’因以《幽明録》參校。《太平御覽》八八二、《太平廣記》二九四、《開元占經》一一三亦引，因並據校。”按：周氏據今輯本《幽明録》校《小説》，不確，説詳注一。

《晋書・孝武本紀》云：“秋九月庚申，帝崩於清暑殿。”又云：“及爲清暑殿，有識者以爲‘清暑’反爲‘楚’聲，哀楚之征也。俄而帝崩，晋祚自此傾矣。”此處云“於殿北窗下清暑”，“居少時，而帝暴崩”，即由此演繹而來。晋孝武帝死因，《本紀》稱其爲張貴人所弑，《小説》則云爲神罪而殺之，《異苑》卷四稱：“晋孝武太元末，帝每聞手巾箱中有鼓吹鼙角之音，於是請僧齋會，夜見一臂，長三丈許，手長數尺，來摸經案。是歲帝崩，天下大亂，晋室自此而衰。”亦涉神怪。《開元占經》卷八十又引《幽明録》：“晋太元末，長星見，孝武心惡之，夜在華林園中飲酒，因舉杯属星曰：‘長星勸爾一杯酒，自古亦何時有萬歲天子耶？’帝亦尋崩也。”（又見《世説新語・雅量》，無末句）蓋孝武非卒於正寝，乃予小説家造作僞飾之資，因有此數説。

33　宋國初建，參軍高纂啓云：“欲量作東西堂牀六尺五寸，①並用銀度釘，未敢輒專。②”宋武手答云：“牀不須局脚，直脚自足；釘不須銀度，鐵釘而已。”

【疏證】

①　王達津《〈殷芸小説輯注〉獻疑》：“原文‘堂’下當補‘局脚’二字，否則答語無著落。作者注引《宋書·武帝紀》：‘有司奏：東西堂施局脚牀，銀涂釘。’則原文當脱‘局脚’二字。”按：王説是。下“銀不須度釘”承上“銀度釘”而來，“牀不須局脚”則無所承，蓋脱之。

②　輒專，《鈎沉》、余《輯》、唐《輯》皆作“專輒”，蓋從續粵雅堂叢書本，周《輯》則用十萬卷樓叢書本也。

【綜説】

余《輯》：“原注：‘《宋武手敕》。’《續談助》案：《隋志》總集類云：‘梁有宋武帝詔四卷，亡。’此所引兩條蓋出彼書。《宋書·武帝紀》云：‘宋臺既建，有司奏東西堂施局脚牀，銀塗釘，上不許，使用直脚牀，釘用鐵。’”周《輯》同。按：此條及下條“手敕”之“手”，《十萬卷樓叢書》本作“平”，諸家皆已正之，是也。《宋書·武帝紀下》云永初二年正月寅卯，“斷金銀涂”，己卯，“禁喪事用銅釘”，皆劉裕即位初之事，與此條舉措相近。

34　鄭鮮之、王弘、①傅亮啓宋武云：②“伏承明旦朝見南蠻，③明是四廢日，④來月朝好，⑤不審可從群情遷來月否？⑥”

74

宋武手答云：⑦“勞第足下勤至，⑧吾初不擇日。⑨”帝親爲答，尚在其家。⑩

【疏證】

① 余《輯》：“弘，原作‘智’，據《宋書》改。”

② 余《輯》：“鄭鮮之、王弘、傅亮啓宋武，《紺珠》及《類説》作‘鄭鮮之上啓宋武帝’。”按：邢凱《坦齋通編》無“上”字。鄭，《類説》誤作“鄴”。鮮，《詩經世本古義》卷十誤作“鄭”。

③ 此句《鈎沉》作“伏承明旦見南蠻”，余《輯》作“伏承明見南蠻”，唐《輯》作“伏承朝見南蠻”，注云：“朝，一本作‘明旦’。”周《輯》：“朝，粤雅堂本無，據十萬卷樓本補。”王達津《〈殷芸小説輯注〉獻疑》：“見南蠻，即領南蠻校尉上任事，‘見’字不誤。‘朝’當爲‘朔’，否則‘來月朝好’不辭。此‘朝’字也當是‘朔’字。”按：王解“見南蠻”説可通，改“朝”爲“朔”則不可通，當月朔日非四廢日。又：承，《事文類聚》作“丞”。“朝見”“明旦”形近，恐有誤字。

④ 自“伏承”以下，余《輯》云：“《紺珠》《類説》及《事文類聚》均引作‘伏承明旦見南蠻，是四廢日。’《坦齋通編》引作‘明旦見蠻人，是四廢日’。”

⑤ 朝，《鈎沉》、余《輯》作“朔”，余《輯》：“朔，原作‘朝’，據諸書改。”唐《輯》：“朝，一本作‘朔’。”周《輯》：“朝，粤雅堂本作‘朔’，此依十萬卷樓本。”

⑥ 余《輯》：“《紺珠集》《類説》作‘不審可從否’。”按：《事類備要》作“不識可從否”。又自“來月”下，《坦齋通編》無。

⑦ 余《輯》：“宋武手，《紺珠》《類説》無此三字。”按：《事類備要》《坦齋通編》《事文類聚》亦無。

⑧ 余《輯》無"第"字，云："'勞'下原本有'第'字，據諸書刪。"唐《輯》："一無'第'字。"按：《事類備要》《類說》《事文類聚》無"第"字。又：此句《坦齋通編》無。

⑨ 王達津《〈殷芸小說輯注〉獻疑》："原文當爲'勞足下勤至，第吾初不擇日'。'第'字誤竄入上文，第，但也。"按：王說近是，周《輯》仍用"第"字屬上，則句義不通。

⑩ 余《輯》："末八字諸本並無，惟《紺珠》有之，今據補。"

【綜說】

余《輯》："原注：'《宋武手敕》。'《續談助》。《紺珠集》《類說》及《事文類聚》十二引。《說郛》本《坦齋通編（原作"篇"）》節引。案：《宋書·武帝紀》云：'江陵平，加領南蠻校尉，將拜，值四廢日，佐史鄭鮮之、褚叔度、王弘、傅亮白遷日，不許。'沈約叙事，當即本之宋武帝敕。然則宋武是以四廢日拜官，非朝見南蠻，與此不同。又按嚴可均所編《全宋文》，此兩啓皆失收。"按：事又見謝維新《事類備要》卷五十五。何楷《詩經世本古義》卷十亦用之，與《坦齋通編》文字全同（"鮮"誤作"鄭"，當是後人傳抄致誤，非本誤也），何楷乃明末清初人，《小說》已佚，其所引當本自《坦齋通編》。

《宋書·武帝紀》載劉裕拜南蠻校尉事在義熙十一年（415）三月，據《晋書·安帝紀》："（三月）壬午，劉裕及休之戰於江津，休之敗，奔襄陽。"壬午爲二十九日。四廢日，今春之四廢日爲庚申、辛酉，元佚名《居家必用事類全集·丙集》並以庚戌爲四廢日。義熙十一年春廢日爲二月廿六（庚戌）、三月初七（庚申）、三月初八（辛酉），如此則劉裕拜南蠻校尉在平江陵之前。《宋書》所記恐有誤。

卷二　周六國前漢人^①

35　紂爲糟丘酒池，一鼓牛飲者三千人，池可運船。^②

【疏證】

①　余《輯》："依《續談助》補題，後並仿此。"

②　《韓詩外傳》等書言此事，"池可運船"皆在"一鼓而牛飲者三千人"之上。

【綜説】

此條《鈎沉》、唐《輯》皆失收。余《輯》："竇苹《酒譜》引《小説》。案：此書始於周，不應有殷紂事。考此事出於《六韜》，蓋因太公而涉及之，故輯入此卷。又案《書鈔》百八十四引《六韜》云：'紂爲君，以酒爲池，回船糟丘，而牛飲者三千人。'《史記·殷本紀》正義引亦略同，而均與此異，蓋殷芸所引不必是《六韜》也。"周《輯》以爲余氏前云"此事出於《六韜》"，後云"殷芸所引不必是《六韜》"，前後矛盾。按：余説不矛盾。余前言"此事出於《六韜》者"，言最早記載紂爲酒池事者乃《六韜》也，然余氏又見《小説》引與《書鈔》《史記正義》引《六韜》文字略有不同，因疑《小説》未必引自《六韜》，或別有所本。

考之諸書，言此事者均作桀。《韓詩外傳》卷四："桀爲酒池，可以運舟；糟丘，足以望十里，而牛飲者三千人。"《新序·刺奢》《列女傳·孽嬖傳》《金樓子·箴戒》同。以事屬紂者，見於《論衡·語增》篇。又《韓非子》《吕氏春秋》《淮南子》亦載紂爲酒池事，無"牛飲者三千人""池可運舟"之語。《論語·子張》篇載子貢語："紂之不善，不如是之甚也。是以君子惡居下流，天下之惡歸焉。"桀、紂皆暴虐之主，因此二人事件流傳中，本一人之事而施諸二人。酒池之造，最早爲誰，已難以考辨矣。

36　介子推不出，[①]晋文公焚林求之，[②]終抱木而死。[③]公撫木哀嗟，[④]伐樹制屐。[⑤]每懷割股之恩，輒潸然流涕視屐曰：[⑥]"悲乎足下！"足下之言，[⑦]將起於此。[⑧]

【疏證】

① 余《輯》："《異苑》作'介子推逃禄隱迹'。"按：《歲時廣記》卷十五"子"作"之"。

② 余《輯》："求之，《類説》作'逼之'。"周《輯》："'晋文公'句，《異苑》無。"按：此句《玉燭寶典》卷二引《異苑》作"文公求之"，周氏據後世輯本以校，不妥。

③ 余《輯》："終，《紺珠》作'推'。《異苑》僅有'抱木燒死'一句。"周《輯》："終，《類説》無。"按：終，《歲時廣記》亦無。余氏云《異苑》一條誤同周氏，見上注。

④ 余《輯》："《紺珠》《類説》作'撫之盡哀'。"

⑤ 周《輯》："'伐樹'句，《紺珠集》《類説》作'伐木製屨'，《北户録》注作'截而製屨'。"

⑥　余《輯》："'視屝'以上十三字僅《説郛》有之，餘均作'每俯視'。"按：《北戶録》注引作"每懷割股之功，輒俯視其屝"，則非僅《説郛》有之也。

⑦　余《輯》："《異苑》《紺珠》作'稱'，《類説》作'呼'。"

⑧　余《輯》："《類説》無'將'字，《紺珠》作'蓋自此起焉'。"

【綜説】

余《輯》："原注：'出《異苑》。此卷並周六國前漢人。'"周《輯》："此條據《續談助》，原注：'出《異苑》。'《北戶録》注引作'梁武小説'。《紺珠集》《類説》《説郛》《北戶録》《歲時廣記》均引有此條，因與《異苑》一並參校。又，《淵鑒類函》服飾部履二引東方朔《瑣語》云：'木履起於晉文公時，介子推逃禄自隱，抱樹而死，公撫木哀嘆，遂以爲履。每思從亡之功，輒俯視其履，曰："悲乎！足下！"足下之稱，自此始也。'與此條可以互證。"按：余氏、周氏均據《異苑》參校此文，不妥，今本《異苑》乃明人輯本，已失本來面目。

介子推事，《左傳·僖公二十四年》言"遂隱而死"，《吕氏春秋·介立》篇亦只云"背而行，終身不見"，皆不言抱木焚死之事。《莊子·盜跖》篇始云："介子推至忠也，自割其股以食文公。文公後背之，子推怒而去，抱木而燔死。"即此事所本。"足下"之本義，疑乃人叩拜之時，首近於足，故稱。

37　王子喬墓在京茂陵，①戰國時，②有人盜發之，③睹之無所見，④唯有一劍，懸在空中。⑤欲取之，⑥劍便作龍鳴虎吼，⑦遂不敢近。⑧俄而徑飛上天。⑨《神仙傳》云：⑩"真人去世，多以劍代其形，⑪五百年後，劍亦能靈化。⑫"此其驗也。

【疏證】

① 周《輯》："王子喬，周靈王太子晋。……在京茂陵，《御覽》作'在金陵'，《廣記》《淵鑒類函》作'在京陵，均誤。'京茂陵，指西京茂陵，今陝西省興平縣西北。"按：王子喬非即太子晋，二者本非一人，乃後世捏合在一起，詳參拙文《王子喬與太子晋的融合——兼論"天下王氏出太原"的形成》（《甘肅社會科學》2012年第2期）。周説以"京陵"當作"京茂陵"，似亦不確。陶弘景《真誥》卷十四及《北堂書鈔》卷一百二十三、《太平廣記》卷二百二十九、《太平御覽》卷三百四十三、《事類賦》卷十三等引《世説》皆作"京陵"，未言"京茂陵"。蔡邕有《王子喬碑》一文，則漢時有王子喬墓，《水經注》云梁國蒙城有湯冢，"世謂之王子喬冢，冢側有碑，題云'仙人王子喬碑'。"則"京陵"乃指商代皇陵。

② 周《輯》："戰國時，原作'國亂時'，據《御覽》及《淵鑒類函》改。"

③ 周《輯》："'有人'句，《御覽》《淵鑒類函》作'人有盜發之者'。"按：此句《書鈔》亦作"人有盜發之者"。

④ 周《輯》："睹之，原作'都'，據《御覽》《淵鑒類函》改。"按：《書鈔》《事類賦》引《世説》均作"都無所見"，《廣記》引作"都無見"，皆可通，不必改字。且《御覽》卷三百四十三只作"睹無所見"，無"之"字，《淵鑒類函》晚出，"之"字恐後人所加。

⑤ 周《輯》："懸在空中，《廣記》作'懸在壙中'，《淵鑒類函》作'停在穴中'。"按：《書鈔》《事類賦》引《世説》均作"停在空中"，《御覽》引作"停在室中"，疑"穴""室"皆"空"之訛。

⑥ 周《輯》："欲取之，《廣記》作'欲取而'，《淵鑒類函》作'欲進取之'。"按：《書鈔》《御覽》卷三百四十三、《事類賦》皆作"欲進取之"，《淵鑒類函》蓋轉自其中某書。

⑦ 周《輯》："便，《廣記》《淵鑒類函》無。龍鳴虎吼，《廣記》

作'龍虎之聲'。"按：《書鈔》引《世說》亦無"便"字。

⑧ 近，《書鈔》作"進"。

⑨ 余《輯》："《御覽》引至此止。"周《輯》："《淵鑒類函》以下另起一條，名'代真人形'。徑，原無，據《淵鑒類函》補。"按：《書鈔》《御覽》皆有"徑"字，周氏所補爲上。《事類賦》無"俄而"二字。

⑩ 周《輯》："神仙傳，原作《神仙經》，據《淵鑒類函》改。"范崇高《〈殷芸小説〉校注瑣議》："查今本《神仙傳》無此段引文，改《神仙經》爲《神仙傳》有誤。實則'神仙經'在此處用作泛稱，相當於'仙經''仙書''道經'之類名稱，不必看作具體書名，這段引文當是見於道教神仙類書籍中的某一部。《太平廣記》卷一'老子'引《神仙傳》，記述有關老子的各種傳説後，説：'皆見於群書，不出神仙正經，未可據也。''神仙正經'即'神仙經'，指道教類書籍。《太平御覽》卷六七三引《像天地品》：'後漢順帝時，曲陽泉上得神仙經一百卷，内七十卷皆白素朱界，青縹朱書，號曰太平。'又卷六七八引《抱朴子》：'按神仙經云：昔黄帝老子奉事元君，元君以受要訣。況乎不逮彼二君者，安能自得仙度世者乎?'《神仙傳》卷六'王烈'：'仙經云："神仙〔山〕五百歲輒一開，其中有髓，得服之者，舉天地齊畢。"'而《太平廣記》卷九'王烈'引'仙經'作'神仙經'，可證'神仙經'和'仙經'一樣，用作泛稱。《抱朴子内篇·黄白》：'神仙經黄白之方二十五卷，千有餘首。黄者，金也；白者，銀也。古人秘重其道，不欲指斥，故隱之云爾。'首句意思是：道書中有關燒煉黄金白銀的仙方共有二十五卷。同類的稱法又如《神仙傳原序》：'余今復抄集古之仙者，見於仙經服食方及百家之書，先師所説，耆儒所論，以爲十卷，以傳知真識遠之士。'所謂'仙經服食方'是泛指如《舊唐書·經籍志》記録的《太清神仙服食經》《神仙服食經》《神仙藥食經》《神仙服食方》《神仙服食藥方》等。又如《抱朴子·内篇·

對俗》：'且仙經長生之道，有數百事，但有遲速煩要耳，不必皆法龜鶴也。'也是同樣的表述。今人標點《抱朴子·內篇》，都把'神仙經'當作書名；把'黃白之方'當作篇名，非是。"按：范說是。《書鈔》《廣記》皆作"經"，《淵鑒類函》轉引自它書，蓋抄錄者亦以"神仙經"爲書名而世不見，乃竟改"經"爲"傳"。

⑪《書鈔》引無"其"字，《御覽》無"其形"二字。

⑫《書鈔》"亦"誤作"赤"，"化"下有"也"字，引至此句止。

【綜説】

余《輯》："原注：出《世説》。案：今《世説》無此事，恐是《幽明録》之誤。然《御覽》三百四十三、《廣記》二百二十九亦均引作《世説》，則其誤久矣。"周《輯》："此條據《續談助》，校以《太平御覽》三四三、《淵鑒類函》武功部劍三及《太平廣記》二二九。《續談助》原注：'出《世説》。'但今本《世説》無此條。余嘉錫謂：'今《世説》無此事，恐是《幽明録》之誤。'非。因《幽明録》中亦無此條，且《太平御覽》《太平廣記》《淵鑒類函》引均作《世説》，可見今本《世説》已非原書之舊，不特宋人，即清人所見亦與今本異。"按：周説是，《北堂書鈔》卷一百二十三兩引亦皆云出《世説》。惟周云"清人所見亦與今本異"則誤，《淵鑒類函》所引或轉自它書，非實見《世説》有此條也。陶弘景《真誥》卷十四載："王子喬墓在京陵，戰國時，復有發其墓者，唯見一劍在室。人適欲取，視忽飛入天中也。"可相參校。

38　老子始下生，乘白鹿入母胎中。①老子爲人：②黃色美眉，③長耳廣額，大目疏齒，方口厚唇，耳有三門，鼻有雙柱，足蹈五字，④手把十文。⑤

【疏證】

①　周《輯》："‘老子’二句：《藝文類聚》作‘老子乘白鹿下托於李母也’，並引至此止。下生，原作‘下生來’，據《説郛》刪‘來’字。"按：《初學記》卷二十九引《瀨鄉記》與《類聚》同。《類説》引無"來"字，周刪近是。此句，《事類備要》《翰苑新書》《錦繡萬花谷》《山堂肆考》皆作"老子乘白鹿入母胎"。

②　老子爲人，《類説》《事類備要》《翰苑新書》《錦繡萬花谷》諸書皆作"既生"。

③　周《輯》："眉，《説郛》作‘髮’。"按：作"眉"爲上，《史記正義》引朱韜《玉札》及《神仙傳》俱作"眉"。

④　唐《輯》："蹈，《説郛》作‘踏’。"

⑤　《鈎沉》："十，《説郛》引作‘千’。"按：自"黄色"以下，《類説》作："廣額大目，疏齒方口，耳有三門，鼻有雙柱，足蹈五字。手把十文。"《事類備要》《翰苑新書》《錦繡萬花谷》《天中記》《山堂肆考》除"額"作"顙"外，餘並同。

【綜説】

唐《輯》："原注：出《崔玄山瀨鄉記》。《説郛》《類説》引有刪節。案：此書撰人《續談助》作顧玄仙，《説郛》作崔玄干，兹從《文選》五十六《新刻漏銘》注改。章宗源《隋書經籍志考證》六云：‘《瀨鄉記》，不著録，諸書所引皆記老子事。’"周《輯》："此條據《續談助》，校以《説郛》《類説》及《藝文類聚》九五。《説郛》《類説》引有刪節。……《淵鑒類函》獸部鹿二引文與《藝文類聚》同，但謂出《瀨鄉記·李母碑》，似古時瀨鄉有老子母碑文。"按：除《説郛》《類説》外，又見《事類備要》卷三十二、《翰苑新書》卷六十四、《錦繡萬花谷》卷十八、《天中記》卷三十九、《山堂肆考》卷一百四十二、《佩文韻府》卷六十三之十六。作"崔玄山"是，《初學記》

卷二十三、卷二十九、《太平御覽》卷三百六十一、《路史後紀》三皆作"崔玄山"。其人未聞。

《史記正義》云："朱韜《玉札》及《神仙傳》云：'老子楚國苦縣瀨鄉曲仁里人也，姓李，名耳，字伯陽，一名重耳外字。聃身長八尺八寸，黃色美眉，長耳大目，廣額疏齒，方口厚脣，額有三五達理，日角月懸，鼻有雙柱，耳有三門，足蹈二五，手把十文。周時人李母八十一年而生。'"神異老子之相貌，朱韜，唐陸海羽《三洞珠囊》卷八作"珠韜"，並云所引《玉札》文字又見於《西升中胎》《復命胞》《金簡內經》等書。吾頗疑此類內容乃佛道雜糅之產物。佛教傳入中國之後，傳統的道教爲自證其爲正統，乃造言佛祖即老子，並據佛教所云佛祖之面貌而傷構老子之面貌。此處之"長耳廣額""大目疏齒"等即皆此類。其時佛教初入，亦需藉此以立足，故亦樂意云之。歷經南北朝之後，佛教影響既廣，佛教徒則排斥此說，以獨立諸教之外。唐釋道宣《廣弘明集》："《老子中胎》等經云：'老聃黃色廣顙，長耳大目，疏齒厚脣，手把十字之文，腳蹈二五之畫。'止是人間之異相，非聖者之奇姿也。傳記並云：'老子鼻隆薄頭，尖口高齒，疏眼睞耳，撮髮蒼鬢色，厚脣長耳。'其狀如此，豈比佛耶？"則是道教之老子化胡，唐佛教徒已直斥其傷矣！

39　襄邑縣南八十里曰瀨鄉，①有老子廟，②廟中有九井。或云每汲一井，③而八井水俱動。④有能潔齋入祠者，⑤須水溫，即隨意而溫。⑥

【疏證】

　①　周《輯》："'襄邑'句，《幽明錄》作'襄邑縣南瀨鄉，老子

之舊鄉也'。"

　　② 周《輯》："有，原無，據《幽明録》《御覽》補。"

　　③ 周《輯》："'或云'句，《幽明録》無。或云每，《御覽》無。"

　　④ 周《輯》："'而八井'句，《幽明録》作'餘八井水並動'，《御覽》作'餘井水並動'。"

　　⑤ 周《輯》："有，《幽明録》無。祠，《御覽》無。"

　　⑥ 周《輯》："'須水温'二句，《幽明録》作'水温清隨人意念'，《御覽》作'温清隨人意念'。意，原空格，據《幽明録》補。"按："意"字，唐《輯》作"事"，誤。

【綜説】

　　周《輯》："此條據《説郛》，校以《太平御覽》一八九、《幽明録》。《説郛》原注：'出《郭子》。'但魯迅《古小説鈎沉》輯《郭子》無此條。余嘉錫《殷芸小説輯證》亦漏輯此條。《御覽》引此條分爲二：'汲一井餘井水俱動'爲一條，云出《瀨鄉記》；'九井温清隨人意念'爲另一條，云出《幽明録》。但《幽明録》所載實爲全文。"按：周氏據《幽明録》所載爲全文並據此以校《小説》，恐不妥。據其書附録，所用《幽明録》爲魯迅輯本，然魯迅所輯《幽明録》並無"八井水俱動"内容。魯迅此條輯自《初學記》卷七、《御覽》一八九，兩書俱以"八井水俱動"屬《瀨鄉記》，且兩條緊密相承，恐非本在一書中也。兩事合爲一條，見於祝穆《事文類聚》續集卷十，其時《幽明録》已佚，蓋祝穆轉自它書而誤合兩條爲一條也。

　　《元和郡縣志》卷八："玄元皇帝祠，縣東一十四里，祠院中有九井，隋季井皆竭，自武德以來清泉沁漏。或云汲一井而八井水皆動。"《後漢書·郡國志》李賢注引伏滔《北征記》："有老子廟，廟中有九井水相通。"《太平寰宇記》卷十三引《瀨鄉記》："李母祠在老子祠北三里，祠門内右有聖母碑，東院内有九井。"又引《述征記》："廟内九井，或云汲一井而八井動。"皆可爲此文注脚。

40　顏淵、子路共坐於門，[①]有鬼魅求見孔子，其目若日，[②]其形甚偉。[③]子路失魄口噤；[④]顏淵乃納履拔劍而前，[⑤]卷握其腰，[⑥]於是化爲蛇，[⑦]遂斬之。[⑧]孔子出觀，[⑨]嘆曰："勇者不懼，智者不惑，[⑩]仁者必有勇，[⑪]勇者不必有仁。[⑫]"

【疏證】

① 唐《輯》："淵，《續談助》作'泉'，注云：'唐神堯諱淵。'《廣記》作'回'。"周《輯》："門，《廣記》作'夫子之門'。"按：門，《天中記》《駢志》亦皆作"夫子之門"，唐《輯》據《廣記》補之，爲上。

② 唐《輯》："《廣記》'日'上有'合'字。"

③ 唐《輯》："形，《廣記》作'時'。"

④ 周《輯》："'子路'句，《廣記》作'子路口噤不得言'，《續談助》作'子路甚懼'。"按：《廣記》引此"子路"下尚有"失魄"二字。"不得言"之"得"，《駢志》作"能"。

⑤ 唐《輯》："《續談助》無'乃'字。"周《輯》："而，《廣記》無。"按：《廣記》"拔"作"杖"。《駢志》《繹史》此句作"顏淵仗劍前"，《天中記》無"顏"字。

⑥ 余《輯》："握，《説郛》作'挃'，從《廣記》改。《談助》無此四字。"按：《天中記》《駢志》《繹史》作"斫其腰"。挃，《聖門十六子書》引作"至"。"握其腰"似亦不可通，人腰盈桶，豈手握所能拘。疑"挃"假作"桎"，拘束之義。"卷桎"謂以胳膊束攣住鬼魅，使不得脱。鬼魅不得脱，於是化爲蛇，以其身細也。

⑦《鈎沉》：“《廣記》引作‘於是形化成虹’。”按：“虹”字，明談愷刻本作“蛇”，余《輯》、唐《輯》亦皆作“蛇”，未知是魯迅所見版本本有誤，抑或是後人排印致誤。《天中記》《駢志》《繹史》引皆有“形”字，或當補之。又“成”字，《天中記》誤作“即”。

⑧周《輯》：“遂，《廣記》作‘即’。”

⑨余《輯》：“出觀，《談助》無此二字。”

⑩唐《輯》：“仁，《廣記》作‘智’。《續談助》無此八字。”

⑪余《輯》：“《談助》引至此止，《說郛》無‘必’字，《廣記》作‘智者不勇’。”

⑫《鈎沉》：“有仁，《廣記》引作‘有智’。”

【綜説】

余《輯》：“《說郛》。《續談助》《廣記》四百五十六引。案：此條不注書名，以下條及子路取水條推之，必《衝波傳》也。蓋此四條皆引《衝波傳》，而總注於末條之下耳。其事頗與《搜神記》十九記子路殺大鯷魚事相類，疑即一事，傳聞異辭，要之皆荒謬不可據。《衝波傳》不知何書，《隋》《唐志》不著錄，所記多孔門事，大率怪誕不經。孫星衍《孔子集語》載入諸書所引《衝波傳》數條，此條失收。馬驌《繹史》九十五引此條題爲《殷芸小説》，蓋即自《廣記》轉引，非真見原書也。”按：余氏云此條出自《衝波傳》，是也。惟云事或即子路殺大鯷魚事則未必。《搜神記》卷十九：“孔子厄於陳，弦歌於館中。夜有一人，長九尺餘，皂衣高冠，大叱，聲動左右。子貢進問：‘何人邪？’便提子貢而挾之。子路引出，與戰於庭。有頃，未勝。孔子察之，見其甲車間時時開如掌，孔子曰：‘何不探其甲車，引而奮登。’子路引之，没手仆於地。乃是大鯷魚也，長九尺餘。孔子曰：‘此物也，何爲來哉？吾聞物老，則群精依之，因衰而至此。其來也，豈以吾遇厄、絕糧、從者病乎！夫六畜之物，及龜蛇魚鱉草木之屬，久者神皆憑依，能爲妖怪，故謂之‘五酉’。‘五酉’者，五行之方，皆有其物。酉者，老也，物老則爲怪，殺之則已，夫何患焉。或者天之未喪斯文，以是繫予之命乎！不然，何爲至於斯也。’弦歌不輟。子路烹之，其味滋，病者興。明日遂行。”兩事於殺鬼怪則一也，於所揚主旨則不同。《搜神記》贊子路之勇與孔子之智，《小説》貶子路之勇贊顏淵之仁，於子路一褒一貶，恐非一事之變。

41　孔子嘗使子貢出，①久而不返，②占得《鼎》卦無足，③弟子皆言無足不來；④顏回掩口而笑。孔子曰："回笑，是謂賜必來也。"因問回："何以知賜來？"對曰："無足者，蓋乘舟而來，賜且至矣。"明旦，子貢乘潮至。⑤

【疏證】

①"嘗"字，《類説》《海録碎事》引皆無。《初學記》《太平御覽》諸書引《衝波傳》亦無。《説郛》卷三十一上引《誠齋雜記》亦無，則此字似當刪去。

②周《輯》："而，《類説》作‘之’。"按：四庫本《類説》無"之"字，《海録碎事》亦引作"之"，蓋四庫本《類説》脱漏。

③周《輯》："‘占得’句，原作‘占之遇《鼎》’，據《類説》改。"按：所改是，《海録碎事》及諸書引《衝波傳》皆似《類説》，《説郛》蓋約言之。正文及周氏注文"鼎"字原無書名號，今加之。

④"弟子"句，《類説》作"衆弟子以謂不來矣"，《海録碎事》作"弟子輩皆以爲不來矣"。

⑤周《輯》："‘對曰’六句，《海録碎事》《類説》節作：‘鼎無足，其乘舟來耶？果然。’"按：自"顏回掩口而笑"至"對曰"，《海

録碎事》《類説》皆作"顏回曰"。《類説》《海録碎事》似不當俱節引《小説》且文字相類，《説郛》晚出反較爲詳，疑陶宗儀或据它書引《衝波傳》補之也，未必即《小説》原貌。

【綜説】

余《輯》："《説郛》。案：《藝文類聚》七十一引《衝波傳》，文與此同而稍略。其事又見《北堂書鈔》三十七引《韓詩外傳》。"周《輯》："此條據《説郛》，以明鈔本《類説》及《海録碎事》一四參校。《藝文類聚》七一、《紺珠集》引《衝波傳》，文與此條同而稍略。《北堂書鈔》三七引《韓詩外傳》，亦叙此事，而節略更甚。"按：周説《書鈔》引《外傳》"節略更甚"，似言較之《類聚》《紺珠集》所引《衝波傳》，《書鈔》引《外傳》文字更少。然《書鈔》所引實較之《類聚》《紺珠集》所引更爲全面，但與《説郛》文略異耳。又金王朋壽《類林雜説》卷六引此云出自《家語》，恐誤。

吾上注云《説郛》引《小説》，未必即其原貌，陶宗儀恐有所改正。今試廣而論之，《書鈔》引《外傳》自"顏回掩口而笑"下作："孔子曰：'回也，何哂乎？'回謂：'賜必來。'孔子曰：'何如（疑當作知）也。'回對曰：'無足者，乘舟而來。'賜果至。"其中"賜必來"句本爲顏回答語，而《類聚》已變作孔子之語且無孔子問顏回之語，陶氏既用《書鈔》又用《類聚》補《小説》，遂至與兩書皆不似。顏回答乘舟之語，《初學記》卷二十、《御覽》卷七百二十八《錦繡萬花谷》後集卷三十四皆作："曰：'無足者，乘舟而來。賜至矣，清朝也。'子貢果朝至。"所謂"清朝"者，清晨也。子路如何來，曰"乘舟"；子路何時來，曰"清朝"。前言子貢久而不來，孔子使弟子占之，占何時而來也。若只答乘舟，仍不知何時而來。"子貢果朝至"言子貢果自清晨即來。伏震爲足、爲舟、爲清朝也。《類聚》作"清旦朝，子貢果至"，蓋衍"旦"字。《增修埤雅廣要》卷三十六作"詰朝，子貢至”，“詰”蓋“清”之訛。兩書本當作“清朝，子貢至”，與《初學記》“子貢果朝至”義同。陶氏不解此，而妄改作“子貢乘潮至”。

王充《論衡·卜筮》篇載：“魯將伐越，筮之，得《鼎》折足。子貢占之以爲凶。何則？鼎而折足，行用足，故謂之凶。孔子占之以爲吉，曰：‘越人水居，行用舟不用足，故謂之吉。’魯伐越，果克之。”與此事相類。若《韓詩外傳》果載此事，則《論衡》襲自《外傳》；若爲《書鈔》誤引，則當是《衝波傳》襲自《論衡》。

42　宰我謂：① “三年之喪，② 日月既周，星辰既更，衣裳既造，百鳥既變，萬物既易，黍稷既生，朽者既枯，於期可矣。”③ 顏淵曰：“人知其一，未知其他。但知暴虎，④ 不知馮河。鹿生三年，其角乃墮；⑤ 子生三年，而離父母之懷。⑥ 子雖善辯，⑦ 豈能破堯舜之法，改禹湯之典，更聖人之文，除周公之禮，改三年之喪，不亦難哉！父母者，天地，天崩地壞，三年不亦宜乎！”

【疏證】

① 周《輯》：“‘宰我’句，《類林》作‘宰我欲短喪’，不錄下宰我之語。”

② 周《輯》：“‘三年’句，與下句不相接，疑有脱文，應據《論語·陽貨》篇補‘期已久矣’一句。”

③ 周《輯》：“這裏宰我的話與《論語》里對孔子説的話完全不同。《論語》作：‘三年之喪，期已久矣。君子三年不爲禮，禮必壞；三年不爲樂，樂必崩。舊穀既没，新穀既升，鑽燧改火，期（同朞，

即一年）可已矣。'但意思是一樣的，總之是想把三年之喪改爲一年。"

④　周《輯》："但，原作'俱'，當係形似致訛。"

⑤　周《輯》："墮，《御覽》及《焦氏類林》引均有小注：'墮音多。'"

⑥　周《輯》："'子生'句，《論語·陽貨》篇以有之，作'子生三年，然後免於父母之懷'。但《御覽》及《焦氏類林》小注竟謂：'懷音窠。'此則任何字書未見有此音，殆欲叶韻，遂不顧杜撰之非。"

⑦　周《輯》："善，原作'美'，當係形似致訛，今改正。"

【綜説】

周《輯》："此條見《御覽》五四五引，注出《衝波傳》。亦見明焦竑《焦氏類林》卷一之下'師友'篇引。《類林》所引，删節甚多，僅録顔淵之語，亦僅至'子生三年，而離父母之懷'止。惟《御覽》所引甚詳，當係全文。余嘉錫《讀已見書齋隨筆》七於宰我、顔淵之語各引少許，謂'此所引亦不全'，且不知《初學記》二十九引《衝波傳》'鹿生三年，其角乃墮'，即此條中語。"按：此條《御覽》云出自《衝波傳》，未云出《小説》也。《鉤沉》、余《輯》、唐《輯》皆未收此條，甚是，當删去。此條又見《路史後紀》十一、明郭良翰《問奇類林》卷二十一、《聖門十六子書》卷四，既非《小説》文，故不出校。

43　子路、顔回浴於洙水，[①]見五色鳥。顔回問子路曰："由，識此鳥否？"子路曰："識。"回曰："何鳥？"子路曰：[②]"熒熒之鳥。"[③]後日，顔回與子路又浴於泗水，更見前鳥，復問："由，識此鳥否？"子路曰："識。"回曰："何鳥?"子路曰："同同之鳥。"顏回曰："何一鳥而二名?"子路曰："譬如絲絹，煮之則爲帛，染之則爲皂，一鳥而二名，④不亦宜乎?"

【疏證】

① 周《輯》："洙水，原作'泗水'，誤。據《繹史》改。"按：所改是，此言"洙"，下言"泗"，地不同故名不同。若皆作"泗"，則子路答語之"煮之則爲帛，染之則爲皂"亦無意義。《天中記》卷五十九、《駢志》卷十八、《廣博物志》卷四十八、《古今譚概》卷二十三、《續問奇類林》卷二十三、《格致鏡原》卷八十一併作"洙"。

②"由"以下至此，唐《輯》："一本無此十六字。"

③ 周《輯》："熒熒之鳥，原作'榮之鳥'，據《繹史》改。"

④ 唐《輯》："一本無此五字。"周《輯》："'一鳥'句，原無，據《繹史》補。"

【綜說】

余《輯》："《説郛》。案：《繹史》九十五引《衝波傳》'榮之鳥'作'熒熒之鳥'。'不亦宜乎'上有'一鳥二名'四字，皆於義爲長。以其爲晚出之書，故不欲據以校改。"周《輯》："此條據明鈔本《説郛》，校以《繹史》九十五引《衝波傳》。"按：《太平御覽》卷九百一十四引《衝波傳》："顏淵子路於洙泗見五色鳥，由：'熒熒之鳥也。'"下注："見色分明，故曰'熒熒'。"蓋約引之。

44 孔子嘗游於山，使子路取水，逢虎於水所，與共戰，攬尾得之，內懷中；取水還，問孔子曰："上士殺虎如之

何？”子曰：“上士殺虎持虎頭。”又問曰：“中士殺虎如之
何？”子曰：“中士殺虎持虎耳。”又問：“下士殺虎如之何？”
子曰：“下士殺虎捉虎尾。”①子路出尾棄之。因恚孔子曰：
“夫子知水所有虎，使我取水，是欲死我。”乃懷石盤，欲中
孔子。又問：“上士殺人如之何？”子曰：“上士殺人使筆
端。”又問：“中士殺人如之何？”子曰：“中士殺人用舌端。”
又問：“下士殺人如之何？”子曰：“下士殺人懷石盤。”子路
出而棄之，於是心服。

【疏證】

　　① 周《輯》：“‘上士殺虎持虎頭’九句，今本《説郛》僅作‘下
士殺虎捉尾’一句。今據《金樓子》補。”

【綜説】

　　余《輯》：“原注：《衝波傳》。《説郛》。案：《金樓子·雜記》篇
上所載略同，梁元帝著書在殷芸之後，知亦取之《衝波傳》也。《繹
史》九十五引《衝波傳》較此亦多‘上士殺虎持虎頭’數句，蓋馬氏
所見《説郛》猶是善本。”周《輯》：“魯迅《古小説鈎沉》輯殷芸
《小説》，於此條所録亦是全文，非僅馬驌所見《説郛》爲善本也。”
按：唐《輯》：“一本無此（“下士殺人”之上）三十八字。”唐《輯》
晚自余《輯》，余氏未得見善本，恐魯迅、唐蘭所見乃據《金樓子》補
之。“中士殺虎持虎耳”一句，《太平御覽》引《金樓子》作“中士捉
耳”，《天中記》卷六十作“中士捉”，脱“耳”字，蓋早期《金樓子》
本作“捉”，此正《鈎沉》、唐《輯》以《金樓子》補之之證。此文荒

誕不經，蓋作者本欲贊孔子之智，殊未料因此而貶子路。過度塑造一個人物形象而不顧其它人物形象之真偽，此正傳說之一大特徵。

45　孔子去衛適陳，途中見二女采桑。子曰："南枝窈窕北枝長。"答曰：'夫子游陳必絕糧。九曲明珠穿不得，著來向我采桑娘。"夫子至陳，大夫發兵圍之，令穿九曲珠，乃釋其厄。夫子不能，使回、賜返問之。其家謬言女出外，以一瓜獻二子。子貢曰："瓜，子在内也。"女乃出，語曰："用蜜塗蛛，絲將繫蟻，蟻將繫絲；如不肯過，用烟熏之。"孔子依其言，乃能穿之。於是絕糧七日。

【綜説】

周《輯》："此條據馬驌《繹史》八六引《衝波傳》，但僅引至'問我采桑娘'止，以下所引，據云係《韓詩内傳》佚文。考漢文帝博士韓嬰，推詩人之意，爲内、外傳數萬言，即所謂《韓詩》，今惟《外傳》十卷行世，《内傳》久佚，佚文尚偶見於世。十年前記載孔子事迹之文出現甚多，此條及下條均云出《韓詩内傳》，偶見此文，亦不知從何處引來，喜其奇詭，因俱筆録之。今輯《殷芸小説》，翻閲《繹史》，方知出《衝波傳》，查'孔子嘗使子貢出'條，《北堂書鈔》引云出《韓詩外傳》，則此條與下條云出《内傳》者，似非無據。《繹史》所引刪節甚多，此則獨存其全。《衝波傳》未知何人於何時所作，若果爲《韓詩》所引，則漢初已有。姑記於此，以供研究者參考。"按：此條《鈎沉》、余《輯》、唐《輯》皆未收，余氏曾見此條而不録者，以其《繹史》云出自《衝波傳》而非《小説》也。楊慎《升菴集》卷六六：

"《小説》云：'孔子得九曲珠，欲穿不得，遇二女教以塗脂於綫，使蟻通焉。'"（又見《廣博物志》卷三十七）吾頗疑楊氏所引乃《小説》原貌，周氏所輯則後人僞托，未必真出自《衝波傳》也。七言之詩，漢時已出現，然絕無中間換韻之理，若《柏梁》、張衡之《四愁詩》、山西出土之漢陶瓶所載七言詩（見日本學者中村不折《三代秦漢遺物的文字》，巖石書店，1934 年，105 頁）皆如此，而此詩第三句不入韻。此事見之於典籍，最早乃宋陸佃《增修埤雅廣要》卷三十一云："戰國時，有得九曲寶珠者，穿之不得。孔子教以塗脂於綫端，使蟻通之。"則本爲孔子所教，非采桑女教孔子也。元釋行秀《從容庵録》卷六載："世傳孔子厄於陳，穿九曲珠，遇桑間女子，授之以訣：'密矣思之，思之密矣。'孔子遂曉，以絲繫蟻，引之以蜜而穿之。"此方變爲采桑女教孔子之事，且但有四言詩而非七言。何以至清，此文突增飾至此？《春秋戰國異辭》引《衝波傳》自孔子遣子貢返問采桑女，云："至采桑所，婦無覓矣。但見桑間聚泥一，逾尺許，又聚泥三。子貢曰：'桑者，木也；泥者，土也，其杜姓耶？旁復有三，其三娘耶？'適樵者過，子貢問曰：'前村可有杜三娘乎？'樵者曰：'蘆塘荻渚遶華屋，瑤草疏花傍粉牆。行過小橋流水北，其間便是杜家庄。'子貢如其言，見三娘，具述前事。婦莞爾而笑曰：'此無難，塗絲以脂，繫蟻以要，使徐徐而度，如不肯過，薰之以烟。'子貢得其術，以告夫子。夫子如其言，得穿九曲之珠。"文辭婉轉，絕不似兩漢質樸之文，以此知清人所見《衝波傳》固非原本。清褚人穫《堅瓠集》五集卷四亦載此事，而較此文爲詳，稱引自《墨客揮犀》，然考《墨客揮犀》《續墨客揮犀》，未見此文，恐爲誤記。崔述亦駁云："近世小説，有載孔子與采桑女聯句詩者，云：'南枝窈窕北枝長，夫子行陳必絕糧。九曲明珠穿不過，回來問我采桑娘。'謂七言詩始此，非《柏梁》也。夫《柏梁》之詩，識者已駁其僞。而今且更前於柏梁數百年而托始於春秋。嗟夫！嗟夫！彼古人者誠不料後人之學之博之至於如是也。"蟻穿九曲珠之相類事迹，最早見於古希臘神話中達大魯斯以蟻穿螺旋貝殼，古印度則有蟻穿八角寶石故事，即如孔子遇采桑女之事果真見於《衝波傳》，則其事亦必在佛教入中國後，周氏乃云《衝波傳》漢初已有，恐難令人信服。又：楊慎《升庵集》只云出《小説》，未必是《殷芸小説》，且據陸鈿所云，宋時尚未有采桑女教孔子事，此恐非《小説》文。

46　有鳥九尾，^①孔子與子夏渡江，^②見而異之，人莫能名。^③孔子曰："鶬也。^④嘗聞河上之歌曰：^⑤'鶬兮鴰兮，逆毛衰兮，一身九尾長兮。^⑥'"

【疏證】

①　周《輯》："有鳥九尾，《内傳》佚文作'鶬鴰胎生'。"

②　周《輯》："與子夏，《内傳》佚文無。"

③　周《輯》："人，《内傳》佚文作'衆'。"

④　周《輯》："曰鶬也，《内傳》佚文無。鶬，鶬鴰，怪鳥，一身九頭九尾，逆毛。一名鬼車。《本草釋名》：'鬼車，妖鳥也，取《周易》"載鬼一車"之義。似鶬而異，故曰奇鶬。'《本草集解》：'鬼車，狀如鶂鶙而大，翼廣丈許，晝盲夜瞭，見火光輒墮。相傳此鳥昔有十首，犬嚙其一，猶餘九首，其一常滴血。'俗所謂九頭鳥，即此。唐劉恂《嶺表録異》：'鬼車出秦中，而嶺外尤多。春夏之交，稍遇陰晦，則飛而過，聲如刀車鳴。'"

⑤　周《輯》："之，《内傳》佚文作'人'。"

⑥　周《輯》："'一身'句，《内傳》佚文下有'鶬鴰也'三字。"

【綜説】

周《輯》："此條據《淵鑒類函》鳥部鶬一，校以所謂《韓詩内

傳》佚文。《韓詩內傳》佚文引自何書，雖不可考，但其內容，則與
《淵鑒類函》所引略同，而較馬驌《繹史》八十六引《衝波傳》‘有鳥
九尾，孔子與子夏見之，以問孔子，曰“鶬也”’爲詳。余嘉錫謂：
‘《衝波傳》久佚，此二條不見他書，不知馬氏何自得之？’余氏博洽群
書，乃未見《淵鑒類函》中所引此條，殆因《類函》爲晚出之書，殊
不欲據校歟？殊不知清初網羅天下典籍，遺帙往往出於人間，《衝波
傳》當時或尚有抄本存在，馬驌及館閣諸臣猶得見之。馬氏爲清順治
進士，於古史最精熟，所撰《繹史》一百六十卷，徵引極賅博，世有
‘馬三代’之目，固未可輕也。”按：此條未必爲《小說》文，見下條
疏。周氏引余氏所云，乃其《讀已見書齋隨筆·衝波傳》按語。

47　周公居東，惡聞此鳥，命庭氏射之，[①]血其一首，猶
餘九首。

【疏證】

　　① 周《輯》：“庭氏，古官名，《周禮》秋官之屬，掌射天鳥（惡
鳴之鳥）。”

【綜說】

　　周《輯》：“此條據《淵鑒類函》鳥部鶬一。各書均未見引，魯迅、
余嘉錫皆失收。查歐陽詢有《鬼車》詩云：‘老婢撲燈呼兒曹，云此怪
鳥無匹儔。其名爲鬼車，夜載百鬼凌空游；其聲雖小身甚大，翅如車輪
排十頭。凡鳥有一口，其鳴已啾啾；此鳥十頭有十口，口插一舌連一
喉。一口出一聲，千聲百響更相酬。昔時周公居東周，厭聞此鳥憎若
仇。夜呼庭氏率其屬，彎弧俾逐出九州。射之三發不能中，天遣天狗從
空投。自從狗嚙一頭落，斷頭至今青血流。爾來相距三千秋，晝藏夜出

如鸂鶒。每逢陰黑天外過，乍見火光驚輒墮。'與此條及上條所載可以
互證。"按：此云出《小說》，最早見楊慎《升菴集》卷八十一。清胡
世安《異魚圖贊箋》卷三載《衝波傳》"有鳥九尾"云云，《小說》
"周公居東"云云，則上條"有鳥九尾"雖見於《衝波傳》，未必即爲
《小說》文。《淵鑒類函》亦分屬《衝波傳》《小說》，周氏此條、上條
皆不當收。

48　秦世有謠云："秦始皇，何強梁；①開吾户，據吾牀；
飲吾漿，唾吾裳；餐吾飯，以爲糧；張吾弓，射東牆；前至
沙丘當滅亡。"始皇既焚書坑儒，乃發孔子墓，欲取經傳。墓
既啓，②遂見此謠文刊在冢壁，始皇甚惡之。及東游，乃遠沙
丘而循別路，忽見群小兒攢沙爲阜，問之："何爲?"答云：
"此爲沙丘也。"從此得病而亡。或云："孔子將死，遺書曰：
'不知何男子，自謂秦始皇，上我之堂，據我之牀，顛倒我衣
裳，至沙丘而亡。'"

【疏證】

①"何強梁"句，《開元占經》卷一百一十三作"奄僵僵"，《太
平御覽》卷八十六作"奄僵"，蓋脱一"僵"字，"僵僵"者，相隨之
貌。户、牀之類，本孔子所有，秦始皇而據之，故謂之"僵僵"。

②墓既啓，今本《異苑》作"壙既啓"，下有"於是悉如謠者之
言"，言秦始皇既發其墓，則開牀據户、張弓射牆，與謠言同。義較
爲上。

【綜説】

余《輯》："《説郛》。此條失注所出書名，今案：其文見劉敬叔《異苑》四，文句小異，僅至'從此得病'止，無'而亡'以下三十九字。考《論衡·實知》篇云：'孔子將死，遺讖書曰：不知何一男子，自謂秦始皇，上我之牀，踞我之牀，顛倒我衣裳，至沙丘而亡。'與此條或説全合，蓋即一事，傳聞異辭，故敬叔於篇末引之以存疑，而今本《異苑》脱去也。但《論衡》第云其後秦王兼吞天下，號始皇，巡狩至魯，觀孔子宅，乃至沙丘，遂病而亡，無發孔子墓取經傳事，《異苑》之言尤不可信。"周《輯》："此條據《説郛》，原失注書名，實出劉敬叔《異苑》四。但今本《異苑》有删節，不足據。"按：周氏之説蓋承自余氏，然余氏之説未必是也。考《開元占經》《太平御覽》引《異苑》，"或云"以下皆無，豈唐時末段即已佚哉。吾頗疑"或云"以下恐非《小説》文，乃陶氏誤輯。陶氏輯書，往往有臆測爲是書文者即録之，未必實出自此書也。今以所輯郭璞《洞林》例之，陶氏輯《洞林》共八条，第二條於"太子洗馬"下云："李尤《羹魁銘》曰：'羊羹不遍，駟馬長驅。'"馬國翰云："此乃《御覽·魁》篇另節文，陶氏誤收。"（馬氏説見《玉函山房輯佚書》，《續修四庫全書》第 1024 册）此條或亦如此，蓋二事本相類，陶氏所見兩事連屬，因並以爲《小説》文哉？

馬驌云："始皇未嘗至魯，此妄謬何足辯。"《論衡·實知》篇録此條下尚有："又曰：'董仲舒，亂我書。'其後江都相董仲舒論思《春秋》，造著傳記。又書曰：'亡秦者胡也。'其後二世胡亥竟亡天下。"皆言孔子知後世之事，恐乃讖緯之徒附會之説。

49 安吉縣西有孔子井，吳東校書郎施彦先後居井側。[①]
先云："仲尼聘楚，爲令尹子西所譖，欲如吳未定，逍遥此境，復居井側，因以名焉。"

【疏證】

① 余《輯》："吳東，《說郛》誤作'吾東'。後，《談助》誤'復'。"按："後"字蓋涉下"復居井側"而誤。

【綜說】

周《輯》："此條據《續談助》，校以《說郛》。二書原注：'出山謙之《吳興記》。'查《隋書·經籍志》有'《吳興記》三卷，山謙之撰'，今已亡佚。又，吳伐越，克會稽，得骨節專車，派使者問孔子則有之，但孔子實未嘗至吳。安吉縣在吳興西，其地處吳越之間，云孔子'逍遥此境，復居井側，因以名焉'，似孔子一生未嘗恓恓惶惶，而頗逍遥自得於吳境間，真小說家言也。"按：殷芸擇事之不可入史者乃爲《小說》，此事所謬在孔子未嘗入吳，不在"逍遥"二字。若孔子厄於陳，仍弦歌不輟，豈非逍遥哉？宋談鑰《（嘉泰）吳興志》卷十八云："孔子井在安吉縣西南一百三十里，俗傳云孔子游此，鑿井而飲。按《史記世家》孔子未嘗游吳，此井未詳所自。"云孔子鑿此井，蓋亦孔子居井側之變。

50 鬼谷先生與蘇秦、張儀書云："二君足下：功名赫赫，但春華到秋，①不得久茂；日數將冬，時訖將老。②子獨不見河邊之樹乎？③僕御折其枝，波浪蕩其根，④上無徑寸之陰，下被數千之痕，⑤此木非與天下人有仇怨，⑥蓋所居者然。⑦子不見嵩、岱之松柏，華、霍之檀桐乎？⑧上枝干青雲，⑨下根通三

泉，上有猿狄，下有赤豹麒麟，⑩千秋萬歲，不逢斧斤之患，⑪
此木非與天下之人有骨肉，⑫亦所居者然。⑬今二子好朝露之
榮，棄長久之功，⑭輕喬松之永延，⑮貴一旦之浮爵。夫女愛不
極席，⑯男歡不畢輪，痛夫！痛夫！二君，二君！⑰”

　　蘇秦、張儀答書云：⑱“伏以先生秉德含和之中，游心青
雲之上，飢必噉芝草，⑲渴必飲玉漿，德與神靈齊，明與三光
同，不忘將書，誠以行事。⑳儀以不敏，名問不昭，㉑入秦匡
霸，欲翼時君，刺以河邊，喻以深山，雖復素闇，誠銜斯
旨。㉒”

【疏證】

　　① 余《輯》：“《談助》脱‘春’字，從《説郛》補。”

　　② 余《輯》：“《説郛》作：‘日所將冬，時説將老。’謬誤不可
通。《錄異記》作：‘日既將盡，時既將老。’此從《談助》。”按：《説
郛》之“説”當即“訖”之形訛，本句“將冬”之“冬”作“終”
解，與《錄異記》之“盡”義同。

　　③ 周《輯》：“獨，《類聚》作‘豈’。”

　　④ 周《輯》：“蕩，原作‘激’，據《類聚》改。”按：余《輯》
出校而未改字，是也。“蕩”“激”義本同，故多連用。《吳越春秋·夫
差内傳》：“依潮來往，蕩激崩岸。”《水經注·河水注》：“壁立千仞，
河流激蕩。”《小説》引文出自《鬼谷先生書》，《藝文類聚》稱引自袁
淑《真隱傳》，本非録自一處，文字自有差異。《錄異記》亦作“激”。
周氏校此文多有從《類聚》改者，皆不妥。義既通者，出校可也。下
不俱論。

⑤ 周《輯》："'上無'二句，原無，據《類聚》補。寸，《類聚》原作'尺'。"

⑥ 余《輯》："《談助》脫'天'字，從《說郛》補。《類聚》《御覽》作'此木豈與天地有仇怨'。"

⑦ 周《輯》："'蓋所居'句，《類聚》作'所居然也'。"

⑧ 周《輯》："不，原無，據《類聚》補。檀桐，原作'壇'，《說郛》作'樹檀'，據《類聚》改。乎，原無，據《類聚》補。"

⑨ 周《輯》："枝，原作'葉'，據《類聚》《御覽》改。"

⑩ 余《輯》："《錄異記》作：'上有玄狐黑猿，下有豹隱龍潛。'文義似較盛，第不知可據否。"

⑪《鈎沉》："患，《說郛》作'伐'。"

⑫ 唐《輯》："肉，《說郛》作'血'。"周《輯》："'此木'句，《類聚》《御覽》作'此木豈與天地有骨肉哉'。"按：此句與上句"有仇怨"乃對句，《類聚》一有"哉"、一無"哉"，《續談助》一有"之"、一無"之"，蓋皆有脫漏。

⑬ 周《輯》："'亦所居'句，《類聚》作'蓋所居然也'。"

⑭《鈎沉》："棄，《說郛》作'忽'。"

⑮ 余《輯》："永，《談助》誤作'求'。"

⑯ 余《輯》："'愛'字《談助》原闕，據《說郛》補。"

⑰ 周《輯》："'痛夫'四句，《錄異記》作'痛夫悲夫二君，痛矣悲夫二君'。後一'二君'原無，據《說郛》補。"

⑱ 此處"蘇秦"二字似爲衍文，下"儀以不敏，名問不昭，入秦匡霸，欲翼時君"是只言張儀之事，未及蘇秦。蓋論者見上爲"鬼谷先生與蘇秦、張儀書"，因補"蘇秦"二字。

⑲《鈎沉》："噉，《說郛》作'唉'。"

⑳ 唐《輯》："誠，《說郛》作'成'。"

㉑ 問，《錄異記》作"聞"，二字古通。

㉒ 余《輯》："銜，《説郛》作'哉'。"

【綜説】

余《輯》："原注：出《鬼谷先生書》。《續談助》《説郛》。案：《鬼谷先生書》，《隋志》不著錄，《藝文類聚》三十六引袁淑《真隱傳》曰：'鬼谷先生，不知何許人也，隱居韜智，居鬼谷山，因以爲稱，蘇秦、張儀師之，遂立功名，先生遺書責之。'云云。然止節錄河邊之樹、嵩岱之松柏二節，《御覽》五百一十所引尤略。孫星衍據《類聚》收入《續古文苑》七，嚴可均輯《全上古三代文》既據《真隱傳》錄其文，又從杜光庭《錄異記》得其全篇及張儀答書，載入卷八及卷十一，然其文仍有删節，又誤將光庭敘事之語並作張儀之文，蓋皆未見《續談助》及《説郛》也。"周《輯》："此條據《續談助》，校以《説郛》《藝文類聚》《太平御覽》《錄異記》。"按：《史記·蘇秦列傳》："蘇秦者，東周雒陽人也。東事師於齊，而習之於鬼谷先生。"《張儀列傳》："張儀者，魏人也。始嘗與蘇秦俱事鬼谷先生學術。"後世即因此而托鬼谷先生與蘇秦、張儀書。《記纂淵海》卷九〇引河邊之樹、高山之木之喻，云出虞盤祐《高士傳》，考《隋書·經籍志》，有"《高士傳》二卷，虞槃佐撰"，"祐"蓋"佐"之誤。其人生平不祥，《隋志》錄於皇甫謐、孫綽之間，蓋亦晋人也。《隋志》又有《鬼谷子》三卷，皇甫謐注。皇甫謐其人好作僞，此文或即皇甫謐所僞撰歟？

51　張子房與四皓書云："良白：①仰惟先生，秉超世之殊操，②身在六合之間，志凌造化之表。但自大漢受命，③禎靈顯集，神母告符，足以宅兆民之心。先生當此時，④輝神爽乎雲霄，⑤濯鳳翼於天漢，⑥使九門之外，有非常之客，北闕之下，有神氣之賓，而淵游山隱，⑦竊爲先生不取也。良以頑薄，承乏忝官，⑧所謂絕景不御，⑨而駕服駑駘。方今元首欽明文思，百揆之佐，立則延企，⑩坐則引領，日仄而方丈不御，夜寢而闈闔不閉。⑪蓋皇極須日月以揚光，⑫后土待岳瀆以導滯；而當聖世，鸞鳳林栖，不翔乎太清；⑬騏驥嶽遁，不步於郊莽，⑭非所以寧八荒而慰六合也。⑮不及省侍，⑯展布腹心，略寫至言，想料翻然，⑰不猜其意。⑱張良白。"

四皓答書曰："窮蟄幽藪，深谷是室，豈悟雲雨之使，奄然萃止。⑲方今三章之命，邈殷湯之曠澤，⑳禮隆樂和，四海克諧，六律及於絲竹，和聲應於金石，㉑飛鳥翔於紫闕，百獸出於九門。頑夫固陋，守彼巖穴，足未嘗踐閫閾，目未曾見廊廟，野食於豐草之中，避暑於林木之下；㉒望月晦然後知三旬之終，㉓睹霜雪然後知四時之變，問射夫然後知弓弩之須，㉔訊伐木然後知斧柯之用。㉕當秦項之艱難，㉖力不能負干戈，攜手逃走，㉗避役山草，倚朽若立，循水似濟。㉘遂使青蠅盜聲於晨雞，㉙魚目竊價於隋珠。㉚公侯應靈挺特，神父授策，蓋無幽而不明也。㉛豈有烹鼎和味，而願令菽麥廁方丈之御；㉜被龍服袞，㉝而欲使女蘿上紺綾之緒？恐汩泥以濁白水，㉞飄塵以亂清風；㉟是以承命傾筐，聞寵若驚。謹因飛龍之使，㊱以寫鳴蟬之音，㊲乞守兔鹿之志，終其寄生之命也。"

【疏證】

①《鉤沉》："宋吳开《優古堂詩話》引至篇末'張良白'。"

② 周《輯》："操，《説郛》誤作‘參’。"

③ 自，《西漢文紀》誤作"有"。

④ "當"下，《優古堂詩話》《郡齋讀書志》並有"於"字，句較爲順。

⑤《鈎沉》："乎，吳引作‘于’。"按：輝，《郡齋讀書志》《優古堂詩話》皆作"耀"。

⑥ 余《輯》："濯，《説郛》誤‘擢’。"

⑦《鈎沉》："游，吳引作‘潛’。"按：《郡齋讀書志》亦作"潛"，"潛"與"隱"相對成文，言四皓隱而不出，義較爲上。山，《西漢文紀》誤作"仙"。

⑧ 唐《輯》："忝，《説郛》作‘參’，誤。"按：唐氏所據《説郛》版本與魯迅、余氏不同，故其異文魯、余二家多有未注者，今一併録之。

⑨ 余《輯》："‘所’字《續談助》脱，從諸書引補。"

⑩《鈎沉》："企，吳引作‘首’。"余《輯》："企，《漫録詩話》作‘首’。"按：《郡齋讀書志》亦作"首"。

⑪《鈎沉》："寢，吳引作‘眠’。"余《輯》："企，《漫録詩話》作‘眠’。"按：《郡齋讀書志》亦作"眠"。

⑫ 蓋，《西漢文紀》誤作"垂"。

⑬ 余《輯》："翔，《説郛》誤‘期’。"

⑭《鈎沉》："莽，吳引作‘藪’。"余《輯》："不步乎郊莽，《漫録》作‘不涉乎郊藪’。"唐《輯》："莽，《説郛》作‘艸’。"按：莽，《郡齋讀書志》亦作"藪"，《西漢文紀》作"草"。《能改齋漫録》承自《優古堂詩話》，"涉"即"步"字之偽。

⑮ 慰，《郡齋讀書志》作"尉"，蓋下脱"心"字。

⑯《鈎沉》："不及，吳引作‘不得’。"按：《郡齋讀書志》亦作"不得"。

⑰ 余《輯》："料，《漫録》《説郛》作'望'。"按：料，《郡齋讀書志》《西漢文紀》並作"望"。"想望"乃企盼、希望之義，古書習見，《漢書·匈奴傳》載揚雄語："此乃上世之遺策，神靈之所想望。""想料"則未聞，疑"望"字爲上。

⑱ 唐《輯》："猜，《説郛》作'精'。"

⑲ 周《輯》："然，原作'齊'，據《説郛》改。"

⑳ 曠，《西漢文紀》作"廣"，二字古通，此用"廣"義。

㉑ 周《輯》："聲，原作'章'，據《説郛》改。"

㉒《鈎沉》："木，《説郛》作'泉'。"

㉓ 余《輯》："月，誤'日'，據《説郛》改。"

㉔ 余《輯》："'問射夫'以上二十字《説郛》原脱。"按：《西漢文紀》亦脱此二十字。

㉕ 余《輯》："訊，《説郛》作'誶'。"

㉖ 項，《西漢文紀》誤作"漢"。

㉗《鈎沉》："走，《説郛》作'奔'。"

㉘ 余《輯》："水，《説郛》誤'木'。"按：《西漢文紀》亦誤作"木"。

㉙ 周《輯》："晨，原誤作'長'，據《説郛》改。"按：使，《西漢文紀》誤作"羞"。

㉚ 余《輯》："魚目，《説郛》誤'魯公'。"

㉛ 余《輯》："'蓋'字《説郛》脱。"

㉜ 唐《輯》："厠，《説郛》作'側'。"

㉝ 唐《輯》："被，《説郛》作'披'。"周《輯》："袞，原作'裏'，粤雅堂叢書本作'衣'，據《説郛》改。"

㉞ 余《輯》："汩，《説郛》作'滑'。"按：《西漢文紀》亦作"滑"，二字通。

㉟ 余《輯》："飄，《説郛》作'颿'。"按：唐《輯》注正相反，

云《續談助》作"飀"，《說郛》作"飄"，蓋誤乙之。《西漢文紀》亦作"飀"。

㊱ 余《輯》："'謹'字《說郛》誤脫。"

㊲ 周《輯》："鳴，原空闕，據《說郛》補。"

【綜説】

余《輯》："原注：出《張良書》。《續談助》《說郛》。案：兩《唐志》有《張氏》七篇，張良撰。嚴可均《全漢文》十四云：'按《小說》有張良與四皓書，四皓與張良書，謂出《殷芸小說》，其辭膚淺，非秦漢人語。殷芸其人，亦未必收此。'今案：嚴氏所謂《小說》，不知指何書，此兩書文辭誠不類秦漢人語，然殷芸既收入《小說》，自是晉宋間人所擬作，嚴氏未見《續談助》，遂疑爲近代人所僞撰，實不然也。"周《輯》："此條據《續談助》，校以《說郛》，魯迅據《優古堂詩話》，余嘉錫復據《能改齋漫録》參校，使文義更明，故並以二書參校。但均僅有張良書，無四皓答書。"按：《能改齋漫録》實録自《優古堂詩話》，其間僅"步"誤作"涉"，周氏云以二書參校，實是一文也。此文又見《郡齋讀書志》卷五上，亦僅録張良與四皓書，梅鼎祚《西漢文紀》卷六録全文，因並以二書參校。梅鼎祚引此書後云："胡侍墅談云：'《殷芸小說》載張良四皓書，詞氣華靡，秦漢間無此語態，假作無疑。'鼎按：此非《殷芸小說》也，自有小說十卷，予家有之。芸，梁人，芸安得此淺稗語，至其事辭俱僞，又何足辨。"梅氏云其"家有之"，若其家有《殷芸小說》，則其時《殷芸小說》已不載此事；若其家之《小說》非《殷芸小說》，則此事當尚見於它書。惜乎觀梅氏之言不能知也。然《郡齋讀書志》《優古堂詩話》既並云出自《殷芸小說》，又焉能因文之僞而疑此之僞。此文本自《史記·留侯世家》，見卷一第四條。

52　晋簡文云：“漢世人物，當推子房爲標的，神明之功，玄勝之要，莫之與二。接俗而不虧其道，應世而事不嬰□。①玄識遠情，②超然獨邁。”

【疏證】

　　① 此處余《輯》、唐《輯》皆不闕字，《天中記》亦不闕字。周氏疑闕“心”字，然此義自通，不嬰者，不亂也，謂張良雖處世間，而不爲世間之事所亂。

　　② 情，《天中記》作“奥”。

【綜説】

　　周《輯》：“此條據《續談助》，他書均未引，故不列校記。‘嬰’下原有空格，疑是‘心’字，未敢臆補。《續談助》原注：‘出《簡文談疏》。’查《隋書·經籍志》道家類有《簡文談疏》六卷，晋簡文皇帝撰。簡文帝善玄言清談，喜集談士，已詳卷一，此書當爲其清談的記録，惜已亡佚，僅存此一條，可略窺內容的一斑。”按：此又見《天中記》卷二十五，云出盛弘之《荆州記》，因據以參校。

53　樊將軍嚐問於陸賈曰：①“自古人君，皆云受命於天，云有瑞應，豈有是乎？”陸賈應之曰：“有。夫目瞤，得酒食；②燈火花，③得錢財；乾鵲噪而行人至，④蜘蛛集而百事喜。⑤小既有徵，大亦宜然。故曰：‘目瞤，則咒之；燈火花，則拜之；乾鵲噪，則餧之；蜘蛛集，則放之。’況天下之大寳，人君重位，非天命何以得之哉？瑞，寳信也，⑥天以寳爲信，應人之德，故曰瑞應。天命無信，⑦不可以力取也。”

【疏證】

①《西京雜記》並諸書所引《雜記》皆無“於”字。

②《易林·乾之需》云：“目瞤足動，喜如其願，舉家蒙寵。”則目瞤乃吉兆也。又《左傳·宣公四年》：“楚人獻黿於鄭靈公。公子宋與子家將見。子公之食指動，以示子家，曰：‘他日我如此，必嘗異味。’及入，宰夫將解黿，相視而笑。”乃指動而有酒食，可參。

③ 燈火花，四庫本、《漢魏叢書》本、《四部叢刊》本俱作此，惟吾所得《正覺樓叢書》本作“燈花”。此處“燈火”兩字疑衍一字，《太平御覽》卷四百六十七、《古今合璧事類備要別集》卷九十四引《西京雜記》作“火花”，《古今事文類聚》後集卷五十引《西京雜記》作“火化”，《古今事文類聚》續集卷十八、《古今合璧事類備要外集》卷五十四、《九家集注杜詩》卷十九、《五百家注昌黎文集》卷十引《西京雜記》作“燈花”，俱無重“燈”“火”二字者。且此處爲對文，若作“燈火花”則衍一字。疑本只一字而有兩版本，一作“燈”，一作“火”，後人因與其側作小注，其後又誤入正文。下“燈火花”同。

④ 周《輯》：“乾鵲，原作‘午鵲’，據《西京雜記》改，下同。乾鵲，鵲惡濕喜乾，故名。”按：周所校近是。《爾雅翼》卷十三：“鵲能知人之吉凶，故自啄其足則行人至。或曰：其聲接接，令接來者也。”鵲鳴則行人至，何必午鵲方如此。蓋“乾”俗作“干”，乃誤爲“午”耳。

⑤ 此蜘蛛單指長脚蜘蛛，《詩經·豳風·東山》“蠨蛸在戶”正義：“蠨蛸，長踦，一名長脚。荆州河內人謂之喜母，此蟲來著人衣，當有親客至，有喜也。幽州人謂之親客。”《劉子·鄙名》：“野人晝見蟢子者，以爲有喜樂之瑞。”

⑥ 余《輯》：“《雜記》作‘瑞者，寶也，信也’。”

⑦ 余《輯》:"《雜記》作'無天命,無寶信'。"

【綜説】

余《輯》:"《廣記》一百三十五引《小説》。案:此出《西京雜記》三。《雜記》蓋又出於《漢志》儒家之《陸賈》二十三篇也。"周《輯》:"此條據《太平廣記》一三五,查係出《西京雜記》三,故以《西京雜記》參校。内容含有迷信色彩和唯心主義天命觀理論,這是古人思想意識所受歷史局限,不足深究。"按:余説此蓋出於《陸賈》二十三篇,恐未必是。《史記·高祖本紀》云:"爲我著秦所以失天下,吾所以得之者,及古成敗之國。"則陸賈一書,乃論爲政之舉措,今所存《道基》《術事》《輔政》《無爲》諸篇,亦皆如此。此文絶不類,亦只是後世偽托。

54 湘州有南寺,東有賈誼宅。宅有井,小而深,上斂下大,狀似壺,即誼所穿。①井旁局腳食牀,②容一人坐,③即誼所坐也。④

【疏證】

① 周《輯》:"小而深"四句,《北堂書鈔》無。按:"小而深"上三句,首都圖書館藏清光緒十四年南海孔氏三十有三萬卷堂影宋刊本(下簡稱宋刊本)《書鈔》作"湘州南寺之東有賈誼宅,宅之中有井",四庫本作"湘州南寺賈誼所穿井",脱誤甚重。《太平御覽》引此作"長沙郡有賈誼所穿井",乃節引。

② 周《輯》:"食牀,疑爲石牀之誤,錢謙益注杜甫詩,曾兩引《荆州記》此條,一作'井旁有石,有局腳牀',一作'旁有一腳石牀'。

食、石音近易誤，古雖有食輿，但無食牀。如爲陳食物之牀，又何能容人坐？"按：周説"食"當作"石"，是，宋刊本、四庫本《書鈔》及《太平御覽》引《荆州記》皆作"石"。惟其説"食牀"一事甚迂曲，唐杜光庭《録異記》《太平廣記》卷二百八十六引《河東記》皆有"食牀"，焉得云古無之。又《書鈔》"旁"下有"有"字，於義較長。

③ 周《輯》："容一人坐，《錢注杜詩》引《荆州記》下有'形制甚古'四字。"按：容一人坐，《書鈔》作"可容一人坐"，《御覽》作"可容人坐"。"形制甚古"四字，《書鈔》亦有，《御覽》作"其形古制"，未知《廣記》有脱文抑或本節引也。

④ 此句宋刊本《書鈔》作"相傳曰誼所坐也"，《御覽》作"云誼所作牀也"。

【綜説】

余《輯》："原注：出盛弘之《荆州記》。《續談助》。案：《隋志》有《荆州記》三卷，宋臨川王侍郎盛弘之撰。《北堂書鈔》一百三十三引《荆州記》此條，無'小而深'以下十四字。《水經·湘水注》所言賈誼宅井與此合，而未明出書名。陳運溶所輯《荆州記》，亦未引《殷芸小説》。又案：曹元忠輯《荆州記》序云：'《殷芸小説》引湘州有南寺，考《宋志》湘州文帝元嘉八年省，十七年又立，記文成於十四年，湘州必殷芸所改，《草堂詩箋》引作湘川。'"周《輯》："此條據《續談助》，原注：'出盛弘之《荆州記》。'校以《北堂書鈔》一三三及《錢注杜詩》引盛弘之《荆州記》。《荆州記》三卷，宋臨川王侍郎盛弘之撰，今雖亡佚，但各書常引。……余氏引曹元忠之語，而不知曹解殊非。湘州即今湖南長沙，何得作湘川？宅爲賈誼作長沙太傅時所居。宋文帝省湘州僅九年，《荆州記》豈因此而改稱？謂'湘州必殷芸所改'，似屬臆測。"按：據《輿地廣記》卷二十六："（長沙郡）永嘉元年兼置湘州，宋、齊、梁、陳因之。"曹元忠據《宋書》因疑殷芸所改，非是。且《書鈔》既引作"湘州",則《荆州記》本作"湘州"無疑。《太平御覽》卷七〇六、《天中記》卷四十八、《格致鏡原》卷五十三並引《荆州記》,其時《荆州記》已佚,考其文字,《天中記》襲自《御覽》,《格致鏡原》襲自《書鈔》,因僅據《書鈔》《御覽》參校。此文《史記·屈原賈生列傳》正義引《湘水記》:"誼宅中有一井,誼所穿,極小而深,上斂下大,其狀如壺。傍有一扃脚石牀,容一人坐。形流古制,相承云誼所坐。"(又見宋魏仲舉編《五百家注昌黎文集》卷九)今録之,以備參考。

55 誼宅今爲陶侃廟,[①]誼時種甘,[②]猶有存者。

【疏證】

① 此句《齊民要術》《太平御覽》引《湘州記》並作:"州故大城内有陶侃廟,地是賈誼故宅。"殷芸所引,蓋概言之。

② 余《輯》:"'誼時'之'誼'原脱,據《御覽》引《湘州記》補。時,《御覽》誤'特'。"按:余氏所據《御覽》乃涵芬樓影宋刻本,四庫本、《四部叢刊三編》影宋刊本仍作"時"。

【綜説】

余《輯》:"原注:出庾穆之《湘州記》。《續談助》。案:《隋志》有《湘州記》二卷,庾仲雍撰。《御覽》卷四十九有庾穆之《湘州記》,陳運溶謂穆之者仲雍字。愚考《宋書》有庾登之、庾炳之、庾深之,《南齊書》有庾果之,則庾氏群從以'之'字聯名,蓋穆之其名,而仲雍其字也。《御覽》九百六十六引《湘州記》不題撰人,陳運溶輯入無名氏《湘州記》内,不知其爲庾氏書。"周《輯》:"此條據《續談助》,校以《太平御覽》九六六。……余氏考證殊精,惜未查《錢注杜詩》所引。《錢注杜詩》引云：'湘州城内郡廨西有陶侃廟，云舊是賈誼宅。又有大柑樹，亦云誼所植也。'義似較《續談助》爲長。疑牧齋所見，不同於陳運溶等所輯之文也。"按：此事又見《齊民要術》卷十引《湘州記》，與《御覽》所引全同，恐是《湘州記》本來面貌，《事類賦》卷二十七引《湘州記》作："州故大城内有陶侃廟，其地賈誼嘗種甘，猶有存者。"與《要術》《御覽》小異。錢謙益時《湘州記》已佚，其文乃轉自《水經注》，固非《湘州記》文字，故余氏棄而不用。

《水經注·資水注》："（湘州）城之内郡廨西有陶侃廟，云舊是賈誼宅。"《太平御覽》卷一百八十引《郡國志》："長沙南寺賈誼宅，亦陶侃廟。"與此文合，皆言賈誼宅即陶侃廟。《元和郡縣圖志》卷三十又有陶侃墓，云："（長沙縣）賈誼宅在縣南四十步。……陶侃墓在縣南二十三里。"則故陶侃廟、墓非在一地也。

56　漢董仲舒嘗夢蛟龍入懷中，[①]乃作《春秋繁露》。[②]

【疏證】

① 此句《西京雜記》無"漢""中"兩字。"漢"字不當有，《西京雜記》本記漢朝舊事，故凡叙事皆無需加"漢"字，增"漢"則有畫蛇添足之嫌。未知爲殷芸輯是書時所加抑或後人爲之增入。

②《西京雜記》引此"露"下有"詞"字，考《北堂書鈔》卷九十九兩引、《太平御覽》卷六百〇二、卷九百三十、《玉海》卷四十引皆無"詞"字，或後人所加。

【綜説】

周《輯》："此條據《太平廣記》一三七，原出《西京雜記》，文同。"按：四部叢刊影明嘉靖本、四庫本《西京雜記》與此文皆有小異，見上疏，未知周氏所據何本，而云"文同"？

57　漢文翁當起田，[①]斫柴爲陂，[②]夜有百十野猪，鼻載土著柴中。比曉，塘成，稻常收。嘗欲斷一大樹，[③]欲斷處去地一丈八尺。翁先咒曰："吾得二千石，斧當著此處。"因擲之，正砍所欲。[④]後果爲蜀郡守。[⑤]

【疏證】

①　"當"讀作"嘗"，與下"嘗欲斷一大樹"之"嘗"相應，《廣博物志》引此正作"嘗"。

②　砍，《廣博物志》作"斫"，《古今類事》引《明賢雜説》亦作"斫"。

③　嘗，《廣博物志》作"常"，亦讀作"嘗"。

④　砍，《廣博物志》作"斫"。

⑤　守，《廣博物志》作"太守"。

【綜説】

余《輯》："《廣記》一百三十七引《小説》。案：《北堂書鈔》九十七、《御覽》六百一十引《廬江七賢傳》云：'文黨字翁仲，未學之時，與人俱入叢木，謂侶人曰："吾欲遠學，先試投我斧高木上，斧當掛。"乃仰投之，斧果上掛。因之長安受經。'與此似是一事。《隋志》有《廬江七賢傳》二卷。"周《輯》："此條據《太平廣記》一三七。……余氏所考雖是，但係此條後一事，至前一事則非出此，乃出杜光庭《録異傳》。《太平御覽》七十四引《録異傳》云：'文翁者，廬江人，爲兒童時，乃有神異。及長，當起歷下陂以作田。文翁終日砍伐柴薪以爲陂塘。其夜，忽有數百頭野猪，以鼻戴土著柴中，比曉，成塘。'又，余氏所引後一事，亦見劉義慶《幽明録》，云：'文翁常欲斷大樹，欲斷處去地一丈八尺，翁先祝曰："吾若得二千石，斧當著此處。"因擲之，中所欲一丈八尺處。後果爲郡。'《幽明録》所云，實較《廬江七賢傳》所云爲更接近也。"按：此又見《廣博物志》卷四十七，亦云"出《小説》"，因據以參校。《古今類事》卷十五有此事，作："漢文翁嘗從田，斫柴爲陂，夜有野猪鼻載土著柴中，比曉而塘成，稻當（脱收字）。翁欲斷一木，其斷處去地一丈八尺。翁咒曰：'吾得二千石，斧當著此。'因擲之，正中所欲處。後果爲蜀郡太守。非富貴前定，精誠所感，故有是祥應乎？"云出《名賢雜説》。《隋志》有沈約《雜説》，未知即此書否？又《蜀中廣記》卷五十九引《蜀記》："文翁在蜀日，常言少力田，方聚柴爲陂，未就。夜有百十野猪鼻載土著柴中，比曉塘成，稻常倍收。又嘗欲斷一大樹，指斷處去地一丈八尺祝曰：'吾得二千石，斧當着此處。'因擲之，正着欲砍處。"皆可與此文相參。

　　此條與上條當互換位置，文翁乃漢景帝時人，董仲舒則主要活動於漢武帝時，《太平廣記》先引此條，後引上條。余《輯》、唐《輯》皆如此序，惟《鈎沉》此條置後，周氏從之。

58　漢武帝見畫伯夷、叔齊形象，問東方朔："是何人？"[①]朔曰：[②]"古之愚夫。"帝曰："夫伯夷、叔齊，[③]天下廉士，何謂愚耶？[④]"朔對曰：[⑤]"臣聞賢者居世，[⑥]與時推移，[⑦]不凝滯於物。彼何不升其堂，飲其漿，[⑧]泛泛如水中之鳧，與彼俱游？[⑨]天子轂下，可以隱居，[⑩]何自苦於首陽乎？"[⑪]上喟然而嘆。[⑫]

【疏證】

　　① 唐《輯》："是，《續談助》作'此'。"

　　② 唐《輯》："朔，《續談助》無此字。"

　　③ 余《輯》："《續談助》無此五字。"

　　④ 周《輯》："愚，《續談助》作'愚夫'。"按：爲，《續談助》作"謂"。

　　⑤ 唐《輯》："朔，《續談助》無此字。"

　　⑥ 唐《輯》："臣聞，《續談助》無此二字。"

　　⑦ 周《輯》："時，原作'之'，據《續談助》改。"

　　⑧ 余《輯》："《談助》無'彼'字及'升其堂'以下六字。"

　　⑨ 周《輯》："《續談助》作'與波俱逝'，字形相近，二者必有一誤。"

　　⑩ 余《輯》："《談助》無此二句。"

　　⑪ 周《輯》："乎，原無，據《續談助》補。"

　　⑫ 余《輯》："《談助》無此句。"

【綜説】

　　余《輯》："原注：'出《朔傳》。'《續談助》《廣記》一百七十三引《小説》。案：《隋志》有《東方朔傳》八卷。此即'首陽爲拙，柳下爲工'及'避出金馬門'之意。"周《輯》："此條據《太平廣記》一七三，校以《續談助》。《續談助》注：'出《朔傳》。'……據余嘉錫考證，就是'首陽爲拙，柳下爲工'和'避出金馬門'的意思，似出臆斷。"按：《東方朔傳》久佚，《天中記》卷二十六引此，云出《朔傳》，其文字與《續談助》同；《廣博物志》引此云出《東方朔別傳》，其文字與《太平廣記》同，二者恐皆轉引，非實見是書也。余氏引"首陽爲拙，柳下爲工"，《漢書·東方朔傳》作"首陽爲拙，柱下爲工"，顏師古注引應劭説："伯夷、叔齊，不食周粟，餓死首陽山，爲拙。老子爲周柱下史，朝隱，故終身無患，是爲工也。”其“餓死於首陽山”即此文“自苦於首陽”，“朝隱”即此文“天子轂下，可以隱居”，所謂“大隱隱於朝，小隱隱於野”。後人見朔語有“首陽爲拙，柱下爲工”句因造此事，據經典以成説，亦傳説之一大特色。余氏之説近是。

59　漢武游上林，見一好樹，問東方朔，朔曰：“名善哉。”帝陰使人落其樹。①後數歲，復問朔，朔曰：“名爲瞿所。”帝曰：“朔欺久矣，②名與前不同，何也？”朔曰：“夫大爲馬，小爲駒；長爲雞，小爲雛；大爲牛，小爲犢；人生爲兒，長爲老；且昔爲‘善哉’，今爲‘瞿所’，長少死生，萬物敗成，豈有定哉？”帝乃大笑。

【疏證】

①“落”字難解，查應光《靳史》引《外紀》《古今譚概》卷二十三、《少室山房筆叢》皆作“識”，《紺珠集》作“他日樹葉盡落”，則此句或當“落”作“識”，或有誤乙也。

②周《輯》：“欺，下疑脱‘朕’字。”

【綜説】

余《輯》：“《廣記》一百七十三引《小説》。此當亦出《東方朔傳》。此即依仿《本傳》‘著樹爲寄生，盆下爲寠藪’之言附會之。”周《輯》：“此條據《太平廣記》一七三。余嘉錫謂云云，恐未必然。因文中以馬、雞、牛、人的大小異名爲喻，不同於寄生、寠藪的物同名異。

而且語言生動，很難説是附會而成。"按：《漢書》東方朔之言地不同則名異，與 43 條子路論五色鳥相似，此言時不同則名異，其事故相類也。《紺珠集》卷十三《諸書拾遺》："漢武游上林，見一好樹，問東方朔：'此何名?'對曰：'善哉。'他日樹葉盡落，復問之。曰：'名瞿所。'帝詰之。曰：'凡物長少大小，死生榮悴，皆異名，豈可同哉?'"未知即引自《小説》否?

60　武帝幸甘泉宫，^①馳道中有蟲，^②赤色，頭目牙齒耳鼻悉盡具，^③觀者莫識。帝乃使朔視之，^④還對曰^⑤："此'怪哉'也。^⑥昔秦時拘繫無辜，^⑦衆庶愁怨，^⑧咸仰首嘆曰：^⑨'怪哉怪哉!'蓋感動上天，^⑩憤所生也，故名'怪哉'。此地必秦之獄處。"^⑪即按地圖，果秦故獄。^⑫又問：^⑬"何以去蟲?"朔曰："凡憂者得酒而解，以酒灌之當消。"^⑭於是使人取蟲置酒中，須臾，果糜散矣。^⑮

【疏證】

①　唐《輯》："武帝，《廣記》作'漢武帝'。《廣記》無'宮'字。"按：《事類備要》《海録碎事》皆有"漢"字，無"宮"字。又：《海録碎事》"武"下無"帝"字。

②　馳，《海録碎事》無。

③　唐《輯》："《廣記》無'目'字。"按：《事類備要》無"目""悉"二字。

④　"朔"上，《太平廣記》《事類備要》皆有"東方"二字。

⑤　自"赤色"至此，《海録碎事》節作"以問東方朔對曰"。

⑥ 余《輯》："《廣記》作'此蟲名怪哉'，《海録碎事》誤作'此蟲名怪蟲'。"

⑦ 余《輯》："《廣記》脱'秦'字。"唐《輯》："昔秦時，《廣記》作'昔時秦'。"按：《事類備要》《海録碎事》亦皆無"秦"字。據唐氏之説，其所見《廣記》非脱"秦"字，而是誤在"時"下也。

⑧ 此四字《海録碎事》無。

⑨ 嘆，《海録碎事》無。

⑩ 余《輯》："《説郛》作'天上'，此從《廣記》。"按：所改爲上，《事類備要》《海録碎事》亦俱作"上天"。"蓋感動"三字，《海録碎事》無。

⑪ "憤所生也"下至此，《海録碎事》節作"必秦獄地"。

⑫《鈎沉》："《廣記》引作'信如其言'。"周《輯》："《廣記》作'信如其言'。恐是後人篡改。《御覽》兩引《朔傳》，此句一作'果秦之獄處也'，一作'果秦故獄'，皆不同於《廣記》。"按：《事類備要》亦作"信如其言"，"即按"下《海録碎事》節作"按之果然"。殷芸輯《小説》往往有改易，本非照録其全文，不可因與朔傳不同而疑後人改之也。

⑬ 唐《輯》："又問，《廣記》作'上又曰'。"按：《事類備要》作"上又問"，《海録碎事》作"又曰"。

⑭ "凡憂者"二句，《海録碎事》作"凡愁者得解，以酒灌之隨散"。

⑮ 余《輯》："《廣記》無'果''矣'二字。"按：《事類備要》同《廣記》。自"於是"以下，《海録碎事》無。

【綜説】

周《輯》："此條據《説郛》，校以《太平廣記》四七三，《太平御覽》六四三、八一八、八四五，《海録碎事》二十二。《説郛》原注：

'出《朔傳》。'查《御覽》六四三引《東方朔傳》，較此條所載尤詳。因魯、余二氏均據《説郛》，故仍之。《御覽》八一八、八四五亦有節引，但均無'以酒灌之當消'六字。"按：此底本當據《太平廣記》，《事類備要外集》卷二十亦引有此條，云出《小説》，其文與《廣記》相類，《説郛》所引，多有改易也。《太平御覽》所引皆云出《東方朔別傳》，非自《小説》也。《北堂書鈔》卷四十五、《藝文類聚》卷七十二、竇苹《酒譜》《事類賦》卷十七亦引《東方朔別傳》，又見《述異記》卷上，固非一書，故不以之校。《搜神記》卷十一："漢武帝東游，未出函谷關，有物當道，身長數丈，其狀象牛，青眼而曜睛，四足入土，動而不徙，百官驚駭。東方朔乃請以酒灌之，灌之數十斛而物消。帝問其故，答曰：'此名爲患憂氣之所生也，此必是秦之獄地。不然，則罪人徒作之所聚。夫酒忘憂，故能消之也。'帝曰：'吁！博物之士至於此乎！'"與此相類，蓋一事歧傳。

61　揚雄謂："長卿賦不似人間來。"嘆服不已。其友盛覽問："賦何如其佳？"雄曰："合纂組以成文，列錦繡以成質。"雄遂著《合組》之歌、《列錦》之賦。

【綜説】

余《輯》："《紺珠集》。案：《西京雜記》卷二有此事，其略曰：'司馬相如爲《上林》《子虚賦》，幾百日而後成。其友人盛覽字長通，牂牁名士，嘗問以作賦，相如曰："合纂組以成文，列錦繡而爲質。"覽乃作《合組歌》《列錦賦》而退，終身不復敢言作賦之心矣。'又卷三曰：'司馬長卿賦，時人皆稱典而麗，雖詩人之作不能加

也。揚子雲曰：“長卿賦不似從人間來，其神化所至耶？”子雲學相如
爲賦而弗逮，故雅服焉。’此似合兩事爲一事。然據《雜記》，盛覽乃
相如之友人，與相如問答而作《合組歌》《列錦賦》，據《小説》則
覽爲揚雄之友人，並歌賦亦雄之所作，匪惟文句有殊，乃至情事迥
異，牴牾如此，所未詳也。”周氏説同。按：《類説》卷四引《西京雜
記》：“揚雄作《太玄》，夢白鳳凰集其上。嘗云：‘長卿賦不似從人
間來。’其友曰：‘何如其佳？’曰：‘合纂組以成文，列錦繡以成
質。’遂爲《合組》之歌、《列錦》之賦。”合下條事並言之，亦以爲
此乃揚雄之事，則其時《西京雜記》有兩版本歟？又明人鄭樸編《揚
子雲集》卷四載揚雄答桓譚書：“長卿賦不似從人間來，其神化所至
耶？大諦能讀千賦，則能爲之。諺云：‘伏習衆神，巧者不過習者之
門。’”與此事有相類之處。然據梅鼎祚《西漢文紀》卷二十一，此出
楊慎《赤牘清裁》，考其事乃合《西京雜記》及桓譚《新論》之揚雄
語“能讀千首賦，則善爲之矣”合之而成，乃是僞作。由此論之，此
事亦或後人據《西京雜記》而僞作歟？

62　揚雄著《太玄經》，夢吐白鳳凰，[1]集於《玄》上。

【疏證】

　　[1] 周《輯》：“‘揚雄’二句，明天順本《紺珠集》作‘揚雄吐白
鳳凰’，此據文津閣本，與《西京雜記》合。”按：此句《海録碎事》
卷九引《小説》作“子雲夢吐白鳳凰”，蓋天順本脱“夢”字。

【綜説】

　　周《輯》：“此條據《紺珠集》，亦見《西京雜記》二。據桓譚

《新論》：'成帝幸甘泉，詔揚子雲作賦，倦卧，夢其五臟出在地，以手收內。' 即《文心雕龍・神思》篇 '揚雄輟翰而驚夢' 一語所本，乃覃思之極，夢出五臟，非夢吐白鳳凰也。豈揚雄之夢非一，作賦而夢出五臟，著《太玄》而夢吐白鳳凰歟？" 按：此本兩事而兩喻，《太玄》成書於哀帝元年（前 2 年），所謂夢吐白鳳凰者，喻是書得《周易》之本旨、弘宇宙之大化，闡微發隱，是爲妙文。《甘泉賦》成於楊雄卒前一年（王莽天鳳四年，17 年），周氏引《桓譚・新論》下尚有 "以手收內入。覺，太少氣。一年卒" 一段文字，所謂夢五臟出者，喻耗思費神，損人壽命，故其後一年即卒。

卷三　後漢人

63　俞益期，豫章人，與韓康伯道至交州，聞馬援故事云：[①]“交州在合浦徐聞縣西南，窮日南壽靈縣界。傳云伏波開道，篙工鑿石，猶有故迹。又云此道廢久壅塞，戴桓溝之，乃得伏波時故船。昔立兩銅柱於林邑岸，岸北有遺兵十餘家，[②]居壽靈之南，[③]悉姓馬，自相婚姻，今二百户，以其流寓，[④]號曰馬流。言語猶與中華同。[⑤]”

【疏證】

①　自此以上恐非《俞益期箋》之文，觀諸書所引《俞益期箋》，乃記南國物事，焉得自稱其名，自言其望。此蓋殷芸輯《小説》時所改。

②　《水經注》《太平御覽》《玉海》引《俞益期箋》皆無“岸”字。

③　“家”下，《水經注》引《俞益期箋》作：“不反。居壽泠岸南，對銅柱。”《太平御覽》《玉海》略同。

④　《水經注》《太平御覽》《玉海》引《俞益期箋》引此句上並有“交州”二字，疑是衍文。

⑤　《水經注》引《俞益期箋》此下尚有：“山川移易，銅柱今復在

123

海中，正賴此，民以識故處也。"《太平御覽》《玉海》亦有此而文小異。

【綜説】

余《輯》："原注：'出《俞益期箋》。此卷並後漢人物。'《續談助》。案：《水經·溫水注》：'豫章俞益期性氣剛直，不下曲俗，容身無所，遠適在南，與韓康伯書。'云云。益期事可見者如此。韓伯字康伯，《晋書》有傳。簡文帝居藩，康伯自司徒左西屬轉撫軍掾、豫章太守。考簡文以穆帝永和中爲撫軍大將軍，進位司徒，益期此箋，《御覽》七百七十一題爲'俞益期與韓豫章箋'，則當作於東晋穆帝時。而列爲後漢人物之首者，以其所言皆馬援事也。嚴可均《全晋文》一百三十三云：'俞希，字益期，豫章人，升平末爲治書侍御史，累遷至將作大匠，有集一卷。'今案：《北堂書鈔》一百十九引《喻益期箋》，則'俞'本亦作'喻'。《隋志》云：'梁有將作大匠《喻希集》一卷，亡。'然不知其字益期及爲治書侍御史出於何書，嚴氏必有所本，俟再考。此條嚴氏已據《書鈔》及《御覽》輯入，因未見《續談助》，故尚有佚句。"周《輯》："此條據《續談助》，校以《北堂書鈔》一一九及《太平御覽》七七一。《續談助》原注：'出《俞益期箋》。'《北堂書鈔》作《喻益期箋》，與《隋書·經籍志》著録之《喻希集》同，則'俞'應作'喻'。"按：《書鈔》《御覽》引《俞益期箋》只有一句，《水經注》卷三十七、《太平御覽》卷一百八十七、《玉海》卷二十五引"昔立兩銅柱"以下文字，較之《書鈔》《御覽》所引爲多，因據以參校。《水經注》《御覽》《玉海》三書既均作"俞益期"，則不可因《書鈔》與《隋志》合而疑"俞"爲誤字也。

64　漢袁安父亡，[①]母使安以雞酒詣卜工問葬地。道逢三書生，[②]問安何之，具以告。書生曰："吾知好葬地。"[③]安以雞酒禮之，畢，告安地處云：④ "當葬此地，⑤ 四世爲貴公。⑥"
便與别。⑦ 行數步，顧視皆不見。安疑是神人，⑧ 因葬其地，後
果位至司徒，子孫昌盛，四世三公焉。⑨

【疏證】

　　① 周《輯》："漢，原無，據《幽明録》補。"按：此字不需補，
本卷《小説》原題 "後漢人"，則俱録後漢人物，故其所引皆不復加
"漢"字。《幽明録》雜記歷代人物，故需題朝代以明之。又《續談助》
下 "母"字誤在 "亡"上。

　　② 余《輯》："逢，原作'邊'，據《廣記》三百八十九引《幽明
録》改。"

　　③ 周《輯》："'問安'四句，原無，據《幽明録》補。具以告，
《後漢書》作'按爲言其故'。"

　　④ 周《輯》："處，原無，據《幽明録》補。"

　　⑤ 周《輯》："葬此地，原無，據《幽明録》補。"按："此"字
《續談助》本有。又：此文所補爲上，闕 "葬"字，則文義不明。

　　⑥ 周《輯》："四，《幽明録》作'世'。"按：《續談助》作 "世
爲貴公"，本無 "四"字，考《廣記》卷一三七、三八九、《事類備
要》卷六十七、《古今類事》卷十七、《錦繡萬花谷》別集卷二十三、
《事文類聚》卷五十八引《幽明録》皆無 "四"字，當删。

　　⑦ 周《輯》："便與，原無，據《幽明録》補。"

　　⑧ 周《輯》："'安疑'句，原無，據《幽明録》補。"

　　⑨ 周《輯》："三公，《幽明録》《廣記》作'五公'。"余《輯》
改爲 "五"。范崇高《〈殷芸小説〉校注瑣議》："《幽明録》及《太平
廣記》卷一三七、卷三八九'袁安'兩引《幽明録》都作'四世五
公'，《北堂書鈔》卷九二、卷九四引《録異傳》：'袁安葬其母，逢二

書生，語其葬馳，遂至四世五公。'也作'四世五公'。《續談助》改爲'四世三公'，恐非原文。據《後漢書·袁安傳》，袁安一家四代中有五人位列三公：袁安爲司徒、司空；其子袁敞爲司空；其孫袁湯爲司空；其玄孫袁隗列三公之位；袁逢爲司空。由於袁氏子孫昌盛，名耀當時，時人常常以'四世五公'稱其家族，如《華陽國志·劉先主志》：'先主曰："袁公路近在壽春，此君四世五公，可謂受恩。今王室衰弱，無扶翼之意，而欲因際會，觊望非翼，多殺忠良，以立奸威。"'《三國志·魏志·臧洪傳》同此。四世居三公位不獨袁氏一家，後漢時楊寶家族也如此。《藝文類聚》卷九二引《續齊諧記》：'（楊）寶生震，震生秉，秉生賜，賜生彪，四世爲三公。'《晉書·楊文宗傳》：'楊文宗，武元皇后父也。其先事漢，四世爲三公。'同爲四世列三公之位，楊氏之'四世四公'比袁氏之'四世五公'畢竟略遜一籌，故'四世五公'最能凸顯袁家的顯赫榮耀。《漢語大字典》'四世三公'條以袁氏家族事爲解，舉有兩例：《三國志·魏志·袁紹傳》：'高祖父安爲漢司徒。自安以下四世居三公位，由是勢傾天下。'《三國演義》第五回：'操曰："袁本初四世三公，門多故吏，漢朝名相之裔，可爲盟主。"'其疏失有二：一是'四世五公'不但沒有列目，而且在'四世三公'下只字未提；二是'四世三公'下解釋、舉證都沒有涉及楊氏家族。另外，《三國演義》的'四世三公'與《續談助》的'四世三公'一樣，恐怕都是後人未加深究，以意改動所致。"按：范說爲上。

【綜說】

周《輯》："此條據《續談助》，原注：'出《幽明録》。'因以《幽明録》校勘，並參校《漢書（按：當作《後漢書》）·袁安傳》及《太平廣記》卷六。"按：殷芸輯《小説》本非照録原文，文義既通，則不必增改文字，出校可也。

因葬地而發達之説世多有之，今試舉一例，《晉書·周光傳》："初陶侃微時，丁艱，將葬，家中忽失牛而不知所在。遇一老父，謂曰：
'前崗見一牛，眠山汙中，其地若葬位，極人臣矣。'又指一山云：'此
亦其次，當世出二千石。'言訖不見。侃尋牛得之，因葬其處，以所指
別山與訪，訪父死，葬焉。果爲刺史，著稱寧益。自訪以下，三世爲益
州四十一年，如其所言云。"堪輿之學肇自先秦，兩晉則其風大盛，今
世仍有信此者，故此類傳說，綿延至今猶不絕也。又袁安此事既收入
《後漢書》，則爲可入正史者，未知何以殷芸收入《小說》也。

65　袁安爲陰平長，[①]有惠化。縣先有雹淵，冬夏未嘗消
釋，歲中輒出，飛布十數里，大爲民害。安乃推誠潔齋，引
愆貶己，至誠感神，雹遂爲之沉淪，伏而不起，乃無苦雨淒
風焉。[②]

【疏證】

①《後漢書·袁安傳》："（袁安）後舉孝廉，除陰平長。"爲陰平
長之時無載其年，惟知其在永平十三年（公元 70 年）之前。

② 此句《廣博物志》無。

【綜說】

周《輯》："此條僅見《太平廣記》一六一。內容與上條同，均係
封建迷信之說。"按：此條又見《天中記》卷三、《廣博物志》卷十七，
除《廣博物志》引無末句外，文字全同，疑即轉引自《廣記》。

《東觀漢記》卷十九："韓棱，字伯師，潁川人也。爲下邳令，視
事未期，吏人愛慕，時鄰縣皆雹傷稼，棱縣界獨無雹。"亦是因善政而
卻天災者。此文云"至誠感神"，蓋自商湯身禱於桑林，天乃雨；成王

泣書於周庭，禾反起，其後以善政而卻天災、因暴虐而罹天害者，不勝枚舉。雖涉詭譎，亦儆史者之爲政也。

66　崔駰有文才，其縣令往造之。^①駰子瑗年九歲，書門曰：“人雖干木，^②君非文侯。何爲光光，入我里閭？^③”令見之，問駰，駰曰：“必瑗所書。”^④召瑗，將詰所書，^⑤乃曰：^⑥“君使臣以禮，臣事君以忠。”

【疏證】

①《太平御覽》引《世説》“其”上有“不”字，崔駰爲河北安平人，不其縣在今山東青島城陽，相距遥遠，“不”疑是誤字，或本衍一“才”字，後人乃改爲“不”字。

②《太平御覽》引《世説》作“雖無干木”。

③ 里閭，《太平御覽》引《世説》作“閭里”，此處“木”“侯”“閭”韻，作“閭里”誤。

④ 瑗，《太平御覽》引《世説》作“兒”。

⑤ 此句《太平御覽》引《世説》作“使書”。

⑥ 乃下，《太平御覽》引《世説》有“書”字。

【綜説】

周《輯》：“此條據《續談助》，校以《太平御覽》三八五。《續談助》原注：‘出《世説》。’《御覽》引以作《世説》，但今本《世説新語》無此條。”按：周氏無校文，今補之。今本《世説》無此條，蓋脱之。《御覽》引此在《幼智下》，則此條當在《世説·夙惠》篇。

67　胡廣本姓黃,^①以五月五日生,^②俗謂惡月,^③父母惡之,^④藏之葫蘆,^⑤棄之河流岸側。^⑥居人收養之。^⑦及長,^⑧有盛名,父母欲取之,^⑨廣以爲背其所生則害義,^⑩背其所養則忘恩,兩無所歸;以其托葫蘆而生也,^⑪乃姓胡,^⑫名廣。^⑬後登三司,^⑭有中庸之號。廣後不治本親服,世以爲譏。^⑮

【疏證】

①　余《輯》:"《紺珠》《類說》並無'本姓黃'三字。"周《輯》:"本姓黃,《紺珠集》無,此據《御覽》三八八及《語林》。"按:所補是。《歲時廣記》《事類備要》《天中記》《駢志》《山堂肆考》《群書類編故事》《類雋》《楚寶》引《小說》皆有此三字。《海録碎事》無。

②　周《輯》:"《海録碎事》作'惡月生',《紺珠集》作'以惡月生',《類說》作'以五月生'。"按:《海録碎事》作"以惡月生",《歲時廣記》諸書俱作"以五月五日生",所補是。

③　余《輯》:"此句諸書皆無,從《類說》補。"周《輯》:"五月五日生子,能防其父,此種迷信思想戰國時即已有之。孟嘗君因生五月五日,其父靖郭君田嬰即擬棄而不育,見《春秋後語》。"按:孟嘗君事最早見《史記·孟嘗君列傳》。

④　余《輯》:"惡之,《類說》無此二字。"

⑤　周《輯》:"藏之葫蘆,《語林》作'置之瓮'。"

⑥　"之""流"二字,《類說》無。岸側,《記纂淵海》無。此當有"岸側"二字,若棄之河流,則隨流而下,其父母不能知何人收養,即無下欲取之之事。

⑦　余《輯》:"'之'字從《紺珠》《類說》補。《淵海》作'人收養之'。"按:《歲時廣記》諸書亦無"之"字,《類雋》有。

⑧ 周《輯》：“及，《記纂淵海》無。”按：《類雋》亦無“之”字。

⑨《山堂肆考》“之”下有“歸”字，諸書引皆無，或爲衍文。

⑩ 周《輯》：“廣，《類説》無。其，據《海録碎事》。他本無。下句‘其’同。”按：所補爲上，除《紺珠集》《類雋》外，《類説》《海録碎事》《歲時廣記》皆有“其”字，惟周氏所云“他本無”不確也。又“害”字，《歲時廣記》作“不”。

⑪ 余《輯》：“‘以其’二字各書並脱，惟《紺珠》《類説》有。《淵海》無‘也’字。”按：《駢志》無“以其”“而”三字，並引至此止，語義不完，當有脱文。

⑫ 余《輯》：“《紺珠》《類説》引至此止。乃，《淵海》作‘因’。”按：《類説》“胡”下有“也”字。

⑬《海録碎事》引至此止。《楚寶》“廣”下有“云”字，乃綴尾之語，故亦引至此止。

⑭ 余《輯》：“後，《歲時廣記》誤作‘七’。”周《輯》：“後，《歲時廣記》作‘亡’。”按：十萬卷樓本《歲時廣記》作“後七登三司”，余、周二家皆用此本，注皆誤。《天中記》引此亦作“後七登三司”。《類雋》引至此止。

⑮ 周《輯》：“‘廣後’二句，據《御覽》三八八引《語林》。《御覽》三六一引《世説》作‘廣後不治其本親服，云我本親已爲死人也，世以此爲深譏焉’。”按：諸書引《小説》既皆無此句，則不當妄補，《語林》《世説》《小説》三書文字本不相同，出校可也。

【綜説】

余《輯》：“《紺珠集》，《類説》，《事文類聚》九引《小説》，《歲時廣記》二十二引《小説》，《記纂淵海》二引《小説》，《海録碎事》七下引《小説》。案：《御覽》三百六十一引《世説》曰：‘胡廣本姓

黃，五月生，父母惡之，乃置之瓮，投於江。湖翁見瓮流下，聞有小兒
啼聲，往取，因長養之，以爲子。登三司，有中庸之號。廣後不治其本
親服，云我於本親已爲死人也，世以此爲深譏焉。'考今《世說》無此
條，其事亦大同小異，不知同出一書否。又案：《御覽》三百八十八引
《語林》，文亦略同。"周《輯》："此條《紺珠集》《類說》《海録碎事》
七、《事文類聚》、宋潘自牧《記纂淵海》二、宋陳元靚《歲時廣記》
二十二、《太平御覽》三八八、三六一均引，内容各有異同奪訛，不能
僅據一本，今照魯迅擇善而從、余嘉錫兼取衆長的輯校方法寫定，各列
校記，以明所自。惟《御覽》三六一引《世說》，不云父母藏之葫蘆，
棄之河流岸側，居人收養之，以托葫蘆而生，乃姓胡；而云父母置之
瓮，投於江，胡翁見瓮流下，有小兒啼聲，往取，因長養之，以爲子。
又《御覽》三八八引裴啓《語林》，與前所引全同，僅結尾略有增飾。
疑《御覽》所引《世說》，即襲自《語林》，今本《世說》復删去此
條。至《世說》'乃纂輯舊文，非由自造'，'文字間或與裴、郭二家書
所記相同'，則魯迅《中國小説史略》第七篇論之已詳，不必更求所據
也。"按：此又見《事類備要》卷十六、《天中記》卷五、《駢志》卷
十三、《山堂肆考》卷十一、明王鏊《群書類編故事》卷二、《類雋》、
明周聖楷《楚寶》卷二引《小説》，因據以參校。《廣博物志》兼取兩
説，末説用《小説》。《白氏六帖事類集》卷一引《世說》："胡廣本姓
黃，以五月五日生，惡之，瓮盛棄江中。胡公見，收養爲己子。"唐韓
鄂《歲華紀麗》卷二引《世說》："胡廣本姓黃，以五月五日生，父惡
之，盛胡蘆棄江中。居人見之，收養以爲己子，托胡蘆生。"則唐時
《世說》記此文已有兩版本。《御覽》卷二十一、三十一、七百五十八
引《世說》皆用盛瓮事。又胡廣嘗舉孝廉，則是以孝見職，未知此何
以天下譏其不孝，或亦漢謠"舉孝廉，父別居"之徒歟？

68 馬融歷二縣兩郡，政務無爲，事從其約。在武都七年，在南郡四年，^①未嘗按論刑殺一人。性好音樂，善鼓琴吹笛。^②笛聲一發，感得蜻蜊出吟，有如相和。^③

【疏證】

① 余《輯》：“《續談助》作：‘馬融歷二縣南郡，七年，在南郡四年。’此從《廣記》。”

② 自“馬融”下至此，《觀林詩話》節引作“融善鼓琴吹笛之聲”。

③ “笛聲”以下，《太平廣記》作“每氣出，蜻蜊相和”，《觀林詩話》作“一發得蜻出吟，有如相和”。

【綜說】

余《輯》：“原注：‘出《融列傳》。’《續談助》。《廣記》二百三引。案：吳聿《觀林詩話》引《馬融別傳》，《藝文類聚》六十九嘗引之，原注‘列傳’當作‘別傳’。又案《文選》載融《長笛賦序》云：‘性好音，鼓琴吹笛，而爲督郵，無留事，獨臥郿平陽鄔中，有雒客舍逆旅，吹笛爲氣出精列相和。’《別傳》此條，即叙其事。然據自序，乃是聽客吹笛，非融自吹也。蓋‘鼓琴吹笛’下，必尚有數語，爲引書者刪去。李善注云：‘《歌録》曰：古相和歌十八曲，《氣出》一，《精列》二。’則‘氣出’‘精列’皆曲名，不得有蜻蜊出吟之事。吳聿亦以殷芸爲謬，愚謂此亦後人所妄改，《廣記》近之，而亦非原文。”周《輯》：“此條據《續談助》，校以《太平廣記》二〇三及宋吳聿《觀林詩話》。《續談助》原注：‘出《融列傳》。’”按：清蔣超伯以爲殷芸“其說較允”，未知孰是。

清胡元儀《北海三考》云：“《融本傳》云：‘大將軍梁商表爲從事中郎，轉武都太守。時西羌反叛，征西將軍馬賢與護羌校尉胡疇征之，

而稽久不進。融知將敗，上疏自劾。’據《梁商傳》梁商陽嘉三年爲大
將軍，《順帝紀》陽嘉四年梁商爲大將軍，與《商傳》異，恐《紀》
誤。《順帝紀》是年十一月‘丙午，武都塞上屯羌及外羌攻破屯官，驅
略人畜’，則融之除武都太守在陽嘉三年矣。融《周官序》云：‘六十
爲武都太守。’融年六十乃永和三年至永和六年，《帝紀》書武都太守
趙沖討鞏唐羌，則融已去武都矣。由陽嘉三年至永和五年實七年，所謂
在武都七年也。桓帝建和元年，梁冀殺李固，融爲草奏，《吳祐傳》不
稱融官閥。袁宏《後漢紀》云：‘從事中郎馬融爲冀作表章。’則自永
和六年以來融皆在京師，爲從事中郎。子尹謂罷武都兩遷皆內職，非
也。蓋《融傳》所云‘三遷’者，由從事中郎轉武都太守，一遷也；
由武都太守入爲從事中郎，二遷也；由從事中郎除南郡太守，三遷
也。”則據《小說》亦可補史之闕也。

69　郭林宗來游京師，當還鄉里，[①]送車千許乘，[②]李膺亦
在焉。衆人皆詣大槐客舍而別，[③]唯膺與林宗共載，[④]乘薄笨
車，[⑤]上大槐阪，[⑥]觀者數千人，[⑦]引領望之，[⑧]眇若松喬之在
霄漢。[⑨]

【疏證】

①　余《輯》：“《續談助》無‘里’字，據《廣記》補。”按：《汾
州府志》無“當”字。

②　周《輯》：“許，原無，據《廣記》補。”按：許，《天中記》
《汾州府志》作“餘”。

③　“衆人”以上七字《續談助》無。

④　周《輯》：“唯，《廣記》作‘獨’。載，原脱，據《廣記》

補。"按：膺，《續談助》作"李膺"。唯，《天中記》《汾州府志》亦皆作"獨"。載，《汾州府志》亦無。

⑤ 笨，《天中記》作"圍"。

⑥ 周《輯》："槐，原脫，據《廣記》補。"

⑦ 余《輯》："千，《廣記》作'百'。"按：《天中記》《汾州府志》亦作"百"。

⑧ 周《輯》："引領，原無，據《廣記》補。"按：《汾州府志》亦無此二字。

⑨ 周《輯》："在，原無，據《廣記》補。"按：《天中記》《汾州府志》皆無"眇"字。

【綜説】

余《輯》："原注：'出《膺家傳》。'《續談助》。《廣記》一百六十四引。案：《隋志》有《李氏家傳》一卷，據《世説·賞譽》篇注所引，知即膺之《家傳》也。"周《輯》："此條據《續談助》，校以《太平廣記》一六四。"按：余、周二人皆以《續談助》爲底本，然觀其文字，其較《廣記》所引，省脫嚴重，不若以《廣記》爲底本，校以《續談助》也。此又見《天中記》卷二十五、戴震修乾隆年間《汾州府志》卷二十六，其文與《廣記》略異，未知是否別有來源，因並據以參校。明何良俊《語林》亦載此事，然未云出處，故不據校。

70　李元禮謖謖如勁松下風。

【綜説】

周《輯》："此條據《太平廣記》一六四，亦見《世説新語·賞譽》篇。"按：《金樓子·雜記下》載："李元禮冽冽如長松下風，周君颺颺如小松下風。"古人以松風喻人者多矣，若《世説·容止》篇云嵇康"蕭蕭如松下風，高而徐引"，《藝文類聚》卷一百六十四引《青州先賢傳》云"周孟玉瀏瀏如松下風"，未知殷芸何以獨録李膺事入《小説》。

71　膺居陽城時，①門生在門下者恒有四五百人。膺每作一文出手，門下共爭之，②不得墮地。③陳仲弓初令大兒元方來見，膺與言語，訖，遣厨中食。元方喜，以爲合意，當復得見焉。

【疏證】

① "膺"上，《廣博物志》有"李"字。

② 共，《廣博物志》作"其"，蓋形近而訛。

③ 《廣博物志》《駢字類編》引至此止。

【綜説】

周《輯》："此條以據《太平廣記》一六四，原與上條合爲一條。其實上條是世人對李膺的品評，此條則專寫陳寔父子，與上條互不干涉，故分爲二條。"按：此又見《天中記》卷二十九、《廣博物志》卷二十九、《駢字類編》卷八十二。周氏云此條與上條不相接，當分爲兩條，然此條亦叙兩事，"陳仲弓"以上贊李膺之文字，以下叙陳元方之見接，若依周説，則亦當分開。《太平廣記》既合爲一條，則不必分也。

《後漢書·黨錮列傳》載延熹九年（166），李膺因黨錮之禍入獄，後因大赦，"膺免歸鄉里，居陽城山中，天下士大夫皆高尚其道，而污穢朝廷"，桓帝崩（167）後，乃爲長樂少府，則此事當在166至167年間。

72　膺同縣聶季寶，^①小家子，不敢見膺。^②杜周甫知季寶，^③不能定名，以語膺。呼見，^④坐置砌下牛衣上，一與言，即決曰："此人當作國士。"^⑤卒如其言。^⑥

【疏證】

① 周《輯》："膺，《説郛》作'李膺'。下同。"按：《廣博物志》《語林》《焦氏類林》《初潭集》此句皆作"李元禮一世龍門，時同縣聶季寶"。膺，《淵鑒類函》作"李元禮"。

② 余《輯》："《説郛》三十五龔頤正《續釋長談》引此二句首有'李'字，餘多訛字，不可讀。"按：膺，《廣博物志》諸書皆作"元禮"，下"以語膺"之"膺"同。

③ "寶"下，《廣博物志》諸書皆有"賢"字，似當據補。

④ 此句上，《廣博物志》諸書引皆有"元禮"二字，此處上主語爲杜周甫，下主語爲李膺，主語有轉換，則似當補"膺"字。

⑤《淵鑒類函》引至此止。

⑥ "卒"上，《廣博物志》諸書有"後"字，"後""卒"意重，似不當有。其，《廣博物志》諸書作"元禮"。《語林》下有小注："季寶未詳。"

【綜説】

周《輯》："此條據《太平廣記》一六四，亦見《説郛》三五宋龔頤正《續釋長談》，故取以參校。"按：此條又見《廣博物志》卷二十、何良俊《語林》卷十五、《焦氏類林》卷二、李贄《初潭集》卷十八，然皆未言出處。又《淵鑒類函》卷二百六十九亦引此，内容與《廣博物志》諸書相似，當據同一本。其云出《世説》，《世説》無此語，或即《小説》之誤。上所列諸書内容相同而與《廣記》小異，若《世説》果爲《小説》之誤，則恐據別本，因據以參校。

73　膺爲侍御史。^①青州凡六郡，唯陳仲舉爲樂安視事，其餘皆病，七十縣並棄官而去。^②其威風如此。

【疏證】

①　膺，《廣博物志》《恒言録》《通俗編》作"李膺"。

②　而，《廣博物志》作"遁"。"其餘"以下至此，《恒言録》《通俗編》作"餘皆移病去"。

【綜説】

余《輯》："此（指以上三條並下一條）蓋同出。"周《輯》："此條據《太平廣記》，與上條均未注出處。衡之前後所載，當均出《李氏家傳》。"按：此條又見《廣博物志》卷十六、錢大昕《恒言録》卷二、翟灝《通俗編》卷一引《小説》。《通俗編》與《恒言録》文字相同，而與《廣記》有差異，或別有所據，因並據以參校。余氏、周氏以爲此數條同出《李氏家傳》，考《廣記》此段專叙李膺事，共五條，兩條出《李膺家録》（即《家傳》），三條出《殷芸小説》，《小説》宋時尚存而《廣記》不引一書，則《李氏家傳》宋時已闕。

《世説新語·品鑒》云："蔡伯喈評之曰：'陳仲舉強於犯上，李元禮嚴於攝下，犯上難，攝下易。'"此即其"攝下"之事也。《後漢書·黨錮列傳》載："初舉孝廉，爲司徒胡廣所辟，舉高第，再遷青州刺史。"則李膺爲侍御史約在胡廣爲司徒時。胡廣兩爲司徒，據《列傳》，李膺爲青州刺史在胡廣首次任司徒時，約在 142 至 146 年之間，此事蓋發生於此間。《後漢書·陳蕃列傳》："太尉李固表薦,徵拜議郎,再遷爲樂安太守。時李膺爲青州刺史,名有威政,屬城聞風,皆自引去,蕃獨以清績留。"即此事之小變耳。

74　李膺常以疾不迎賓客,①二十日乃一通客;②唯陳仲弓來,輒乘轝出門迎之。③

【疏證】

①　常,周《輯》原作"嘗",《續談助》本作"常",因改之。此句《類説》、《事類備要》續集、《事文類聚》別集作"李膺有疾不通客";《太平廣記》《廣博物志》作"李膺恒以疾不送迎賓客",《天中記》無"李"字。

②　此句《類説》《事類備要》續集、《事文類聚》別集無。

③　周《輯》:"轝,《類説》作'與',非。與是肩與,即轎,轝是車。"按:《事類備要》續集、《事文類聚》別集、《廣博物志》亦並作"與"。輒,《類説》《事類備要》續集、《事文類聚》別集無。門,《事類備要》續集、《事文類聚》別集無。

【綜説】

余《輯》:"原注:'出《李膺家傳》。'《續談助》。《類説》。案:《御覽》二十九、《廣記》一百六十三均引有《李膺家錄》,不知與《家傳》是否一書。"周《輯》:"此條據《續談助》,校以《類説》《太平御覽》二九、《太平廣記》一六四。《續談助》原注:'出《李膺家傳》。'……余氏因'傳'與'錄'一字之異,即不敢遽斷爲同一書,具見治學之謹嚴,但《李氏家傳》既可稱《膺家傳》,則此《李氏家録》當亦即《李氏家傳》之別稱。《隋書・經籍志》既別無《李氏家録》之著録，殊不必疑其與《李氏家傳》非同一書也。"按：《事類備要》續集卷四十二有此事，云出《青瑣》，今本《青瑣高議》無此條，未知是否別有一書名《青瑣》者。《事文類聚》別集卷二十七引此未注出處，《天中記》卷二十九、《廣博物志》卷二十均有此條，云出《膺家録》，因據以參校。

75　陳仲舉雅重徐孺子，①爲豫章太守，②至，便欲先詣之。③主簿白："群情欲令府君先入拜。④"陳曰："武王式商容之閭，⑤席不暇暖，吾之禮賢，有何不可？"

【疏證】

①　周《輯》："'陳仲舉'句，《世說》作'陳仲舉言爲士則，行爲世範，登車攬轡，有澄清天下之志，雅重徐孺子'。"按："雅重徐孺子"五字《世說》無，未知周氏所據何本。

②　周《輯》："《海内先賢傳》云：'蕃爲尚書，以忠正忤貴戚，不得在臺，遷豫章太守。'"

③　周《輯》："'便欲'句，《世說》作'便問徐孺子所在，欲先看之'。"

④　余《輯》："拜，《世說》作'廨'，按：拜者，謂拜官也，作'廨'者非。"周《輯》："令，《世說》無，是。古時尊卑有別，等級森嚴，無群衆'令'太守之理。拜，《世說》作'廨'。余嘉錫謂：'拜者，謂拜官也，作廨者非。'似可商榷。拜官乃朝廷之事，陳蕃爲豫章太守，是已拜官矣，群情何能令太守入拜？主薄所白，乃群情欲令太守先入公廨也，似以作廨爲是。但舊例新官到任，須向公署儀門拜畢

始入，叫作‘拜門’。這裏如作群情欲太守先拜門，似亦可通，但拜門乃先拜後入，今作‘先入拜’，則‘拜’字仍非。"按：此作"拜"、作"廨"似皆可通，無義勝之説。周氏解"群情"之"群"爲群衆，恐非，此"群"乃豫章一併官員而言，則周解"令"字亦不妥。

⑤ 周《輯》："式，原作‘軾’，據《世説》改。式與軾通，均爲車前橫木，但據《書》‘式商容閭’，應以作‘式’爲是。"按：二字俱通，存其舊可也。

【綜説】

周《輯》："此條據《太平廣記》一六四，亦見《世説新語》第一《德行》篇，故取以參校。"按：此又見《説郛》卷四十六下，文與《廣記》引全同。

《後漢書·徐穉傳》："蕃在郡不接賓客，唯穉來，特設一榻，去則縣之。"亦陳蕃禮徐穉之事。然《陳蕃傳》又載："郡人周璆高潔之士，前後郡守招命莫肯至，唯蕃能致焉。字而不名，特爲置一榻，去則縣之。"若事皆屬實，則陳蕃有設榻之癖，非天下獨重徐孺子也。此事之年，余嘉錫《世説新語箋疏》引程炎震説："陳爲豫章，范氏不記其年，以《穉傳》‘延熹二年，蕃與胡廣上疏薦穉’推之，知在永壽間。"

76　徐穉亡，[①]海内群英論其清風高致，乃比夷齊，或參許由。夏侯豫章追美名德，立亭於穉墓首，號曰思賢亭。[②]

【疏證】

① 《淵鑒類函》無"徐"字。《廣博物志》無"亡"字。

② 《廣博物志》無"號"字。

【綜説】

余《輯》："原注：'出《稺別傳》。'《續談助》。案：《徐稺別傳》不見他書，所存只此一條。章宗源《隋經籍志考證》及諸家補《後漢書・藝文志》者均不著錄，近人曾璞作補志，始據此條錄入之。又案：《御覽》一百九十四引《豫章記》曰：'徐孺子墓在郡南十四里，曰白杜亭。……永安中，太守梁郡夏侯嵩立思賢亭'與此條可以互證。永安乃吳孫休年號，然則此傳非後漢人作也。"按：此條又見《天中記》卷二十五、《廣博物志》卷二十一、《淵鑑類函》，俱引自《徐稺別傳》，未知是否爲轉引。然既文字有不同，則仍據以參校也。又余氏所引首見《水經注・贛水》，然未云出處。

77　何顒妙有知人之鑑。初，同郡張仲景總角造顒，①顒謂之曰：②"君用思精密，而韻不能高，將爲良醫矣。"仲景後果有奇術。

【疏證】

①《廣記》《佩文韻府》無"同"字，《廣博物志》無"同郡"二字。

②《廣博物志》《佩文韻府》無"之"字。

【綜説】

周《輯》："此條據《續談助》，原注：'出《異苑》。'但查今本《異苑》無此條。《廣記》卷八一二亦引，但與下條合一。"按：此又見《廣博物志》卷二百一十八、《佩文韻府》卷四之六，因據以參校。

此事恐後人僞托之語，《後漢書・何顒傳》載何顒年少即游學洛陽，陳蕃、李膺之敗，乃變姓名亡匿汝陽間，黨錮之禍解乃辟司空府，其後長在朝任職。其間在南陽者，亦變姓名而避禍，張仲景安得往謁之。此恐後人因二人俱南陽人，乃捏合其事耳。

78 王仲宣年十七時，過仲景。仲景謂之曰："君體有病，宜服五石湯；若不治，年及三十，當眉落。"仲宣以其賒遠，^①不治。後至三十，果覺眉落，其精如此。世咸嘆顒之知人。^②

【疏證】

① 周《輯》："賒，《御覽》作'貰'。注云：'音賒，長也。'"

② 此句《廣博物志》、明汪瓘《名醫類案》引此皆無。且既有此句，則此條仍承上一條而來，則不當分爲兩條。考《太平御覽》卷七百二十二、宋周守忠《歷代名醫蒙求》卷下引《何顒別傳》，上條"仲景後果有奇術"作"卒如其言"，其後尚有"顒先識獨覺，言無虛發"句，即此"世咸嘆顒之知人"之變，則此句或本當在上條後。若《小説》本即如此，則二條不當分注。

【綜説】

余《輯》："《廣記》引與上文合爲一條。案：《御覽》四百四十四及七百二十二引此二事均作《何顒別傳》，《隋志》有《何顒使君家傳》一卷。"周説同。按：此又見《廣博物志》卷二十二、明汪瓘《名醫類案》卷七，因據以參校。《天中記》卷十四亦有此二條，與《御覽》引《何顒別傳》同，而云出自高湛《養生論》。

《針灸甲乙經序》："仲景見侍中王仲宣，時年二十餘，謂曰：'君有病，四十當眉落，眉落半年而死。'令服五石湯，可免。仲宣嫌其言忤，受湯勿服。居三日，見仲宣，謂曰：'服湯否？'仲宣曰：'已服。'仲景曰：'色候固非服湯之胗，君何輕命也。'仲宣猶不信，後二十年果眉落，後一百八十七日而死，終如其言。"一云王粲見張仲景，一云張仲景見王粲；一云三十，一云四十，與此文有異而更爲曲折生動，蓋一事歧傳。

79　張衡亡月，①蔡邕母方娠，②此二人才貌相類，③時人云：④"邕即衡之後身也。"⑤

【疏證】

① 周《輯》："亡月，《語林》作'之初死'，《廣記》作'死月'，《類説》作'死'。"按："張衡"上，《事類備要》有"後漢"二字，此卷本題"後漢人"，則此二字或是謝維新編此時所加。亡月，《説郛》作"死月"，《事類備要》《錦繡萬花谷》《史通通釋》《庾信集箋注》作"死日"。此處似當作"死日"爲上，言衡方死而邕母即孕，乃投胎之説。《語林》作"之初死"，亦與"死日"相近，作"死月"則時間有疏遠之感。

② 周《輯》："方娠，《語林》作'胎孕'，《廣記》作'始懷孕'。"按：方娠，《事類備要》《錦繡萬花谷》《説郛》《庾信集箋注》俱作"始懷孕"，《史通通釋》作"始孕"。又周氏據魯迅《鈎沉》引《語林》作"胎孕"，考《御覽》卷三六〇引《語林》，《四部叢刊》三編影宋本、四庫本並作"始孕"；《御覽》卷三九六引《語林》，《四部叢刊》三編影宋本、四庫本並作"始懷孕"，則"胎"即"始"之訛，未知魯迅輯本作"胎孕"者依據何本。

③ 周《輯》："'此二人'句，《類説》無。相類，《廣記》作'甚

相類'。"按:《說郛》同《廣記》,《史通通釋》無"此"字,《事類備要》《錦繡萬花谷》《庾信集箋注》並作"二人才貌甚相類"。

④ 余《輯》:"時人云,《類說》作'時謂'。"按:時,《事類備要》《錦繡萬花谷》《史通通釋》《庾信集箋注》並無。

⑤ 周《輯》:"即,《語林》《廣記》作'是'。也,《語林》《廣記》無。"按:《事類備要》諸書引同《語林》《廣記》。

【綜說】

周《輯》:"此條據《續談助》,校以《太平御覽》三六〇、三六九,並以《太平廣記》一六四及《類說》《六貼》參校。《續談助》原注:'出《世說》。'查今本《世說》無此條,據《御覽》引,知出裴啓《語林》。因復以魯迅《古小說鉤沉》輯《裴子語林》校勘。"按:周氏據校本,除《類說》《廣記》引乃《小說》,《御覽》三六〇、三九六(上作三六九,誤)、《白孔六帖》卷二一所引皆《語林》,當明晰之。此引作《小說》者,又見《事類備要》卷三十二、《錦繡萬花谷》卷十九、《說郛》卷四十六下、浦起龍《史通通釋》、吳兆宜《庾信集箋注》,因並據以參校。《天中記》卷三十九、《淵鑒類函》卷三百二十一亦引《小說》,但合《語林》爲一條,觀其文字,實用《語林》,因不出校。又《事文類聚》後集卷十八引此亦作《世說》,文曰:"張衡死,蔡邕母始孕,生子才貌相似,時人謂邕是張衡後身。"則知宋時《世說》猶有此條也。《小說》注云出自《世說》。周氏據《御覽》引《語林》以參校,未若據《備要》引《世說》以參校爲上。

張衡卒於永和四年(139),蔡邕生於陽嘉二年(133),史書明載,蔡邕生時,張衡未卒,焉得轉生,以此知事之誣也。又庾信《傷心賦》"期張衡之後身",楊炯《爲薛令祭劉少監文》"謂張衡之後身",似皆用此事。

80　初，司徒王允數與邕會議，允詞常屈，由是銜邕。及允誅董卓，並收邕，衆人爭之，不能得。①太尉馬日磾謂允曰：“伯喈忠直，素有孝行，②且曠世逸才，多識漢事，當定十志；③今子殺之，海内失望矣。”允曰：“無蔡邕獨當，無十志何損？”遂殺之。

【疏證】

①“不能得”以上，《後漢書補注》無。

②素，《後漢書補注》作“數”。

③當，《後漢書補注》作“常”，二字通，此處用“當”義，蔡邕亡時，十志未成，不當云“常”。

【綜説】

周《輯》：“此條據《太平廣記》一六四，與上條合爲一條，但不若上條見於《六貼》及《太平御覽》引《語林》，未知《廣記》引自何書。”按：《廣記》自言引自《小説》，何不知之有，周氏“未知《廣記》引自何書”蓋本欲云“未知《小説》引自何書”。此條又見《説郛》卷六十四下，文與《廣記》全同，亦與上條和於一處，則此兩條不當分注。又：惠棟《後漢書補注》卷十四亦有，其時《小説》已佚，然既文有不同，宜並作參校。

《後漢書·蔡邕列傳》：“及卓被誅，邕在司徒王允坐，殊不意言之而嘆，有動於色。允勃然叱之曰：‘董卓國之大賊，幾傾漢室。君爲王臣，所宜同忿，而懷其私遇，以忘大節！今天誅有罪，而反相傷痛，豈不共爲逆哉？’即收付廷尉治罪。邕陳辭謝，乞黥首刖足。繼成漢史。士大夫多矜救之，不能得。太尉馬日磾馳往謂允曰：‘伯喈曠世逸才，多識漢事，當續成後史，爲一代大典。且忠孝素著，而所坐無名，誅之無乃失人望乎？'允曰：'昔武帝不殺司馬遷，使作謗書，流於後世。方今國祚中衰，神器不固，不可令佞臣執筆在幼主左右。既無益聖德，復使吾黨蒙其訕議。'日磾退而告人曰：'王公其不長世乎？善人，國之紀也；制作，國之典也。滅紀廢典，其能久乎！'邕遂死獄中。"與此說不同，未知孰是也。

81　廣漢王瑗遇鬼物，[①]言蔡邕作仙人，飛去飛來，甚快樂也。[②]

【疏證】

① 周《輯》："廣漢，原作'漢'，據《廣記》補。廣漢，在今四川省。王瑗，《廣記》作'王瑗之'。"王達津《〈殷芸小説輯注〉獻疑》："卷三第八十一條'廣陵王瑗遇鬼物，言蔡邕作仙人'注：'陵，原作漢，據《廣記》改。'《太平御覽》卷八八三云'广陵王瑗为信安令，……'云云，信安後漢爲新安，在浙江，王瑗是廣陵人，非廣漢。此條《太平御覽》依時代，列於《神異經》與《論衡》所述鬼物之間，王瑗當爲後漢人，殷芸也列於鄭玄條前。"按：周原未改"陵"爲"漢"，王氏所據周氏輯本亦上海古籍出版社所出，恐是誤記。又王氏以新安屬浙江，因定王瑗爲廣陵人，然王瑗亦可在外任職，不能因其在新安任職則以其籍貫屬浙江也。且此句《御覽》引《齊諧記》作"廣陵"，而《蜀中廣記》引《齊諧記》卻作"廣漢"，又《太平寰宇記》引《華陽國志》有"廣漢王瓊（王氏引《御覽》之瑗，宋刻本、四庫本《御覽》並作瓊）"之語，則作"廣漢"亦可，不必改爲"廣陵"也。

② 周《輯》："'言蔡邕'三句，《廣記》作'云在天上作仙人，

甚是受福，甚快樂’。”

【綜説】

余《輯》："《紺珠集》。《類説》。案：此出《齊諧記》，見《廣記》三百廿一。"周《輯》："此條魯迅、余嘉錫均據《續談助》，故亦因之。但《紺珠集》是一本節引的書，内容較《類説》更簡，實不足據。查此條原出南朝宋散騎常侍東陽無疑作《齊諧記》，《齊諧記》是一部志怪小説，《隋志》著録七卷，今佚。《太平御覽》八八三、《太平廣記》三二一均引有此條全文，《御覽》所引尤詳，今録於下，以供讀者參考研究。文云：'廣陵王瓊之爲信安令，在縣。忽有一鬼，自稱姓蔡名伯喈，或復談議，誦詩書，知古今，靡所不諳。問：是昔蔡邕不？答云：非也，與之同姓字耳。問：此伯喈今何在？云：在天上，或下作仙人，飛來飛去，受福甚快，非復疇昔也。'"按：周氏引《御覽》"飛去"之"飛"本無。

王瑗，《御覽》《廣博物志》俱作"王瓊"，《太平寰宇記》卷七十五引《華陽國志》云："譙縱作亂，廣漢王瓊建義慮衆心不一，乃伐樹爲的。云：'凡我同盟，死生一力，共成義節者，此樹還生。'而或離，二樹遂枯死，俄而樹生焉。"譙縱作亂在義熙元年（405），義熙九年（413），劉裕遣兵伐譙縱，王瓊生約在此時。《鈎沉》、余《輯》諸書列於此處者，蓋以文中言及蔡邕耳。

82　鄭玄葬城東，[①]後墓壞，改遷厲阜。縣令車子義爲玄起墓亭，名曰"昭仁亭"。

【疏證】

①　余《輯》："鄭，原誤'郭'，今改正。"

【綜説】

余《輯》：“原注：‘出《玄別傳》。’《續談助》。案：《玄別傳》《隋志》不著録，諸書所引甚多，惟此條不見於他書。《太平寰宇記》二十四引《高士傳》云：‘玄載病至魏郡元城，病篤，卒，葬於劇東。後以墓壤，歸葬礪阜，在高密城西北五十里。’與《別傳》合。‘城東’疑當作‘劇東’。”周説同。按：余引《寰宇記》乃節引，原文作：“紹屯兵官渡，請玄隨營，（當脱辭字）不得，帶病至魏郡元城，病篤，卒，葬於劇東。後以墓壤，歸葬礪阜，郡守以下縗絰者千餘人。礪阜在高密城西北五十里。”卷二十四又引《萬疋梁郡國志》：“高密縣西有鄭玄宅，亦曰鄭城，玄後移葬於礪阜。”劇在山東壽光西南，礪阜在高密西北，兩地相近，則作“劇東”爲上。又此條言鄭玄卒後事，下條言鄭玄生前事，兩條當互置，《鈎沉》、唐《輯》皆在下條下，周《輯》從余《輯》而未正。

83　鄭玄在徐州，孔文舉時爲北海相，欲其返郡，[①]敦請懇惻，使人繼踵。又教曰：“鄭公久游南夏，今艱難稍平，儻有歸來之思？[②]無寓人於室，毁傷其藩垣林木，[③]必繕治牆宇，以俟還。”及歸，[④]融告僚屬：“昔周人尊師，謂之‘尚父’，今可咸曰‘鄭君’，不得稱名也。[⑤]”袁紹一見玄，嘆曰：“吾本謂鄭君東州名儒，今乃是天下長者。夫以布衣雄世，[⑥]斯豈徒然哉！[⑦]”及去，紹餞之城東，必欲玄醉。會者三百人，皆使離席行觴，自旦及暮，計玄可飲三百餘杯，而温克之容，終日無怠。

【疏證】

① 返，《焦氏類林》作"反"。

② 儻，周《輯》原作"倘"，二字同，周氏既據《廣記》，今依《廣記》正之。《天中記》《語林》《焦氏類林》《東漢文紀》並作"倘"，《說郛》作"合"。

③ 藩垣，《焦氏類林》作"蕃椽"。

④ "及"上，《語林》《焦氏類林》並有"向"字。

⑤ 《焦氏類林》無"也"字，並引至此句止。

⑥ 周《輯》："'袁紹'五句，《海錄碎事》作'袁紹稱鄭玄以布衣雄世'。'袁紹……嘆曰吾'，《類說》作'袁紹見鄭君曰'。"按："布衣"上，《說郛》有"一"字。

⑦ 余《輯》："《類說》引至此止。"按：《天中記》《語林》引至此止。

【綜說】

余《輯》："《廣記》一百六十四引。案：《世說·文學》篇注引《玄別傳》：'袁紹辟玄，及去，餞之城東。'云云。與此字句並同，然則此條皆《別傳》之文也。"周《輯》："此條據《太平廣記》一六四，內容可分兩條：上條記孔融敬禮鄭玄，下條記袁紹贊嘆鄭玄。原未注書名出處，據《世說·文學》篇注引《玄別傳》觀之，當亦出《玄別傳》。《世說》注所引係下條，《類說》《海錄碎事》亦並節引下條之文，因均取供參校。上條則未見他書徵引，無從校勘。但《淵鑒類函》居處部門三有小題'旌儒'一條云：'北海相孔融敬玄，曰：於公僅有一節，猶戒高其門閭，矧以鄭公之德，而無四牡之路？可廣開門衢，以容駟馬。'雖未注引自何書，但可作孔融敬禮鄭玄之證。"按：周引《類說》《海錄碎事》分見卷四九、卷七下。此又見《說郛》卷四十六下、《天中記》卷二十五、《語林》卷二十四；《孔北海集》、梅鼎祚

《東漢文紀》卷二十四選録其中孔融語，《東漢文紀》云出《小説》，則
《孔北海集》當亦引自此；《焦氏類林》亦有此，未云出處，其文略同，
因據以上諸書參校。

孔融禮鄭玄事，周所引《淵鑒類函》，語實見《後漢書·鄭玄傳》，
全文作："孔融深敬於玄，屐履造門。告高密縣爲玄特立一鄉，曰：
'昔齊置"士鄉"，越有"君子軍"，皆異賢之意也。鄭君好學，實懷明
德。昔太史公、廷尉吳公、謁者僕射鄧公，皆漢之名臣。又南山四皓有
園公、夏黄公，潛光隱耀，世嘉其高，皆悉稱公。然則公者仁德之正
號，不必三事大夫也。今鄭君鄉宜曰"鄭公鄉"。昔東海于公僅有一
節，猶或戒鄉人侈其門閭，矧乃鄭公之德而無駟牡之路！可廣開門衢，
令容高車，號爲"通德門"。'"

84　荀巨伯遠看友人疾，值胡賊攻郡，友人語伯曰：[①]
"吾且死矣，子可去。"[②]伯曰："遠來視子，今有難而舍之去，
豈伯行邪？"[③]賊既至，謂伯曰："大軍至此，[④]一郡俱空，[⑤]汝
何人，獨止耶？[⑥]"伯曰："有友人疾，[⑦]不忍委之，寧以己
身，[⑧]代友人之命。"[⑨]賊聞其言異之，乃相謂曰：[⑩]"我輩無
義之人，而入有義之國。"乃偃而退，[⑪]一郡獲全。[⑫]

【疏證】

①　周《輯》："伯，《世説》作'巨伯'，下同。"

②　周《輯》："且，《世説》作'今'。"

③　周《輯》："'遠來'句，《世説》作：'遠來相視，子令吾去，
敗義以求生，豈荀巨伯所行邪？'"

④　周《輯》："此，《世説》無。"

⑤ 周《輯》："俱,《世説》作'盡'。"

⑥ 周《輯》："'汝何人'二句,《世説》作'汝何男子,而敢獨止'。"

⑦ 周《輯》："疾,《世説》作'有疾'。"按:此句《世説》作"友人有疾",《藝文類聚》卷二十一、《太平御覽》卷四〇九引《世説》並作"有友人疾",疑今本《世説》誤置"有"於"友人"下也。

⑧ 周《輯》："己,《世説》作'我'。"

⑨ 周《輯》："之,《世説》無。"按:《藝文類聚》卷二十一、《太平御覽》卷四〇九引《世説》並有"之"字,疑今本《世説》脱之。

⑩ 周《輯》："'賊聞'二句,《世説》作'賊相謂曰'。"

⑪ 周《輯》："'乃偃'句,《世説》作'遂班軍而還'。"

⑫ 周《輯》："獲,《世説》作'並獲'。"

【綜説】

余《輯》："《廣記》二百三十五引。案:此見《世説・德行》篇,注云:'《荀氏家傳》曰:巨伯,漢桓帝時人,亦出潁川,未詳其始末。'"周説同。按:明高濂《遵生八牋》卷八載有此事,考其文字,與《廣記》引《小説》略同而去《世説》較遠,則其或亦用《小説》之文也。

荀巨伯其人,史書無考。余嘉錫《世説新語箋疏》云:"桓帝時,羌胡並叛,其胡賊之難如此。然他胡輒爲漢所擊敗,惟鮮卑常自來自去。此條末云'賊班師而還',則巨伯所值者,其鮮卑乎?其事既無可考,不知究在何年、何郡也。"

卷四　後漢人

85　謝子微見許子政虔及弟劭，^①曰："平輿之淵，有雙龍出矣。"

【疏證】

① 余《輯》："劭，原作'紹'，今改正。今《世說》作'謝子微見許子將兄弟'。"

【綜説】

余《輯》："原注云：'出《世説》，此一卷後漢人物也。'《續談助》。"周《輯》："此條據《續談助》，原注出《世説》。見《世説》第八《賞譽》篇。《續談助》僅引前三句，《世説》全文作：'謝子微見許子將兄弟，曰：平輿之淵，有二龍焉。見許子政弱冠之時，嘆曰：若許子政者，有幹國之器。正色忠謇，則陳仲舉之匹；伐惡退不肖，范孟博之風。'"按：此事多見它書，《後漢書·許劭傳》："許劭字子將，汝南平陽人也。……兄虔亦知名，汝南人稱平輿淵有二龍焉。"《御覽》卷四四四引《汝南先賢傳》："謝甄稟氣聰爽，明識達理。見許子將兄弟弱冠之歲，曰：'平輿之淵，有二龍出焉。察其盼睞則賞其心，睹其顧步則知其道。'"（《世説》劉孝標注較此爲簡）。《太平寰宇記》卷十一："（平興縣有）二龍澤，許劭、許虔俱有高名，汝南稱平興有二龍。"又《藝文類聚》卷二十九引梁簡文帝《餞臨海太守劉孝儀、蜀郡太守劉孝勝詩》："兩杜昔夾河，二龍今出守。"亦以二龍喻兄弟，未知即用此典故否。

86　汝南中正周斐表稱許劭：^①高節遺風，^②與郭林宗、李元禮、盧子幹、陳仲弓齊名，劭特有知人之鑑。自漢中葉以來，其狀人取士，援引扶持，進導招致，則有郭林宗；若其看形色，目童齔，斷冤滯，摘虛名，誠未有如劭之懿也。常以簡別清濁爲務，有一士失其所，便謂投之潢污，雖負薪抱關之類，吐一善言，未嘗不尋究欣然。兄子政常抵掌擊節，自以爲不及遠矣。劭幼時，謝子微便云："此賢當持汝南管籥。"樊子昭幘賣之子，^③年十五六，爲縣小吏，劭一見便云："汝南第三士也，此可保之。"後果有令名。

【疏證】

①　余《輯》："裴，當作'斐'，説見下。"

②　"節"字，《續談助》原無，此乃周氏所補，《鈎沉》、余《輯》、唐《輯》皆未補，此處存疑可也。

③　余《輯》："'幘賣'不可解，疑當作'幘賈'，以形近而誤。《魏志·和洽傳》引《汝南先賢傳》曰：'劭始發明樊子昭於鬻幘之肆。'《世説·賞譽》篇注引《海内先賢傳》曰：'劭拔樊子昭於市肆。'皆可爲證。"周《輯》："樊子昭，生平經歷不詳。據《世説·品藻》篇注引蔣濟《萬機論》：'許子將褒貶不平，以拔樊子昭而抑許文

休。劉曄難曰：子昭拔自賈豎，年至七十，退能守静，進不苟競。濟答
曰：子昭誠自幼至長，容貌完潔，然觀其插齒牙，樹頰頦，吐脣吻，自
非文休之敵。'似是市肆商賈之子。幘賷，此二字不可解。……幘是裹
髮的巾，幘梁是韜髮的冠。據余氏所説，則樊子昭當是鬻帽商賈之
子。"按：二説近是，《太平御覽》卷六八七引《續漢書》："許劭字子
將，劭知人，入幘肆，拔樊子昭。"卷八二八引皇甫謐《高士傳》："許
劭名知人，歷客舍則知虞求賢，入幘肆則拔樊（原誤作楚）子照。"則
樊子昭本幘肆之人。"賷"疑即"賈"之形訛。

【綜説】

　　余《輯》："原注：'出《邵別傳》。'《續談助》。'別傳'原作'列
傳'，今改正。《許劭別傳》不見他書，所存只此一條。案：《隋志》有
《汝南先賢傳》三卷，魏周斐撰。蓋斐爲汝南中正，欲以激濁揚清爲
務，故爲先賢作傳，且表揚劭之名德於朝也。《別傳》引用斐表，則亦
魏以後人所作矣。斐仕至永寧少府，見《世説・品藻》篇注引王隱
《晋書》。"周説同。按：《世説・賞譽》篇注引《海内先賢傳》："許劭
字子將，虔弟也，山崎淵停，行應規表。邵陵謝子微高才遠識，見劭十
歲時，嘆曰：'此乃希世之偉人也。'初，劭拔樊子昭於市肆，出虞承
賢於客舍，召李叔才於無聞，擢郭子瑜於小吏。"與此條相類。《御覽》
卷二四六引謝承《後漢書》："許劭仕郡爲功曹，抗忠舉義，進善黜惡，
止機執衡，允齊風俗。所稱如龍之升，所貶如墮於淵，清論風行，所吹
草偃，爲衆所服。"許劭以善品評人物爲世所激賞，今人所習聞者，莫
若論曹孟德"清平之奸賊，亂世之英雄"也。

　　87　有客詣陳太丘，談鋒甚敏，①太丘乃令元方、季方炊
飯以延客。②二子委甑，竊聽客語，炊忘箸箄，③飯落釜，④成糜

而進。客去，太丘將責之，⑤具言其故，且誦客語無遺。太丘
曰："如此，⑥但糜自可，何必飯耶？"

【疏證】

　　① 此句《鈎沉》、唐《輯》並作"談論甚久"，唐《輯》："《類
説》作'談鋒甚久。'"蓋二家所據本不同，四庫本《類説》作此，四
庫本《紺珠集》作"談鋒甚敵"。

　　② 余《輯》："《類説》無'乃'字。《類説》無'以'字。"

　　③ 周《輯》："'炊忘'句原無，據《世説》補，箸，筷。箅，竹
篾編的墊在甑底而蒸物的炊具。"王達津《〈殷芸小説輯注〉獻疑》：
"蒸物不須筷子。'箸'當爲'著'字之訛，'炊忘著箅'即炊飯忘了
在甑底放置蒸箅，著是放置的意思，與'箸'形近易訛。又《世説》
亦誤。"范崇高《〈殷芸小説〉校注瑣議》："《説文‧竹部》：'箅，蔽
也，所以蔽甑底。'段玉裁注：'甑者，蒸飯之器，底有七穿，必以竹
席蔽之，米乃不漏。'知古代蒸飯時，甑底用箅而不用箸。'箸'當是
'著'之誤字，猶放置也。通行本《世説新語‧夙惠》正作'著箅'。
周先生據誤字而釋，遂有乖古俗。"按：宋刻本《北堂書鈔》卷一四四
引《世説》作"著"，《太平御覽》卷八五九、《事類備要》外集卷四
十五、《事文類聚》續集卷十六引《世説》作"着"，王、范二説是。

　　④ 余《輯》："'釜'字從《類説》補。"

　　⑤ 余《輯》："《類説》無'將'字。"

　　⑥ 周《輯》："如此，原無，據《世説》補。"

【綜説】

　　余《輯》："《紺珠集》。《類説》。案：事見《世説‧夙惠》篇，而
字句多異，疑所引别一書，非《世説》也。"周《輯》："此條據《續

談助》，校以《類說》，亦見《世說》第十二《夙惠》篇，因並取校。
余嘉錫因字句多異，疑所引係別一書，非《世說》。實則此條仍出《世
說》，惟殷芸將《世說》原文縮短，致字句舛異，基本情節則仍相同。"
按：二說似皆不妥，《事類備要》外集卷四十五、《事文類聚》續集卷
十六俱引《世說》，兩處文字相似，爲便於比較，今不避覼縷，列其文
字。《事文類聚》："有客詣陳太丘，談鋒甚敏，太丘乃令元方、季方炊
飯。太丘問：'炊何遲留？'元方長跪曰：'君與客語，乃共竊聽，炊忘
着箄，今皆成糜。'太丘曰：'爾頗有所識否？'二子長跪俱說，言無遺
失。太丘曰：'如此，俱成糜自可，何必飯耶？'"（《山堂肆考》卷一九
三引《世說》亦與此相類）文字與《小說》相似。《太平御覽》卷八
五九引《世說》與今本《世說》略同，則宋時《世說》或有兩版本也。
如此，則殷芸所引，未必不出自《世說》，其或有改易而非刪節也。又
宋刻本《北堂書鈔》卷一四四引《世說》與今本不同，則經後人改易
無疑。

《太平御覽》卷七百五十七引袁山松《後漢書》曰："荀淑與陳寔
相交，棄官，常命駕相就，令元方侍側，季方作食。嘗一朝食遲，季方
跪曰：'向聞大人與荀君言，甚善，竊聽之，甌壞飯廢。'寔曰：'汝聽
談，解乎？'答曰：'解。'令說之，不誤一言，公說。"與此亦一事
歧傳。

88　漢末陳太丘寔與友人期行，①期日中，②過期不至，③太
丘捨去。去後乃至。其子元方時年七歲，④在門外戲。⑤客問元
方："尊君在否？"答曰："待君久不至，⑥已去。"友人便怒
曰："非人哉！⑦與人期行，相委而去！"元方曰："君與家君
期日中時，過中不來，⑧則無信；對子罵父，則是無禮。"友

人慚，下車引之。元方遂入門不顧。⑨

【疏證】

①　周《輯》："漢末，《世説》無。"

②　周《輯》："期日中，原無，據《世説》補。"按：《小説》《世説》文本不盡同，義既通，則不當補，出校可也。下同，不俱疏。

③　周《輯》："期，《世説》作'中'。"

④　余《輯》："《世説》無'其子'二字，此疑誤衍。"

⑤　周《輯》："在，《世説》無。"

⑥　周《輯》："久，原無，據《世説》補。"

⑦　周《輯》："哉，原無，據《世説》補。"

⑧　中，《廣記》本作"申"，余《輯》："案：漢人語當作'日加申不來'，《世説》作'日中不至'。"周改爲"中"，而未注明。

⑨　周《輯》："遂，《世説》無。"

【綜説】

　　周《輯》："此條據《太平廣記》一七四，亦見《世説新語》第五《方正》篇，因取以參校。"按：此條與上條《鈎沉》、唐《輯》並作一條。

89　蔡邕刻曹娥碑傍曰："黃絹幼婦，外孫齏臼。①"魏武見而不能曉，以問群僚，莫有知者。有婦人浣於江渚，曰："第四車中人解。②"即禰正平也。禰便以離合意解云：③"絶妙好辭。"或謂此婦人即娥靈也。④

【疏證】

　① 齏，《徐氏筆精》作"韲"。

　②"解"下，《徐氏筆精》有"之"字。

　③ 云，《徐氏筆精》作"謂"。

　④ 周《輯》："'或謂'句，原無，據《異苑》補。《世説》注引《會稽典録》，亦有此句。"按：《徐氏筆精》亦無此句。

【綜説】

　周《輯》："此條據《説郛》，原注：'出《異苑》。'因以《異苑》參校。又《世説新語》第十一《捷悟》篇亦有此事，但解者係楊修而非禰衡。"按：此又見明徐𤊹《徐氏筆精》卷七，因以參校。作者論云："此説與諸書所載大異，余謂孟德決無到曹娥江之理，或是當時傳印邯鄲淳《曹娥碑》文而孟德與楊修猜度之，只見墨本非親摩碑石也。禰衡之解又不知何據，《語林》云'操讀碑於汝南'，其爲摹本無疑。"此事乃傳説，恐不可以事實視之。

　《華陽國志·先賢士女總贊》："（張）寬從武帝郊甘泉泰時，過橋，見一女子裸浴川中，乳長七尺，曰：'知我者帝後七車。'適見寬車。對曰：'天有星主祠祀，不齊潔，則作女令見。'帝感寤，以爲揚州刺史。復別蛇莽之妖，世稱云'七車張'。"一云"七車"，一云"四車"，或有襲用之嫌。宋釋普濟《五燈會元》卷二十："師曰：'黃絹幼婦，外孫齏臼。'曰：'是甚麼章句？'師曰：'絶妙好辭。'"則是明襲《世説》也。

90　禰正平年少與孔文舉作爾汝交。時衡年未滿二十，而融已五十餘矣。①

【疏證】

① 余《輯》："《紺珠集》及《類説》作：'禰正平年未及冠，而孔文舉已逾五十，相與爲爾汝交。'"

【綜説】

余《輯》："原注：'出《衡別傳》。'《續談助》。'別傳'原作'列傳'，今改正。《衡別傳》諸書引甚多，詳見侯康、曾樸《補後漢書藝文志》。"周説同。按："列"字恐未必爲"別"字之僞，《事類備要》卷三十三載："禰衡有逸才，少與孔融作爾汝交，交時衡未滿二十而融已五十，敬衡而忘年也。"注云出《本傳》。《太平廣記》卷二三五亦云出《本傳》，《錦繡萬花谷》卷十九云出《衡傳》，此處"本傳"即"列傳"，非"別傳"也。又《白孔六帖》卷三十四、《九家集注杜詩》卷一引與《備要》略同，云出《文士傳》。

《後漢書·文苑列傳·禰衡傳》："禰衡字正平，平原般人也。少有才辯，而尚氣剛傲，好矯時慢物。……衡始弱冠，而融年四十，遂與爲交友。"孔融生於永興元年（153），禰衡生於熹平二年（173），孔融長禰衡二十歲，則以《後漢書》所載爲是。

91　孔文舉中夜暴疾，①命門人鑽火，②其夜陰暝，③不得火，催之急，④門人忿然曰："君責人太不以道，⑤今暗若漆，⑥何不把火照我，⑦當得鑽火具，然後得火。⑧"文舉聞之曰："責人當以其方。"⑨

【疏證】

① 余《輯》："據下文觀之，必非文舉之事，《類聚》《御覽》引

《笑林》均作'某甲夜暴疾'，《廣記》作'魏人夜暴疾'，此恐是原書之誤，故姑仍之不改。"周《輯》："殆因下文有'文舉聞之曰'句，後人誤以爲是文舉事，遂改首二字爲孔文舉耳。"按：余氏以爲《小説》之誤，周氏以爲後人改《小説》，俱可成理。

②《御覽》引《笑林》脱"命"字。

③ 周《輯》："夜，《廣記》作'夕'。"按：暝，《御覽》引《笑林》作"暗"。

④ 周《輯》："'不得'二句，原無，據《御覽》補。《廣記》作'督迫頗急'。"按："不得"二句，乃《類聚》文，《御覽》作"未得火，催之急"。此二句當補，若無，則下文"君責人太不以道"無所承。

⑤ 周《輯》："'君責人'句，《御覽》作'君責人亦大無道理'。"按：此《類聚》文，《御覽》"大"作"太"，《廣記》無"道"字。

⑥ 若，《御覽》《廣記》引《笑林》作"如"。

⑦ 周《輯》："何，《御覽》作'何以'。"按：《類聚》《廣記》並作"何以"。

⑧ 周《輯》："'當得'二句，《御覽》作'我當得覓鑽火具，然後易得耳'。"按：此非《御覽》文，《類聚》《御覽》只有上句，並引至此止；《廣記》兩句均有而無"我"字。

⑨ 余《輯》："'方'原作'文'，蓋以形近致訛，據《廣記》改。"周《輯》："方，原作'文'，據《廣記》改。《御覽》作'方也'。"按：周氏用余説而有誤，實《廣記》作"方也"，非《御覽》也。

【綜説】

余《輯》："原注：'出《俳諧文》。'《續談助》。《藝文類聚》八十、《御覽》八百六十九、《廣記》二百五十八均引作《笑林》。案：

《隋志》總集有《俳諧文》三卷，不著姓名。又《俳諧文》十卷，袁淑撰。"周《輯》："此條據《續談助》，原注：'出《俳諧文》。'實出魏邯鄲淳《笑林》，因以《藝文類聚》八〇、《太平御覽》八六九、《太平廣記》二五八引《笑林》參校。"按：周氏云此條"實出魏邯鄲淳《笑林》"，誤也，《小説》明引《俳諧文》，《笑林》《俳諧文》或有相承襲，然不可認定二書即一書也。又《傅子》載："管寧之遼東而歸，海中遇暴風，餘船皆破，惟寧船自若。夜晦，船人盡惑，莫知泊所，忽望見火光，趣之，得島。一門人忿然曰：'君責人亦大無道理，今闇如漆，何以不把火照我，當得覓鑽火具。'"《御覽》卷八六九引《傅子》："管寧之遼東而歸，海中遇暴風，餘船皆破，唯寧船自若。夜晦，船人盡惑，莫知泊所，忽望見火光，趨之，得一島，無居人，又無火爐。行人咸異焉，以爲神光之祐。"《傅子》乃四庫館臣所輯，蓋因二條並有"無火"之事，因誤輯爲一處耳。

92　曹公與楊太尉書論刑楊修云：[①]"操白：[②]足下不遺賢子見輔，[③]今軍征事大，[④]吾制鐘鼓之音，主簿應掌，[⑤]而賢子恃豪父之勢，[⑥]每不與吾同懷。[⑦]念卿父息之情，[⑧]同此悼楚。[⑨]謹贈足下錦裘二領，[⑩]八節銀角桃枝一枚，[⑪]官絹五百匹，錢六十萬，四望通幰七香車一乘，[⑫]青犗牛二頭，[⑬]八百里驊騮一匹，戎裝金鞍轡十副，[⑭]鈴苞一具，[⑮]驅使二人侍衛之。[⑯]並遺足下貴室錯彩羅縠裘一領，[⑰]織成靴一量，[⑱]有心青衣二人奉左右。[⑲]所奉雖薄，以表吾意，足下便當慨然承納，[⑳]不致往返。"

楊太尉答書云："彪白：小兒頑鹵，常慮當致傾敗，足下恩矜，延罪迄今；聞問之日，心腸酷裂！省覽衆賜，益以

悲懼。"㉑

曹公卞夫人與太尉夫人袁書："卞頓首頓首：貴門不遺賢郎輔佐，方今戎馬興動，主簿股肱近臣，征伐之計，事須敬諮。㉒官立金鼓之節，而聞命違制，明公性急，㉓輒行軍法。伏念悼痛酷楚，情不自勝。夫人多容，即見垂恕。故送衣服一籠，文絹一百匹，房子官綿百斤，㉔私所乘香車一乘，牛一頭。誠知微細，以達往意，望爲承納。"㉕

楊太尉夫人袁氏答書："袁頓首頓首：路岐雖近，不展淹久，嘆想之情，抱勞山積。小兒疏細，果自招罪戾，念之痛楚！明公所賜已多，又加重賚禮，頗非宜荷受，輒付往信。"㉖

【疏證】

① 此句《古文苑》題作曹操《與楊太尉書論刑楊修》，《漢魏六朝百三家集》作《與太尉楊文先書》，《文章辨體彙選》作《魏武帝與楊太尉書》。以下三書首句，《古文苑》分別題作曹操《與楊太尉書論刑楊修》、楊彪《答曹公書》、曹公卞夫人《與楊太尉夫人袁氏書》、楊太尉夫人袁氏《答書》。

② 白，《漢魏六朝百三家集》誤作"自"；此句下，《古文苑》《漢魏六朝百三家集》《文章辨體彙選》尚有"與足下同海內大義"。

③ "遺"下，《古文苑》《漢魏六朝百三家集》《文章辨體彙選》有"以"字。此句下，三書引並有"比中國雖靖，方外未夷"。

④ 此句下，《古文苑》《漢魏六朝百三家集》《文章辨體彙選》尚有"百姓騷擾"。

⑤ 余《輯》："'應掌'二字《古文苑》作'宜守'。"按：《漢魏六朝百三家集》《文章辨體彙選》同《古文苑》。

⑥ "賢子"上，《古文苑》《漢魏六朝百三家集》《文章辨體彙選》有"足下"二字。

⑦ 吾，《漢魏六朝百三家集》作"我"。

⑧ 此句上，《古文苑》《漢魏六朝百三家集》《文章辨體彙選》尚有"即欲直繩，顧頗恨恨，謂其能改，遂轉寬舒，復即宥貸，將延足下尊門大累，便令刑之"。

⑨ 此句下，《古文苑》《漢魏六朝百三家集》《文章辨體彙選》尚有"亦未必非幸也"。

⑩ 二，《北堂書鈔》卷一二九引《魏武與楊彪書》作"三"。

⑪ 余《輯》："枚，原誤'技'，據《書鈔》百三十三及《古文苑》改。"周《輯》："枝，《北堂書鈔》《古文苑》作'杖'。"按：《續談助》本作"枚"，疑余氏本言"杖，原誤'枝'"，未知其余氏誤書，抑或出版致誤。此句諸書引《魏武與楊彪書》多不同，《書鈔》《御覽》七百一十引作"銀角杖一枚"，《事類賦》作"銀角桃枝一枚"，《天中記》卷四十八作"銀角桃杖一枚"，《古文苑》作"八節角桃枝一枝"，《漢魏六朝百三家集》《文章辨體彙選》作"八節角桃杖一枝"，未知孰是，不敢臆斷。

⑫ 此句諸書引《魏武與楊彪書》，《書鈔》卷一三九作"四望通幰七香車二乘"，《初學記》卷二五作"畫輪四望通幰七香車二乘"，《海錄碎事》卷五作"畫輪四望七香車一乘"，《事類賦》卷十六作"四望通憶七香車二乘"，衡之諸書，以《初學記》所引最全。

⑬ 牸，《事類賦》卷十六、《文章辨體彙選》作"牸"，二字俱母牛之意，未知是否為一字之誤分。

⑭ "戎"上，《古文苑》《漢魏六朝百三家集》《文章辨體彙選》有"赤"字。

⑮ 余《輯》："苞,原作'毦',從《古文苑》改。"周《輯》："鈴苞,繫在馬頸下的裹著鈴的草蓆包。"按:二説恐未必當,草蓆包非貴重之物,何須賜之。《書鈔》卷一二一、《御覽》卷三四一引《魏武與楊彪書》:"今贈足下十鈴毦一具。"即此也。"毦"從"耳"得聲,後人以從"毛"而音訛爲"苞""毦"。《後漢書·西南夷傳》:"齎黄金、旄牛毦。"注引顧野王説:"毦,結毛爲飾,即今馬及弓槊上纓毦也。"

⑯ 余《輯》:"'驅'字原闕,據《古文苑》補。'侍衞之'三字《苑》無。"按:《漢魏六朝百三家集》《文章辨體彙選》並無"侍衞之"三字。

⑰ 裘,《書鈔》卷一二九引《魏武與楊彪書》作"錦袍"。"錯"下,《文章辨體彙選》有"雜"字。

⑱ 一,《御覽》卷六九八引《魏武與楊彪書》作"二",《書鈔》一三六作"織成花靴一緉"。

⑲ 余《輯》:"奉,原作'長',據《苑》改。"按:《古文苑》《漢魏六朝百三家集》《文章辨體彙選》作"長奉左右",則"長"恐非"誤字",而是"長"下脱一"奉"字。

⑳ 余《輯》:"承,原作'成',注云:'一作承'。按《古文苑》亦作'承',據改。"

㉑ 此段《古文苑》所載較爲繁縟,今不句校,總録其文云:"彪白:雅顧隆篤,每蒙接納,私自光慰。小兒頑魯,謬見采録,不能期効,以報所愛。方今軍征未暇,其備位匡政,當與戮力一心,而寬玩自稽,將違法制。相子之行,莫若其父,恒慮小兒必致傾敗。足下恩恕,延罪迄今。近聞尉之日,心腸酷裂,凡人情誰能不爾?深惟其失,用以自釋。所惠馬及雜物,自非親舊,孰能至斯。省覽衆賜,益以悲懼。"

㉒ 余《輯》:"'敬'字原脱,據《苑》補。"

㉓ 余《輯》:"性急,原本'明公'下空一格,今據《苑》補此

二字。"

㉔　余《輯》："《困學紀聞》二十云：'房子官綿百斤，《古文苑》
誤作錦，而注者妄解。'今按《續談助》亦作'錦'，疑宋本《小説》
固已誤矣。"周《輯》："《魏都賦》：'綿纊房子。'《晉陽秋》：'有司奏
調房子睢陽綿，武帝不許。'《水經注》：'房子城西出白土，可用濯
綿。'房子爲漢縣名，即今河北省高邑縣，城西出白土，細滑如膏，用
以濯綿，色若霜雪。今本《水經注》無此語，這裏從《御覽》八一九
引。《續談助》亦作'綿'，是宋時引《小説》即已誤矣。"按：周
説是。

㉕　此段《古文苑》所載較爲繁縟，除余氏校録外，尚有衆多差異
處，今總録其文，以備省覽："卞頓首：貴門不遺，賢郎輔佐，每感篤
念，情在凝至。賢郎盛德熙妙，有蓋世文才，閫門欽敬，實用無已。方
今騷擾，戎馬屢動，主簿股肱近臣征伐之計，事須敬咨，官立金鼓之
節，而聞命違制。明公性急，忿然在外，輒行軍法。卞姓當時亦所不
知，聞之心肝塗地，驚愕斷絶，悼痛酷楚，情自不勝。夫人多容，即見
垂恕，故送衣服一籠，文絹百匹，房子官錦百斤，私所乘香車一乘，牛
一頭，誠知微細，以達往意，望爲承納。"

㉖　此段《古文苑》所載較爲繁縟，今不句校，總録其文云："彪
袁氏頓首頓首：路岐雖近，不展淹久，嘆想之勞，情抱山積。曹公匡濟
天下，遐邇以寧，四海歸仰，莫不感戴。小兒疏細，謬蒙采拾，未有上
報，果自招罪戾。念之痛楚，五內傷裂。尊意不遺，伏辱惠告。見明公
與太尉書，具知委曲，度子之行，不過父母，小兒違越，分應至此。憐
其始立之年，畢命埃土，遺育孤幼，言之崩潰。明公所賜已多，又加重
賮，禮頗非宜荷受，輒付往信。"

【綜説】

余《輯》："原注：'出《魏武楊彪傳》。'《續談助》。案：《魏武楊

彪傳》不知何書，考《後漢書·楊彪傳》注及《魏志·陳思王傳》注均引《典略》載楊修之事，《典略》即魚豢《魏略》，此當作：‘出《魏略楊彪傳》。’淺人不知，改爲‘魏武’耳。《古文苑》載此數書，疑即自《殷芸小説》録入，但其文反較此爲詳，蓋晁伯宇鈔入《續談助》之時，有所删節耳。"周《輯》："此條據《續談助》，並以《古文苑》《北堂書鈔》一三三、《困學紀聞》參校。《續談助》原注：‘出《魏武楊彪傳》。’"按：周氏參校之文除解"綿"字一條有所補證外，餘多取余氏之説，因只録此一條。《漢魏六朝百三家集》卷二十三、《文章辨體彙選》卷二百六引有首段，當即本自《古文苑》，然既文有偶異，因並出校。《北堂書鈔》《初學記》《太平御覽》《海録碎事》《事類賦》《緯略》諸書並引有《魏武與楊彪書》，因據以參校。又：《書鈔》卷一三四、《御覽》卷七百〇八、《緯略》卷四引《魏武帝與楊彪書》有"今贈足下青氈牀褥三具"句，《小説》《古文苑》並不見相類字句，則仍有脱文也。

《後漢書·楊震列傳》："（楊彪）子修爲曹操所殺，操見彪問曰：‘公何瘦之甚？’對曰：‘愧無日磾先見之明，猶懷老牛舐犢之愛。’"《漢書·金日磾傳》："日磾子二人皆愛，爲帝弄兒，常在旁側。弄兒或自後擁上項，日磾在前，見而目之。弄兒走且啼曰：‘翁怒。’上謂日磾：‘何怒吾兒爲？’其後弄兒壯大，不謹，自殿下與宮人戲，日磾適見之，惡其淫亂，遂殺弄兒。弄兒即日磾長子也。"據此，則楊修蓋亦因其行不謹而見殺。《後漢書》所載"雞肋""忌修"之説，恐非實情。

93　司馬德操初見龐士元，稱之曰："此人當爲南州冠冕。"①時士元尚少，及長，果如徽言。

【疏證】

①周《輯》："南州，《蜀志·龐統傳》作‘南州士之’。"

【綜説】

　　周《輯》："此條據《續談助》，校以陳壽《三國志·蜀志》。《續談助》原注：'出《徽別傳》。'查《司馬徽別傳》，《隋志》不著録。《世説·言語》篇記龐士元不遠二千里往候德操，時年十八，正初見之時，而以德操執紉婦之事爲譏。劉孝標注《世説》，引《徽別傳》甚詳，但不涉德操贊語，此語見於《蜀志·龐統傳》，陳壽當采自《徽別傳》耳。"按：三國兩晋，修史成風，讀書人以求垂名後世、彪炳千秋，《後漢書》《續漢書》之作即有數家，陳壽《三國志》，何必定采於《別傳》。考《世説》注引《徽別傳》"臨蠶求簇箔"事，《御覽》四七七引自晋虞溥《江表傳》；《徽別傳》之"妄認徽猪"事，《藝文類聚》卷九十四引自《董正別傳》；下條"但言佳"事，《司馬徽別傳》亦有之，《記纂淵海》卷五十二引自《襄陽記》，與《類説》引《小説》全同，若云《小説》約《徽別傳》而成，未若言《小説》取自《襄陽記》也。古之修史志者，轉相遞嬗，又何必因僅見《徽別傳》而即認定陳壽采是書。

　　94　司馬徽居荆州，以劉表不明，[①]度必有變，[②]思退縮以自全；人每與語，[③]但言"佳"。其妻責其無別。[④]徽曰：[⑤]"如汝所言，亦復甚佳。"終免於難。[⑥]

【疏證】

　　① 周《輯》："不明，《類説》無。"
　　② 周《輯》："度，《類説》無。"
　　③ 余《輯》："《類説》無'人'字。"
　　④ 周《輯》："其，《類説》作'以'。"

⑤ 周《輯》："徽，原無，據《類說》補。"

⑥ 周《輯》："難，原作'禍'，據《類說》改。"按："於"字《紺珠集》亦無，周氏補而未作説明。

【綜説】

余《輯》："《紺珠集》。《類說》。案：事見《世説·言語（原誤作語言）》篇注引《徽別傳》，但文字大異，或別有所出。"周《輯》："此條據《續談助》，校以《類說》。查《世説·言語》篇劉孝標注引《司馬徽別傳》云：'徽……居荊州，知劉表性暗，必害善人，乃括囊不談議。時人有以人物問徽者，初不辨其高下，每輒言"佳"。其婦諫曰："人質所疑，君宜辨論，而一皆言佳，豈人所以咨君之意乎？"徽曰："如君所言，亦復佳。"其婉約遜遁如此。'即此條所本，但詳略不同。"按：余氏以爲《小説》別有來源，周氏以爲《小説》即本自《世説》劉孝標注引《司馬徽別傳》。考《記纂淵海》卷五十二引《襄陽記》，文字與《類說》隻字不差，《襄陽記》作者未知，多載三國故事，或爲兩晉人所作，與其云《小説》節引自《徽別傳》，不若云轉引自《襄陽記》也。余説爲上。又《記纂淵海》卷五十四引《小説》作："司馬徽與人語，莫問好惡，皆言好。有鄉人問徽：'安否？'答曰：'好。'有人自陳子死，曰：'大好。'妻責之曰：'人以君有德，故相告。何忽聞人子死，便言好？'徽曰：'卿言亦大好。'"與此略異。

95　潁川太守朱府君，以正月初見諸縣史燕，[①]問功曹鄭劭公曰：[②]"昔在京師，聞公卿百僚嘆述貴郡前賢後哲，英雄瑰瑋，然未睹其奇行異操，請聞遺訓。"對曰："鄙潁川，本韓之分野，豫之淵藪。其於天官，上當角亢之宿，下稟嵩少之靈，受嶽瀆之精，托晉、楚之際，處陳、鄭之末。少陽之氣，太清所挺。是以賢聖龍蟠，俊彥鳳舉。昔許由、巢父出於陽城，樊仲甫又出陽城，③留侯張良又出於陽城，④胡元安出於許縣，⑤灌彪義山出於昆陽，⑥審尋初出於定陵，杜安伯夷又出於定陵，⑦祭遵出於潁陽。⑧"府君曰："太原周伯況、汝南周彥祖皆辭征禮之寵，恐貴郡未有如此者也。"劭公對曰："昔許由恥受堯位，洗耳河湄；⑨樊仲甫者，飲牛河路，恥臨濁流，回車旋牛。二周公但讓公卿之榮，以此推之，天地謂之咫尺，不亦遠乎？"

【疏證】

①　周《輯》："'以正月'句，《後漢紀》作'以正月歲首宴賜群吏'。縣史，疑應作'掾吏'。"按：周蓋據下余氏引《三國志·虞翻傳》注有"掾吏"二字而改，此或不必改字，"史"通"吏"，縣吏則即潁川諸縣之吏，此句讀爲："以正月初見諸縣史，燕。"

②　余《輯》："'公'字原脱，據下文補。"周《輯》："功曹，《後漢紀》作'公曹'，誤。"按：二說是。

③　據行文例，此處"出"下疑脱"於"字。

④　余《輯》："'留'字原闕，今補。陽城，《後漢紀》作'輔成'，案兩漢潁川郡無輔成縣。"按：《後漢紀》"輔成"當作"甫城"，即"父城"，在今河南省寶豐縣。

⑤　余《輯》："許縣，《後漢紀》作'潁陽'。"

⑥　余《輯》："《紀》無'灌'字。"

⑦　余《輯》："《紀》無'安'字。"

⑧ 周《輯》："祭遵，原誤作'蔡道'，注云：'一作遵。'據《後漢書》改正。"

⑨ "洗耳河滑""飲牛河路"事，見《太平御覽》卷九百引《逸士傳》，《後漢紀》作"洗耳河濱"。又許由洗耳事最早見於《莊子·逍遙游》。

【綜説】

余《輯》："原注：'出《鄭劭公對潁川太守》。'《續談助》。案：朱府君名憲，鄭劭公名凱，事見袁宏《後漢紀》十八順帝永建四年，惟彼此詳略不同。灌彪義山，《紀》作'彪義山'，又無審尋初、蔡（當作祭）遵二人，可據此補其闕脱。《三國吳志·虞翻傳》注引《會稽典録》曰：'孫亮時，有山陰朱育仕郡門下書佐，太守濮陽興正旦宴見掾吏，言次，問太守：昔聞朱潁川問士於鄭召公，韓吳郡問士於劉聖博，王景興問士於虞仲翔，嘗見鄭劉二答，而未睹仲翔對也。'云云。知邵公此對在當時固膾炙人口矣。"周用余説。

今附《後漢紀》卷十八引此事，以資比勘："朱寵，字仲威，京兆杜陵人也。初爲潁川太守，……以正月歲首宴賜群吏，問公（當作"功"）曹吏鄭凱曰：'聞貴郡山川多產奇士，前賢往哲，可得聞乎？'對曰：'鄙郡炳（當作"秉"）嵩山之靈，受中嶽之精，是以聖賢龍蟠，俊彥鳳集。昔許由、巢父，恥受堯禪，洗耳河濱，重道輕帝，遁世高時。樊仲父者，志潔心遐，恥受山河之封（《四庫薈要》作"恥飲山河之功"，《御覽》一五九作"恥山河之功"，此與下句對句，《御覽》爲上），賤天下之重，抗節參雲。公儀、許由，俱出陽城。留侯張良奇謀輔世，玄算入微，濟生民之命，恢帝王之略，功成而不居，爵厚而不受，出於輔成（當作"甫城"，《御覽》作"父城"，同）。胡元安體曾參之至行，履樂正之純業，喪親泣血，骨立形存，精誠洞於神明，雛兔集其左右，出於潁陽。趙義山英姿秀偉，逸才挺出，究孔聖之房奧，存文武於將墜，文麗春華，辭蔚藻繢，出於昆陽。杜伯夷經學稱於師門，政事熙於國朝，清身不苟，有於陵之操；損己存公，有公儀之節，以榮華爲塵埃，以富貴爲厚累，草廬蓬門，藜藿不供，出於定陵。'寵曰：'太原周伯況、汝南周彦祖皆辭徵聘之寵，隱林藪之中，清邁夷、齊，德擬古人。恐貴郡之士，未有如此者也。'凱對曰：'此二賢但讓公卿之榮耳。若許由不受堯位，樊仲父不屈當世，以此準之，不以遠乎！"

卷五　魏世人

96　劉楨以失敬罷。^①文帝曰:^②"卿何以不謹文憲?"^③答曰:^④"臣誠庸短,^⑤亦緣陛下綱目不疏。"

文帝出游,楨見石人,曰:"問彼石人,彼服何粗?^⑥何時去衛,來游此都?"

【疏證】

① 此句《世説》作"劉公幹以失敬罷罪"。據《世説》引《典略》,劉楨初忤文帝,乃下獄,非是僅免官而已。則《世説》所載爲上,疑《小説》既脱"罪"字,"罷""罷"形近,後人因而改之。

②《世説》"文帝"下有"問"字。

③ 余《輯》:"'何'字原脱,據《世説》補。"

④《世説》"答"上有"楨"字。

⑤ 余《輯》:"庸,原誤'痛',據《世説》改。"

⑥ 余《輯》:"彼,當作'被'。"

【綜説】

余《輯》:"原注:'出《世説》。此卷並魏世人。'《續談助》。'魏世人'原作'魏上人',今改。案:此見《世説·言語》篇,至'綱

172

（原作綱）目不疏’止，無文帝出游以下事。”周《輯》：“此條據《續談助》，原注：‘出《世說》。’所叙係二事，故分爲二條。前一條見《世說》第二《言語》篇，因取以參校。後一條《世說》無，不知采自何書。關於劉楨因平視甄后獲罪及被赦經過，張隱《文士傳》載之甚詳，兹録全文於下：‘劉楨，字公幹，少有才辯。嘗預魏文帝坐，見甄后不伏。武帝怒，配上方。武帝嘗輦至上方觀作者，楨固匡坐，正色摩石，不仰。帝問曰：石何如？楨因得喻己自理，乃跪曰：石出自荊山懸岩之巔，外有五色之章，内有含和之性，磨之不瑩，雕之不增美；禀氣堅貞，受兹自然。顧其理，枉屈紆繞，猶不得申。武帝顧左右大笑，即日還宫，赦楨，復署吏。’”按：周氏引《文士傳》又見此條《世說》劉孝標注，乃引自《典略》。劉孝標注云：“諸書或云楨被刑魏武之世，建安二十年病亡，後七年文帝乃即位，而謂楨得罪黄初之時，謬矣。”

97　魏王北征蹋頓，①升嶺眺矚，見一岡，不生百草。②王粲曰：“此必古冢。其人在世服生礜石，③熱蒸出外，故草木焦滅。”遽令鑿看，果是大墓，礜石滿塋。一說：粲在荆州，從劉表障山而見此異。魏武之平烏桓，④粲猶在江南，以此言爲譌。⑤

【疏證】

①周《輯》：“魏，原誤作‘韓’，據《異苑》改。蹋頓，原作‘踰’。余嘉錫謂：‘蓋傳寫脱“頓”字，淺人不曉，妄改“蹋”爲“踰”，今從《異苑》七改。’”范崇高《〈殷芸小説〉校注瑣議》：“‘蹋’寫作‘踰’，並非淺人有意妄改，實因‘踰’乃‘蹹’之形近誤字，而‘蹹’又是‘踏、蹋’的異體，《集韻》入聲合韻：‘踏，踐

也。或作踚、蹋。'可證。引此，'踚'與'蹋、踚、踏'這組異體字在古籍中常常形成異文，如晋郭璞《游仙詩》：'手頓羲和轡，足蹈閶闔開。'蹈，《藝文類聚》卷七八引作'踚'；《初學記》卷二三引作'踏'。南朝齊陸杲《係觀世音應驗記·釋道冏道人》：'俄頃之間，三人又没。道冏亦俱在冰上，進退必死。本既精進，因念觀世音。於是覺脚下如踚柱物，得以不陷。'脚下如踚柱物，《觀音義疏》卷上作'脚如踏板'。同上《超達道人》：'天曉，虜騎四出追之。超達知行不免，因伏住草中，騎來踚草，並歷邊不見。'踚草，《法苑珠林》卷五一引《梁高僧傳》作'蹋草'。《文苑英華》卷二〇〇梁費昶《行路難》之二：'我昔初入椒房時，詎減班姬與飛燕，朝踏金梯上鳳樓，暮入瓊鈎息鸞殿。''踏'下舊注云：'一作踚。'《殷芸小説》此段文字又見於《異苑》卷七，其中'蹋頓'二字，《藝文類聚》卷八一引作'踚頓'；《太平御覽》卷五五九引作'踚頓'。'蹋''踚'爲異體；'踚'爲'踚'之形近誤字。"按：此作"蹋"字是，范説甚迂曲，其所引《超達道人》"踚草"，《法苑珠林》作"蹋草"；《小説》之"蹋頓"，《藝文類聚》作"踚頓"，則"踚""蹋"本形近易訛，何必定言"踚"乃"踚"之訛字。

② 百草，《異苑》作"草木"，考《藝文類聚》卷四十、卷八十一、《太平御覽》卷九百八十、《太平廣記》卷三百八十九等引《異苑》，俱作"百草"，疑今本《異苑》乃後人據下"草木焦滅"改之。

③ 余《輯》："礬，《異苑》作'礜'，下同。"周《輯》："礜石，原作'礬石'，據《異苑》改。礬石乃燒製明礬以供染物及製革之用。礜石也叫毒砂，即硫砒鐵礦，性熱，舊説謂凡産礜石的山谷，草木不生，霜雪不積，其中或有温泉。二者不容纏誤。"按：周説是，《本草綱目》云："礬石性氣與砒石相近，蓋亦其類也。古方礜石、礬石常相渾書，蓋二字相似，故誤耳。然礬石性寒無毒，礜石性熱有毒，不可不審。"礜石性熱，此云"熱蒸出外"，則本當作"礜石"爲是。諸家輯

本惟《鈎沉》作"礜石"。宋姚寬《西溪叢語》卷下云："據《本經》，礬石性寒，《異苑》云'熱'，蓋誤矣。"則宋時《異苑》已有誤"礜"爲"礬"者。

④ 周《輯》："'魏武'句，原作'曹武北征'，據《異苑》改。"按："曹武北征"與"魏武之平烏桓"一義，可不必改，從其舊可也。

⑤ 周《輯》："'以此'句，原作'以此爲然'，陸氏十萬卷樓叢書本作'以此爲言'。余嘉錫謂：'按粲既在江南，則安得向魏武以此爲言？作"然"亦未必是。《異苑》作"以此言爲譎"，蓋以後説駁前説之不足信，故詆其言爲僞譎也。'甚是，今據《異苑》改。"按：《異苑》原注："譎，一作'當'。"《藝文類聚》卷八一作"譎"，《太平廣記》卷三八九作"當"，若作"當"，則與此處"以此爲然"同，可不必改句也。

【綜説】

周《輯》："此條據《續談助》，原注：'出《異苑》。'因以《異苑》參校。"按：曹操北征在建安十二年（207），建安十三年，南征滅劉表，王粲歸曹操。唐慎微《證類本草》云："礜石生漢中山谷及少室，今潞州亦有焉。"烏桓處於遼東，則就時間及礜石産地而言，若此事爲實，當是王粲在荆州時事。

98　魏國初建，潘勗字元茂，①爲策命文。自漢武以來未有此制，勗乃依商、周憲章，唐、虞辭義，温雅與曲誥同風。於時朝士，皆莫能措一字。勗亡後，王仲宣擅名於當時，時人見此策美，或疑是仲宣所爲，論者紛紛。②及晉王爲太傅，臘日大會賓客，勗子蒲時亦在焉。③宣王謂之曰："尊君作封魏君策，高妙信不可及，吾曾聞仲宣亦以爲不如。④"朝廷之士乃知晶作也。

【疏證】

① 周《輯》："潘晶，《後漢書》及李尤《文章志》均云：'初名芝，改名晶。'《魏志》無傳，僅於《衛覬傳》後附寥寥數語，知他在建安末年爲尚書右丞，河南人，未提他有子名蒲，此條足補史傳之闕。"按：周氏云"李尤《文章志》""補史傳之闕"皆誤。且不論李尤無《文章志》一書，即便有之，李尤乃東漢順帝時人，其卒時潘晶未生，焉得有此之記。《三國志·魏志·衛覬傳》注引《文章志》："晶字元茂，初名芝，改名晶，後避諱，或曰晶。獻帝時爲尚書郎，遷右丞。詔以晶前在二千石曹，才敏兼通，明習舊事，敕并領本職，數加特賜。二十年，遷東海相。未發，留拜尚書左丞。其年病卒，時年五十餘。魏公九錫策命，晶所作也。晶子滿，平原太守，亦以學行稱。滿子尼，字正叔。……尼從子滔，字湯仲。《晋諸公贊》：滔以博學才量爲名，永嘉末，爲河南尹，遇害。"此記及潘滔卒事，所引《文章志》當是宋明帝所作。《志》中言晶子名滿，此處"蒲"字恐即"滿"字之訛。

② 紛紛，《鈎沉》、唐《輯》皆作"紛紜"，四庫本《御覽》作"紛紛"，《四部叢刊》三編影宋本《御覽》作"紛紜"，明何良俊《語林》卷七亦引有此，作"紛紜"。周氏據余氏書謄錄，故作"紛紛"，似當從宋本《御覽》改作"紛紜"。

③ 蒲，當作"滿"，見注一。

④ 聞，《鈎沉》、唐《輯》皆作"問"，四庫本《御覽》作"聞"，《四部叢刊》三編影宋本《御覽》作"問"。司馬昭不得問王粲，此"問"即讀作"聞"。然恐字本作"問"，作"聞"者，後人改之也。

【綜説】

余《輯》："《御覽》五百九十三引《殷洪小説》。案：殷洪不知何人，亦不聞別有此《小説》，此蓋是引《殷灌蔬小説》，傳寫脱去'蔬'字，又訛'灌'爲'洪'耳。"按：潘勗作策文在建安十八年（213），其時王粲早已以文名達天下，此言"勗亡後，王仲宣擅名於當時"，未必爲實也。

99　孫邕醇粹有素。魏武帝初置侍中，舉者不中選，遂下令曰："吾侍中欲得渾沌，渾沌氏，古之賢人也。"於是臣下方悟，遂舉邕，帝大悦。

【綜説】

余《輯》："《演繁露》二引。程大昌曰：'此語著於《釋稗》。《釋稗》訓之曰：世俗之俳言也，鶻者渾之入，突者㫰之入，渾者渾之去，沌者㫰之去也。用此言觀之，則謂愚無分别名爲鶻突，由來古矣。《釋稗》（此處原有"小書"二字）不書名氏，其書引王介父《解義》，即近世人也，或作陸農師。'今案：《宋志》小説類有孔平仲《釋稗》一卷，'稗'蓋'稗'之訛，疑大昌所引即孔氏書也。"按：此條不見它書，《鈎沉》、唐《輯》皆未收。《三國志・魏志・盧毓傳》："（毓）在職三年，多所駁争，詔曰：'官人秩才，聖帝所難，必須良佐，進可替否。侍中毓禀性貞固，心平體正，可謂明試有功，不懈於位者也。其以毓爲吏部尚書。'使毓自選代，曰：'得如卿者乃可。'毓舉常侍鄭沖，帝曰：'文和，吾自知之，更舉吾所未聞者。'乃舉阮武、孫邕，帝於是用邕。"即此事所本。

100　管寧避難遼東，還，①遭風船垂傾没，②乃思其嘗過，曰：③"吾曾一朝科頭，④三晨晏起。⑤今天怒猥集，⑥過必在此。"風乃息。⑦

【疏證】

①"還"上五字《紺珠集》《類説》《海録碎事》無。

②此句《紺珠集》原作"泛海遭船傾没"，余嘉錫云："舟既覆或傾没，則寧安得復思其過。《海録》引作'船欲覆'，《異苑》作'遭風船垂傾没'，未詳孰是。"周《輯》因據《異苑》改爲"遭風船垂傾没"。《紺珠集》《類説》作"泛海舟覆"，《海録碎事》作"泛海舟欲覆"，以此論之，《小説》原文恐有"泛海"二字，《異苑》亦有，周氏據《異苑》改而不用此二字，恐未必妥。此若依《海録碎事》作"泛海舟欲覆"，若依《異苑》當校作"泛海遭風，船垂傾没"，余氏所以未改者，正以兩説俱通，不能定也。

③"乃思"下，《紺珠集》《類説》《海録碎事》作"乃曰"。曰，原無，《鈎沉》、周《輯》皆據《紺珠集》諸書補。

④周《輯》："曾，《紺珠集》《類説》作'嘗'。"按：《異苑》及《海録碎事》引《小説》皆作"嘗"。

⑤晏，《海録碎事》作"宴"。

⑥余《輯》："《紺珠集》《類説》無此句。"按：《海録碎事》亦無。

⑦周《輯》："風乃息，原無，據《海録碎事》補。"按：此三字諸書引《異苑》並《紺珠集》《類説》引《小説》皆無，恐《異苑》本無此字。

【綜説】

周《輯》："此條據《續談助》，原注：'出《異苑》。'因以《異

178

苑》及引此條之《類説》《紺珠集》《海録碎事》等書参校。”

《三國志·魏志·管寧傳》：“天下大亂，（管寧）聞公孫度令行於海外，遂與（邴）原及平原王烈等至於遼東。”“文帝即位，徵寧，遂將家屬浮海還郡。”即此事之背景。《御覽》卷八六九引《傅子》：“管寧之遼東而歸，海中遇暴風，餘船皆破，唯寧船自若。夜晦，船人盡惑，莫知泊所，忽望見火光，趨之，得一島，無居人，又無火爐。行人咸異焉，以爲神光之祐。”皆言因神靈之佑而得安，或一事歧傳。

101　魏管輅嘗夜見一小物，狀如獸，手持火，向口吹之，將爇舍宇。輅命門生舉刀奮擊，斷腰。視之，狐也。自此里中無火災。

【綜説】

周《輯》：“此條僅見《太平廣記》四四七引，未注出自何書。查係出《三國志·魏志·管輅傳》。”按：《管輅傳》注：“中書令史紀玄龍，輅鄉里人，云：‘輅在田舍，嘗候遠鄰。主人患數失火，輅卜，教使明日於南陌上伺，當有一角巾諸生，駕黑牛故車，必引留，爲設賓主，此能消之。即從輅戒。諸生有急，求去不聽，遂留當宿，意大不安，以爲圖己。主人罷人，生乃把刀出門，倚兩薪積間，側立假寐。欻有一小物直來過前，如獸，手中持火，以口吹之。生驚，舉刀斫，正斷腰。視之，則狐。自此主人不復有災。’”又見《異苑》卷七，文有小異。《魏志》注、《異苑》文與此大異，《小説》恐別有所引。《初學記》卷二九引《管輅傳》：“夜有二小物，如獸，手持火，以口吹之。書生舉刀斫，斷腰。視之，狐也。自此無火災。”又見《白氏六帖》卷二九、《事類備要》別集卷七十八、《事文類聚》後集卷三十七。與此文字相近，或即《小説》所本。今《小説》與此不同者，恐後人有所篡改，如"向口吹之"之"向"未若作"以"爲上也。

102 王朗中年以識度推華歆，^①歆蠟日嘗與子姪宴飲，^②王亦學之。有人向張茂先稱此事，^③張曰："王之學華，蓋是形骸之外，^④去之所以更遠。"

【疏證】

① 周《輯》："中年，《世説》作'每'。"按：《藝文類聚》卷五、《太平御覽》卷三十三、《事類賦》卷六引《世説》並有"中年"二字，今本《世説》作"每"者，恐是後人所改。

② 周《輯》："與，《世説》作'集'。"

③ 周《輯》："稱，《世説》作'説'。"按：此句今本《世説》作"有人向張華説此事"，《藝文類聚》《太平御覽》《事類賦》引《世説》並作"有人向張茂先稱此事"，今本《世説》恐後人改之。

④ 周《輯》："蓋，《世説》作'皆'。"

【綜説】

周《輯》："此條據《續談助》，亦見《世説新語》第一《德行》篇，因取以參校。"

《世説·德行》篇此條下尚載："華歆、王朗俱乘船避難，有一人欲依附，歆輒難之。朗曰：'幸尚寬，何爲不可。'後賊追至，王欲舍所攜人。歆曰：'本所以疑，正爲此耳。既已納其自托，寧可以急相棄邪？遂攜拯如初世。'以此定華、王之優劣。"皆以王朗不及華歆。《魏志》陳壽贊云："鍾繇開達理幹，華歆清純德素，王朗文博富贍，誠皆一時之俊偉也。"蓋論品德華歆爲上，論文采王朗稱雄也。

103　華歆遇子弟甚整雅，^①閒室之内，儼若朝典。^②陳元方兄弟恣柔愛之道，而二門之中，^③兩不失其雍熙之軌度焉。^④

【疏證】

　　① 周《輯》："雅，《世説》作'雖'，屬下讀。"
　　② 周《輯》："儼，《世説》作'嚴'。"按：二字通。
　　③ 周《輯》："而，原無，據《世説》補。"按：此若補"而"字，恐上文"雅"亦應改爲"雖"，二字形近而訛。"雖閒室之内"之"雖"與下文"而二門之中"之"而"皆作承接辭用。
　　④ 周《輯》："其，《世説》無。度，《世説》無。"

【綜説】

　　周《輯》："此條據《續談助》，原注：'出《世説》。'見《世説》第一《德行》篇，因取以參校。"
　　《三國志·魏志·陳矯傳》載陳登語："閨門雍穆，有德有行，吾敬陳元方兄弟；淵清玉潔，有禮有法，吾敬華子魚。"華子魚即華歆，所贊與此條相似。

104　中華佛法，雖始於漢明帝，然經偈故是胡音。^①陳思王登漁山，臨東阿，聞巖岫有誦經聲，清婉遒亮，遠谷流響，^②肅然有靈氣，^③不覺斂襟祗敬，便有終焉之志。諸曹解音，以爲妙唱之極，即善則之，今梵唄皆植依擬所造也。植亡，乃葬此土。④

【疏證】

　　① 余《輯》："以上今《異苑》無。"

　　② 周《輯》："流響，原作'有流響'，據今本《異苑》刪。"

　　③ 周《輯》："有，原無，據今本《異苑》補。"按：以上兩處，余《輯》但於上句注云："今本《異苑》'有'字在'肅然'之下，文義較勝。"周氏則徑改之。

　　④ 余《輯》："末六字，今《異苑》無。"

【綜説】

　　周《輯》："此條據《續談助》，原注：'出《異苑》。'因以《異苑》參校。"

　　《水經注·濟水》："魏東阿王曹子建每登之，有終焉之志。及其終也，葬（魚）山西，西去東阿城四十里。"《元和郡縣志》卷十一："曹子建每登此山，有終焉之志，及亡，葬於山下。"《太平御覽》卷四十二引《西征記》："魚山臨河，神女智瓊與弦超會所。魏陳思王曹植嘗登此山，有終焉之志，遂葬其西，亦其封圍也。"又五百五十六引《述征記》："魚山臨清河，舊屬東阿。東阿王曹植每登此山，有終焉之志。植之所游，池沼、溝渠悉存，既葬於山西，有二石柱，猶存也。"皆言曹植葬於魚山之西，今《小説》作"乃葬此上"，未知《小説》本作此，抑或是後人所改也。

　　105　傅巽有知人之鑑，在荆州，①目龐統爲半英雄。②後統附劉備，見待次諸葛亮，如其言。

【疏證】

① 周《輯》："荆州，原作'房州'，據《三國志·魏志·劉表傳》注引《傅子》改。"按：余嘉錫但注"《傅子》作'在荆州'，此作'房'誤"而未改，周氏因而改之。所改是也，房州即房陵，唐貞觀十年（636）始改爲房州，殷芸不得知也。

② 周《輯》："目，《類説》作'巽曰'。"按：《類説》全文作："巽曰：'龐統爲半英雄。'""巽曰"二字是總上而言，非是"目"字作"巽曰"也。

【綜説】

周《輯》："此條據《續談助》，並以《類説》參校。原失注書名，查係出《三國志·魏志·劉表傳》注引《傅子》，因取以校勘。"按：殷芸所據未必出自《傅子》，不可因僅相類内容見於《傅子》，便言其出於此也。此又見《天中記》卷二十五、清王太嶽《四庫全書考證》卷六十二、《子史精華》卷一百二十八引《小説》，其文與《續談助》同，若"荆州"並誤作"房州"，則恐諸家所引或本於《續談助》也。

106　平原人有善治僂者，自云："不善，人百一人耳。"有人曲度八尺，直度六尺，乃厚貨求治。①曰："君且伏。②"欲上背踏之。僂者曰："將殺我！"曰："趣令君直，焉知死事？"

【疏證】

① 余《輯》："貨，粵雅本此下有'治'字，從陸本删。"

② 周《輯》："伏，原空格，疑爲'伏'字，暫補。"按：此不當

補，出校可也。《文苑英華辨證・自序》："叔夏年十二三時，手鈔《太祖皇帝實錄》，其間云'興衰治口之源'，闕一字，意謂必是'治亂'。後得善本，乃作'治忽'。三折肱爲良醫，信知書不可以意輕改。"《鈎沉》、余《輯》、唐《輯》皆未補，治古文獻者，最忌亂改字。今諸書所以多有誤字者，即因前人所改也。

【綜説】

　　周《輯》："此條據《續談助》，原注：'出《笑林》。'《笑林》已佚，魯迅《古小説鈎沉》輯得二十九條，此條亦從《續談助》輯出，故內容無一字差異，即空格亦然。又，《笑林》作者邯鄲淳爲魏人，故殷芸此條列入'魏世人'卷。"

　　107　俗説：①有貧人止能辦只瓮之資，②夜宿瓮中，③心計曰：④"此瓮賣之若干，⑤其息已倍矣。⑥我得倍息，⑦遂可販二瓮，⑧自二瓮化而爲四，⑨所得倍息，其利無窮。"遂喜而舞，不覺瓮破。

【疏證】

　　① 余《輯》："《淵海》無此二字。"按：《韻府群玉》亦無。
　　② 余《輯》："能辦，二字《淵海》無。之資，二字《淵海》無。"按："能辦"二字，《淵海》只作"販"，周氏亦承余説而誤。又：《群書通要》"能辦"下有"販"字，之資，《韻府群玉》亦無。
　　③ 此四字，《韻府群玉》無。
　　④ "曰"上"中心計"三字，《群書通要》作闕文。
　　⑤ 余《輯》："若干，二字《淵海》無。"

⑥ 周《輯》："矣，《記纂淵海》無。"按：此句《韻府群玉》無。

⑦ 周《輯》："'我得'句，《記纂淵海》無。"按：此句《韻府群玉》無。

⑧ 遂，《韻府群玉》無。

⑨ 余《輯》："《淵海》無'瓮'字。《淵海》無'爲'字。"按："自二"二字，《群書通要》爲闕文。此句《韻府群玉》作"自二化四"。"化"字，余《輯》、周《輯》原無，考《事文類聚》前集本有"化"字，因補。《事文類聚》《山堂肆考》並有"化"字。

【綜説】

余《輯》："《事文類聚》前集三十六引《小説》。《記纂淵海》八十四引《小計》，'記'即'説'之誤。案：此疑出《笑林》，故附於此。"周《輯》："此條據《事文類聚》前集，校以《記纂淵海》。施元之注蘇東坡《寄諸子侄》詩'他年汝曹笏滿牀，中夜起舞踏破甕'句云：'世傳小話：一貧士家惟一瓮。一夕，心念：苟富貴，當以錢若干營田宅、蓄歌妓。不覺歡適起舞，踏破瓮。'即據此條故事，知此傳説由來已久。原失注書名，余嘉錫疑出《笑林》，雖無確證，但就《笑林》内容體例觀之，似亦有可能。"按：此又見《事類備要》卷五十二、元佚名《群書通要》乙集卷六、元陰時夫《韻府群玉》卷十三、《山堂肆考》卷一百四十四，因據以參校。宋王十朋《東坡詩集注》云："俗説：有貧人止能辦販只甕之資，夜宿甕中，心計曰：'此甕買之若干，賣之若干，其息已倍矣。我得倍息，遂可販二甕，自二甕化而爲四，自四甕化而爲八，轉買轉賣，所得倍利無窮。'遂喜而舞，不覺甕破。"文與《小説》略同而較詳，未知即本於《小説》否。

108　董昭爲魏武重臣，①後失勢。文、明之世，②下爲衛尉。③昭乃厚加意於侏儒。④正朝大會，侏儒作董衛尉啼面，言昔太祖時事，⑤舉坐大笑。明帝悵然不怡。月中遷爲司徒。⑥

【疏證】

　　① 周《輯》："魏武，《御覽》四八八引作'魏武帝'。"

　　② 周《輯》："之，《語林》無。"

　　③ 周《輯》："下，《語林》作'人'。……以上四句，《御覽》三九一作'董昭失勢久爲衛尉'。"

　　④ 周《輯》："昭，《語林》無。"按：《御覽》三九一、四八八引《語林》並有"昭"字，周氏誤注。

　　⑤ 周《輯》："昔，原作'其'，據《語林》改。"按：《御覽》三九一引《語林》"言"作"敘"，無"昔"字。

　　⑥ 周《輯》："遷，《語林》作'以'，非。董昭乃是升遷，其遷司徒，在明帝太和四年（公元二三〇）。"按：《御覽》四八八引《語林》無"遷"字，"以"字自可通，存其舊可也。

【綜說】

　　周《輯》："此條據《續談助》，原注：'出《語林》。'因以《太平御覽》三九一及四八八引《語林》參校。内容是否事實，不得而知，即使爲小說家言，亦足備史傳以外之一說。"

　　《三國志·魏志·董昭傳》載文、明兩朝董昭事："文帝即王位，拜昭將作大匠。及踐阼，遷大鴻臚，進封右鄉侯。二年，分邑百户，賜昭弟訪爵關内侯，徙昭爲侍中。……五年，徙封成都鄉侯，拜太常。其年，徙光禄大夫、給事中。從大駕東征，七年還，拜太僕。……明帝即位，進爵樂平侯，邑千户，轉衛尉。分邑百户，賜一子爵關内侯。太和四年，行司徒事。"與此文"後失勢，文、明之世，下爲衛尉"不同。

衛尉在魏時猶爲九卿之一，處三公之下，衛尉遷司徒亦是一階之遷，則久爲衛尉何來失勢之説。考其原因，此蓋自曹魏之後，衛尉一職逐漸式微，東晋竟爲廢置，宋孝武帝時方復置，然其職權已絶不似兩漢曹魏之時。此恐晋以後淺人所作，不得以此增飾史傳也。

109　魏淩雲臺至高，^①韋誕書榜，即日皓首。^②榜有未正，^③募工整之。^④有鈴下卒，^⑤著履登緣，如履平地。疑其有術，^⑥問之，^⑦云：“無術，^⑧但兩腋各有肉翅，長數寸許。”^⑨

【疏證】

① 周《輯》：“魏，原無，據《類説》補。”

② 此句明天順刻本《紺珠集》作“即日皓”，四庫本作“即日鬢髮皓然”，《鈎沉》、余《輯》、唐《輯》皆據《類説》補“首”字，而未作説明。又“韋誕”兩句，《韻府群玉》《佩文韻府》無。

③ 周《輯》：“榜，原脱，據《類説》補。”按：天順刻本脱“榜”字，四庫本有。

④ 此句《韻府群玉》《佩文韻府》無。

⑤ 《韻府群玉》《佩文韻府》皆無“有”字。鈴，《韻府群玉》誤作“鈐”。

⑥ 余《輯》：“《類説》無此句。”

⑦ 余《輯》：“問，《類説》作‘詰’。”

⑧ 周《輯》：“無術，原無，據《類説》補。”按：自“疑其”至此九字，《韻府群玉》《佩文韻府》無。

⑨ 余《輯》：“《類説》無‘長’字、‘許’字，《紺珠》脱‘寸’字。”按：“但兩”兩句，《韻府群玉》《佩文韻府》作“蓋其兩腋各有

肉翅數寸"。

【綜説】

余《輯》："《紺珠集》。《類説》。案:《酉陽雜俎》九《盜俠》篇云:'魏明帝起淩雲臺,峻峙數十丈,即韋誕白首處。有人鈴下能着屐登緣,不異踐地,明帝怪而煞之,腋下有兩肉翅,長數寸。'與此蓋即一事。"周《輯》:"此條據《紺珠集》,校以《類説》。"按:此又見《韻府群玉》卷十三、《佩文韻府》卷六十三之十七,兩書文字相近,而與《紺珠集》《類説》有較大差異,疑別有來源,因以校之。又明陳繼儒《珍珠船》卷一亦載此,未云出處,考其文字,與《類説》近,或即轉引自《類説》也。

110　晋撫軍云:"何平叔巧累於理,嵇叔夜雋傷其道。"

【綜説】

周《輯》:"此條據《續談助》,原注:'出《郭子》。'魯迅已輯入《古小説鈎沉》,亦見《世説新語》第九《品藻》篇。除改'晋撫軍'爲'簡文'外,所語全同。"

111　王輔嗣注《易》,笑鄭玄云:①"老奴甚無意。②"於時夜分,③忽聞外閣有著屐聲,④須臾即入,⑤自云是鄭玄,⑥責之曰:"君年少,何以穿鑿文句,⑦而妄譏誚老子邪?"⑧極有怒色,⑨言竟便退。輔嗣心生畏惡,⑩經少時,乃暴疾而卒。⑪

【疏證】

① 周《輯》："笑，《幽明録》作'輒笑'。云，《幽明録》作'爲儒云'。"

② 無，《藝文類聚》卷七十九、《太平御覽》卷八百四十八引《幽明録》無。

③ 周《輯》："分，原作'久'，據《幽明録》改。"按：《錦繡萬花谷》別集卷二十三、《類説》卷十一引《幽明録》俱作"久"。

④ 周《輯》："忽聞，《幽明録》作'忽然聞門'。"按：《藝文類聚》引《幽明録》作"忽然聞"，《太平御覽》《錦繡萬花谷》《類説》同《續談助》，則本無"門"字。周氏據魯迅輯《鈎沉》而《鈎沉》本誤也。

⑤ 周《輯》："即入，《幽明録》作'進'。"

⑥ 周《輯》："是，《幽明録》無。"

⑦ 周《輯》："何以，《幽明録》作'何以輕'。"按：《御覽》《錦繡萬花谷》《類説》引《幽明録》並無"輕"字。又：穿鑿文句，《類聚》作"穿文鑿句"。

⑧ 周《輯》："'而妄'句，原作'而妄譏老子'，據《幽明録》改。"按：此不當改，義既通，存其舊可也。《御覽》作"而妄譏詆老子也"，《錦繡萬花谷》《類説》皆作"妄譏老子"。

⑨ 周《輯》："怒，《幽明録》作'忿'。"

⑩ 周《輯》："輔嗣，原作'而輔嗣'，據《幽明録》删。"按：義既通，當存其舊。

⑪ 余《輯》："《廣記》作'弼惡之，後遇癘而卒'。"周《輯》："乃暴疾而卒，《幽明録》作'遇病而卒'。"按：《鈎沉》輯《幽明録》作"遇厲疾卒"，用《類聚》文。《御覽》作"遇厲病而卒"，《錦繡萬花谷》《類説》作"暴卒"，無作"遇病而卒"，周氏校誤。

【綜説】

余《輯》:"原注:'出《幽明録》。'《續談助》。案:《廣記》三百
七十載此事,不著出處。"周《輯》:"此條據《續談助》,原注:'出
《幽明録》。'因以《幽明録》爲主校勘,其他類書引文與《幽明録》
異者均不取。内容荒誕不經,因鄭玄先曾注《易》,重儒不重道;王弼
注《易》,重道不重儒,弼又早死,遂附會而成此迷信之説。"按:《三
國志·蜀志·鍾會傳》注引何劭《王弼傳》云:"頗以所長笑人,故時
爲士君子所疾。"又云:"弼爲人淺而不識物情。"蓋王弼不知内斂藏
鋒,而多忤逆世人,且鄭玄爲大儒,門弟子衆多,王弼注《易》而多
非之,則固不見待於世人也。恰又短壽,世人因僞造此説以詆辱之。明
劉萬春云此事:"誠荒唐可笑,然近世有作文字或著論辨,毁聖詈賢而
不知懼者,觀此亦可少戒矣!"

112　景王欲誅夏侯玄,[①]意未決間,[②]問安平王孚云:[③]
"己才足以制之否?"孚云:[④]"昔趙儼葬兒,[⑤]汝來,半坐迎
之;太初後至,[⑥]一坐悉起。以此方之,[⑦]恐汝不如。"乃殺之。

【疏證】

① 余《輯》:"誅,《類説》作'殺'。玄,《類説》作'太初'。"
② 間,《類説》無。
③ 周《輯》:"安平王孚,原作'安王孚',據《晋書·宗室列
傳》改。"按:《類説》"云"作"曰"。
④ 《類説》"云"作"曰"。
⑤ 余《輯》:"儼,《類説》誤'嚴'。"
⑥ 余《輯》:"《類説》作'太初來'。"

⑦　余《輯》："方之，《類説》作'知之'，誤。"

【綜説】

　　余《輯》："原注：'出《語林》。'《續談助》。《類説》。案：《魏志·夏侯尚傳》注引《魏氏春秋》曰：'先是，司空趙儼薨，大將軍兄弟會葬，賓客以百數。玄時後至，衆賓客咸越席而迎。大將軍由是惡之。'裴松之以爲：'曹爽以正始五年伐蜀，時玄已爲關中都督，至十年爽誅滅後方還洛耳。案：少帝紀司空趙儼以六年亡，玄則無由得會儼葬。'因以《魏氏春秋》所叙爲近妄不實。今據此所引《語林》，則是趙儼葬兒，而非儼死會葬，無妨是正始五年太初未爲都督以前事，較《魏氏春秋》爲得其實矣。"周《輯》："此條據《續談助》，原注：'出《語林》。'因以魯迅《古小説鈎沉》輯《裴子語林》參校。"按：魯迅輯《語林》之此條，亦自《續談助》輯出，本是一書一文，何得"參校"之説。又：余氏引裴松之注引《魏氏春秋》一事，周氏變爲注，附在正文"恐汝不如"下，云出自《魏志·夏侯尚傳》，此正文、注文相混淆也。其末又云《魏氏春秋》所載"爲《語林》所本"，《魏氏春秋》乃孫盛撰，孫盛、裴啓生活年代相仿，且《魏氏春秋》作"趙儼薨"，《語林》作"趙儼葬兒"，差之大矣。言"所本"，恐失其實也。又：《韻府群玉》卷七下亦載此事，云出《類苑》。

　　113　鍾毓、鍾會少有令譽。年十三，魏文帝聞之，語其父繇曰：①"令卿二子來。②"於是敕見。毓面有汗，帝問曰：③"卿面何以汗？"毓對曰："戰戰惶惶，汗出如漿。"復問會："卿何以不汗出？④"會對曰：⑤"戰戰栗栗，汗不得出。⑥"又值其父晝寢，⑦因共偷服散酒。⑧其父時覺，且假寐以觀之。⑨毓拜而後飲，會飲而不拜。既而問毓：“何以拜?”⑩毓曰：“酒以成禮，不敢不拜。”又問會：“何以不拜?”會曰：“偷本非禮，所以不拜。”

【疏證】

① 周《輯》：“繇，《世説》作‘鍾繇’。”

② 周《輯》：“令卿，《世説》作‘可令’。”

③ 周《輯》：“問，《世説》無。”

④ 周《輯》：“出，《世説》無。”按：疑無“出”字是，“何以不汗”承上“何以汗”來，語義已足，不得復綴“出”字。或涉上文“汗出”、下文“汗不得出”之“出”而衍。

⑤ 周《輯》：“會，《世説》無。”

⑥ 周《輯》：“得，《世説》作‘敢’。”按：《太平御覽》卷三百八十六、《事文類聚》後集卷十八引《世説》仍作“得”，《御覽》卷三百八十七引作“敢”，蓋宋時《世説》此字已異。

⑦ 周《輯》：“又，《世説》作‘鍾毓兄弟小時’。其，《世説》無。”按：此因《世説》分爲兩條，故開頭處需補足主語。

⑧ 余《輯》：“散，《世説》作‘藥’，《書鈔》八十五引《世説》亦作‘散’。”周《輯》：“散，今本《世説》作‘藥’，乃後人妄改，不知散爲五石散。《北堂書鈔》八五引《世説》正作‘散’。”按：周說近是。《御覽》卷八四五、《事類賦》卷十七引《世説》並作“散”。

⑨ 周《輯》：“假，《世説》作‘托’。”

⑩ 周《輯》：“‘既而’二句，原作‘既問之’，據《世説》補。”按：周補爲上，上“何以汗”“何以不汗”相對爲句，此“何以拜”“何以不拜”相對爲句。

【綜説】

　　周《輯》：“此條據《太平廣記》一七九，亦見《世説新語》第二
《言語》篇，因取校。《世説》原分爲二條，《廣記》合二爲一，今仍分
爲二。”按：此不當分也，原本《世説》之“鍾毓兄弟小時”，《廣記》
以“又”字易之，是承上“鍾毓、鍾會少”而來，故當爲一段，今正
之。但未知是殷芸輯入《小説》時改之，抑或是李昉等編《廣記》時
改之。

　　114　鍾會撰《四本論》始畢，①甚欲嵇公看，②致之懷
中。③既詣宅，④畏其有難，⑤懷不敢相示，⑥出户遥擲而去。⑦

【疏證】

　　① 余《輯》：“本，原誤‘木’，據《世説》改。”按：《叢書集成
初編》收十萬卷樓叢書本作“本”，或是收録時已改正。

　　② 周《輯》：“甚欲，《世説》作‘甚欲使’。看，《世説》作‘一
見’。”

　　③ 周《輯》：“致之，《世説》作‘置’。”按：“致”有“置”義，
二字皆通。

　　④ 余《輯》：“《世説》作‘既定’。案：‘詣宅’與下‘出户’相
應，《世説》蓋誤也。”按：《太平御覽》卷三百九十五引《世説》作
“既詣定”，則“定”即“宅”之形訛，後人見“既詣定”不通，又删
去“詣”字。則非《世説》之誤，乃後人改《世説》之誤。

　　⑤ 周《輯》：“有，《世説》無。”按：《太平御覽》卷三百九十五
引《世説》有“有”字。

　　⑥ 余《輯》：“《世説》作‘懷不敢出’。”按：《太平御覽》卷三
百九十五引《世説》作“不敢相示”，卷三六五作“不敢出”。

⑦ 余《輯》："《世説》作'於户外遙擲，便回急走'。"

【綜説】

周《輯》："此條據《續談助》，亦見《世説新語》第四《文學》篇，故取以参校。"按：以上《御覽》引《世説》例之，今本《世説》恐多後人改易，不足以是正文字。

以上二則，恐皆小説家附會之言。鍾毓、鍾會年齡相仿，鍾會六歲之時，鍾繇卒，上條言年十三帝見之，已是其非。史載鍾會一見嵇康而有郤，鍾會因譖於司馬昭，嵇康從而被殺。據《世説》劉孝標注引《魏氏春秋》，鍾會見嵇康在得司馬師寵倖之後，鍾會時已三十餘，在朝顯赫，焉能行此遙擲之事。

115 鍾士季常向人道："吾少年時一紙書，人云是阮步兵書，①皆字字生義，既知是吾，不復道也。②"

【疏證】

① 《天中記》引《語林》"人"上有"與"字。
② 復，《天中記》引《語林》作"足"。

【綜説】

周《輯》："此條據《續談助》，原注：'出《語林》。'因取魯迅《古小説鈎沉》輯《裴子語林》参校。"按：魯迅此條即自《續談助》輯出，不能以之参校也。《天中記》卷三十七引《語林》略有小異，因以参校。考其文義，當是言鍾會年少時作書，向人稱是阮籍所作，世人因贊其字字生義，如此，則《天中記》"人"上有"與"字爲上。作

“復”者，言後既知是鍾會所作，則不復稱也；若作“足”，則是世人論其文不足稱道，兩説皆可。“皆字字生義”必非鍾會語，疑其仍有脱誤也。

116　阮德如每欲逸走，家人常以一細繩横繫户前以維之。每欲逸，至繩輒返，時人以爲名士狂。

【綜説】

余《輯》：“原注：‘出《世説》。’《續談助》。案：今《世説》無此事，《御覽》七百三十九亦引作《世説》。”周説同。按：《御覽》所引較此爲詳，兹録全文如下：“阮德如嘗與親友逍遥河側，嘆曰：‘大丈夫不能使僕從陷於河橋，非丈夫也。’坐者或曰：‘德如以高素致名，不應發此言，必將病之候。’俄而性理果僻，欲逸走，家人嘗以一細繩横繫之户前以維之，每欲出，礙繩輒反，時人以爲名士狂。”

117　阮德如嘗於厠見一鬼，①長丈餘，色黑而眼大，著白單衣，②平上幘，去之咫尺。德如心安氣定，徐笑而謂之曰：③“人言鬼可憎，果然如是！”④鬼赧而退。⑤

【疏證】

①　周《輯》：“阮，原無，據《幽明録》補。”

②　周《輯》：“白，《幽明録》作‘皁’。”按：《類説》卷十一、《太平廣記》卷三百一十八、《錦繡萬花谷》別集卷二十二引《幽明録》仍作“白”。

③ 周《輯》："而謂，《幽明録》作‘語’。"按：《廣記》引《幽明録》作"而謂"。

④ 周《輯》："如是，《幽明録》無。"按：《類説》《錦繡萬花谷》引《幽明録》有"如是"二字。

⑤ 周《輯》："‘鬼赧’句，《幽明録》作‘鬼即赧愧而退’。"按：此條《鈎沉》用《御覽》卷八百八十四引《幽明録》文，《類説》《廣記》《錦繡萬花谷》引《小説》並作"鬼赧而退"。

【綜説】

周《輯》："此條據《續談助》，原注：‘出《幽明録》。’因取《幽明録》參校。"

卷六　吴蜀人

118　桓宣武征蜀，[①]猶見諸葛亮時小吏，[②]年百餘歲。桓問：[③]“諸葛丞相今誰與比?”意頗欲自矜。[④]答曰：[⑤]“葛公在時，亦不覺異，自葛公歿後，[⑥]正不見其比。[⑦]”

【疏證】

①《天中記》“武”下有“溫”字，此句《資治通鑑補》《諸葛忠武書》作“桓溫征蜀”。

②唐《輯》：“猶見諸葛亮，《說郛》作‘猶見武侯’。”按：《天中記》《資治通鑑補》《諸葛忠武書》並作“武侯”。吏，《天中記》《諸葛忠武書》作“史”。

③余《輯》：“《續談助》作‘復聞’。”按：《鈎沉》、周《輯》皆據《說郛》改之，未出校。

④周《輯》：“欲，原無，據《說郛》補。”按：《天中記》《諸葛忠武書》並有“欲”字，《資治通鑑補》“自矜”作“自擬”。

⑤曰，《天中記》作“云”。

⑥余《輯》：“《說郛》無‘後’字。”按：《天中記》《資治通鑑補》《諸葛忠武書》並有“後”字，《說郛》蓋脫之。《資治通鑑補》《諸葛忠武書》無“葛”字。

⑦ "正"字，《天中記》《資治通鑑補》《諸葛忠武書》無。

【綜說】

余《輯》："原注：'出《雜記》。此卷並吳蜀人。'《續談助》。《説
郛》。"按：此又見《天中記》卷二十五，云出《雜記》；明嚴衍《資
治通鑑補》卷七十二、明楊時偉《諸葛忠武書》卷九，未云出處，文
有小異，因取以參校。

119　武侯躬耕於南陽，①南陽是襄陽墟名，非南陽
郡也。②

【疏證】

① 周《輯》："於，原無，據《困學紀聞》補。"
② 唐《輯》："郡，原誤'都'，今正。"

【綜説】

余《輯》："原注：'出《異苑》。'《續談助》。案：今《異苑》無
此條。又案：張澍引此條入《諸葛故事·遺迹篇》，又引《漢晉春秋》：
'諸葛亮家於南陽之鄧縣，在襄陽西二十里，號曰隆中。'澍案：'如習
氏説，則南陽非墟名明矣，《異苑》未可據。'"周《輯》："此條據
《續談助》，校以《困學紀聞》十。《續談助》原注：'出《異
苑》。'清張澍編《諸葛故事》第五'遺迹篇'引殷芸《小説》，亦云'出《異
苑》'，但今本《異苑》無此條，顯已經後人删削，非張澍所見之舊。
《諸葛故事》'遺迹篇'又引習鑿齒《漢晉春秋》云：'諸葛亮家於南
陽之鄧縣，在襄陽西二十里，號曰隆中。'又引盛弘之《荆州記》云：

'襄陽西北十里許，名爲隆中，有孔明宅。'余嘉錫引張澍《漢晉春秋》
條下按語：'澍案：如習氏説，則南陽非墟名明矣，《異苑》未可據。'
此按語頗可辟殷芸之誤。但今中華書局本《諸葛亮集》於張澍所引
《漢晉春秋》條下並無此一語，若係編者刪略，則《荆州記》條下張澍
按語'澍按，《元和郡縣志》：諸葛亮宅在襄陽縣東二十里'又何以存
而未刪，疑莫能明。"按：張澍引殷芸《小説》，云"出《異苑》"，乃
《小説》之注，非張氏注，周云"今本《異苑》無此條，顯已經後人刪
削，非張澍所見之舊"，誤也。又云張澍按語"頗可辟殷芸之誤"，殷
芸輯此條入《小説》者，正以其不可入正史，本非殷芸之誤也。據
《水經注・沔水》注及《御覽》卷一七七引盛弘之《荆州記》，習鑿齒
曾親歷其地觀孔明宅，則所著《漢晉春秋》當其所歷見之時，云"襄
陽墟"者，不可信。錢謙益注杜詩及清汪价著《中州雜俎》皆引《小
説》此事，亦轉引之文，因不據校。

120　襄陽郡有諸葛孔明故宅，①故宅有井，②深五丈，廣
五尺，曰葛井。③堂前有三間屋地，基址極高，云是避水臺。④
宅西有山臨水，⑤孔明常登之，鼓琴而爲《梁甫吟》，⑥因名此
山爲樂山。⑦嗣有董家居此宅，⑧衰殄滅亡，後人不敢復憩焉。⑨

【疏證】

　①周《輯》："郡，《襄陽記》無。諸葛，《襄陽記》無。"

　②周《輯》："故宅，《襄陽記》無。"

　③周《輯》："曰葛井，原無，據《襄陽記》補。"

　④周《輯》："避水臺，《襄陽記》作'避暑臺'，未知孰是。此
句下《荆州記》尚有'又有三顧門'句。"

⑤ 周《輯》："有山，《襄陽記》作'面山'，《荊州記》《水經注》作'背山'。"

⑥ 周《輯》："鼓琴，《襄陽記》作'鼓瑟'。"

⑦ 周《輯》："樂山，《水經注》：'沔水又東經樂山北。昔諸葛亮好爲《梁甫吟》，每所登游。故俗以樂山爲名。'"

⑧ 周《輯》："嗣，原作'先'，據《襄陽記》改。"

⑨ 周《輯》："《襄陽記》至此爲止。以下《水經注》又有'齊建武中，有人修井，得一石枕，高一尺二寸，長九寸，獻齊安王。習鑿齒又爲宅銘'六句，當係酈道元增飾，敘事顛倒。習鑿齒晉人，何得於南齊時爲諸葛亮宅銘?"

【綜說】

周《輯》："此條據《續談助》，原注：'出《襄陽記》。'因以張澍《諸葛故事》引習鑿齒《襄陽記》參校，復校以陳運溶、曹元忠所輯盛弘之《荊州記》及酈道元《水經注》。余嘉錫謂：'《隋志》有《襄陽耆舊記》五卷，習鑿齒撰。'余氏所謂《襄陽耆舊記》，當係人物志，非地理志之《襄陽記》，雖同爲習鑿齒撰，似不能認爲同一書。"按：《類說》卷二、《紺珠集》卷九皆有《襄陽耆舊記》，其中有"呼鷹臺""牽羊壇""搓頭鯿""玉屜青絲簡""冠蓋里""九卿山""竹𣕣"等條目，則《襄陽耆舊傳》非只爲人物志，亦且記山川風物也。其所載"阿承醜女"一條，《三國志·蜀志·諸葛亮傳》注引作《襄陽記》，則習鑿齒之《襄陽耆舊記》未必非《隋志》著錄之習鑿齒《襄陽記》也。惟《紺珠集》"千頭木奴"條首言出自《襄陽記》，則習鑿齒所撰《襄陽耆舊記》之前，別有亦《襄陽記》，不知《小說》注所云《襄陽記》，究竟是何本。周氏注文多有問題，今總而論之。其用《水經注》文，注五云《水經注》作"背山"，吾未見此條，考《水經注》卷二七有"沔水又東經武侯壘南，諸葛武侯所居也。南枕沔水，水南有亮壘，背山向水，中有小城，回隔難解”句，未知即此否。然所叙爲武侯壘，距諸葛亮故宅遠矣，本非一事。又注九引《水經注》文，吾搜以四庫本暨中華書局出王先謙校本，並無此語。惟卷二八有“後六十餘年，永平之五年，習鑿齒又爲其宅銘焉”句。《御覽》一七七引盛弘之《荆州記》：“齊建武中有人修井，得一石，枕高一尺二寸，長九寸，獻晉安王，習鑿齒又爲宅銘，今宅院見在。”與周引相類，或即此之誤。注四云《荆州記》有“又有三顧門”句，然《御覽》引《荆州記》並無此句，考雍正年間修《湖廣通志》卷七七載：“諸葛亮宅在縣西二十里。《南雍州記》：‘隆中……。《盛弘之記》云……。’舊志載因昭烈三顧草廬，有三顧門。”此云“舊志”，乃以往所修之志，非《荆州記》之文，恐是後人輯《荆州記》時誤收。又周氏注八改“先”爲“嗣”，然《御覽》引《荆州記》、《諸葛忠武書》卷九、《資治通鑑補》卷六十五並作“先”，周氏所據之《襄陽記》乃清人所輯，焉能據此以改之。

　　諸書載此事者，《初學記》卷八引《荆州記》：“諸葛亮宅有井，深四丈餘，口廣一尺五寸，壘塼如初。”（此又見《説郛》卷六一上輯劉澄之《梁州記》）《御覽》卷一七七引《南雍州記》：“隆中諸葛亮故宅有舊井一，今涸，無水。盛弘之《記》云：‘宅西有三間屋，基迹極高，云是孔明避水臺（《説郛》卷六一上輯《荆州記》作“避暑臺”）。先有人姓董，居之滅門，後無復敢有住者。齊建武中有人修井，得一石，枕高一尺二寸，長九寸，獻晉安王。習鑿齒又爲宅銘。今宅院見在。”皆可與此文相參也。

　　121　武侯與宣王治兵，[①]將戰，宣王戎服蒞事；使人密覘武侯，[②]乃乘素輿，葛巾，持白羽扇，指麾三軍，衆軍皆隨其進止。[③]宣王聞而嘆曰：[④]“可謂名士矣。[⑤]”

【疏證】

①周《輯》："'武侯'句，各書引《語林》均作'武侯與宣王在渭濱'，惟張澍《諸葛故事》卷二'遺事'篇引《語林》'宣王'均作'司馬懿'，與各書所引不同。裴啓晉人，何得直稱司馬懿名諱？當係張澍所改。"王達津《〈殷芸小說輯注〉獻疑》："'治兵'當作'合兵'，'治'爲'合'的訛字，合兵即會戰、交戰，否則語欠妥當。"按：王說不確，治兵即交戰之意。《國語·晉語四》："晉楚治兵，會於中原。"韋昭注："治兵，謂征伐。"

②周《輯》："覘，《初學記》《六帖》《太平御覽》《事類賦注》引《語林》或作'視'或作'觀'。余嘉錫謂：'諸書引《語林》《蜀書》皆作："使人視武侯"，此作"密覘"，於文義爲長。'按：《諸葛故事》引《語林》亦作'密覘'，是知《語林》原本不誤，乃引書者所改。"按：周氏取《鈎沉》所輯《語林》，而於魯迅注語有誤解。《鈎沉》於"指麾三軍"下注云："已上亦見《初學記》二十五、《六帖》十四、《事類賦注》十五。"實是言"持白羽扇，指麾三軍"八字又見此三書，餘文則未有。則三書本無"使人視武侯"句，則不得有"視"作"觀"之說。又《鈎沉》輯《語林》作"觀"字，用《書鈔》文，然吾以宋刻本、四庫本《書鈔》檢之，三引此句，皆無作"觀"者。未知魯迅所用別有版本抑或是有誤，周氏承之，不作說明，殊不妥當。周氏據張澍輯《諸葛故事》乃知《語林》原本不誤，《語林》久佚，張澍乃清人，不得見其原本。《藝文類聚》卷六七、《北堂書鈔》卷一一五、卷一一八、卷一四〇、《太平御覽》卷三〇七、卷六八七、卷七七四、《事類備要》外集卷三四、《事文類聚》續集卷三〇引《語林》皆作"視"，無作"密覘"者，則恐非"引書者所改"。此或是張澍所改。

③周《輯》："衆軍皆，原無，據《語林》補。"按：此句惟《書鈔》卷一三四引《語林》如此。

④ 周《輯》：“聞而，原無，據《語林》補。嘆曰，《諸葛故事》引《語林》下有‘諸葛君’三字，各書所引均無，當係張澍所增。”按：此處增“聞而”爲上，上言使人視，人回報，故曰“聞而嘆”。

⑤ 周《輯》：“矣，原無，據《語林》補。”

【綜説】

周《輯》：“此條據《類説》，校以《北堂書鈔》一一八、一三四、一四〇，《藝文類聚》六七，《初學記》二五，《六帖》一四，《太平御覽》三〇七、七〇二、七七四，《事類賦注》一五引《語林》。魯迅《古小説鈎沉》輯《裴子語林》於此條列舉以上各書所引甚詳，而於所輯殷芸《小説》中竟失録此條，殆因未據《類説》，不知《小説》中亦有此條故也。”按：周氏所據諸書，乃從《鈎沉》輯《語林》所引書目中録出，實未詳考諸書所引。惟云魯迅輯《小説》未用《類説》爲是。

122　孫策年十四，①在壽陽詣袁術，始至，而劉豫州到，②便求去。袁曰：“豫州何關君？③”答曰：“不爾，④英雄忌人。”即出，下東階，而劉備從西階上，但輒顧視之行，殆不復前矣。⑤

【疏證】

① 周《輯》：“孫策，《廣記》作‘吳孫策’，‘吳’字當係後人所加。”按：周説爲上，此卷題“吳蜀人”，不當復加“吳”字。

② 周《輯》：“而，《廣記》作‘俄而’，非。上文云‘始而（當作至）’，下文不能無一段插叙即接云‘俄而’。”按：周説未必是，《廣記》《御覽》引“語林”皆有“俄而”，惟《御覽》上無“始至”。“始

至"言先到，"俄而"言劉備後至，古人行文貴簡，文義自通耳。

③ 周《輯》："禹州，《廣記》作'劉豫州'。"

④ 周《輯》："爾，原無，據《廣記》補。"

⑤ 余《輯》："《御覽》三百八十三引《語林》作'但得轉顧視孫足行，殆不復前矣'，《廣記》作'但轉顧視孫之行步殆不復前矣（按：矣，《廣記》無）'，《御覽》爲長。此條'輒'字，蓋'轉'字之誤。"周《輯》："（余説）似可商榷：'輒'有每、常義，謂劉備常顧視孫策之足踵行步也，義亦可通。矣，原無，據《御覽》補。"按：此句恐有誤文，疑"之"即"足"之僞，足，俗或寫作"昰"，上闕則誤作"之"字。"但輒顧視足行"言二人但只視己足行而不看對方，故下言二人關係不如前。

【綜説】

余《輯》："原注：'出《語林》。'《續談助》。案：據《吳志》注，孫堅死時，策年已十八。又據《通鑒》，劉備之領豫州，在興平元年，是時策年二十矣，且備是年即領徐州，袁術未攻，遂爲讎敵，其間亦未必有至壽春見袁術之事。此蓋出於里巷傳聞，杜撰故事，以爲美談，不可信也。"周《輯》："此條據《續談助》，原注：'出《語林》。'因據《太平御覽》三八六、《太平廣記》一七四引《語林》參校。"按：孫堅興平元年（194）始從袁術，余説近是。

123　顧邵爲豫章，①禁淫祀，②毀諸廟。至廬山廟，一郡悉諫，不從。夜忽有人經開閤徑前，③狀若方相，説是廬山君，④邵要之入坐，⑤與邵談《春秋》。⑥燈火盡，⑦燒《左傳》以續之，鬼欲淩邵，邵神氣湛然，⑧鬼返和遜，⑨求復廟，邵笑而不答。⑩鬼怒曰："三年内，君必衰，當此時相報。"如期，邵果病，⑪咸勸復廟，邵曰："邪豈勝正?"終不聽，遂卒。⑫

【疏證】

① 余《輯》："顧邵，原作'顔邵'，《類説》及《事文類聚》作'顧邵'，案：顧邵，吴相雍子，見《吴志》。"按：余改是，《廣博物志》《群書類編故事》亦作"顧邵"。

② 余《輯》："《談助》無此三字，從《類説》及《類聚》增。"按：余改是，《廣博物志》《群書類編故事》並有此三字。

③《類説》《事文類聚》《廣博物志》《群書類編故事》無"開閤"二字，《廣博物志》《群書類編故事》又無"忽"字。按：《類説》《廣博物志》《群書類編故事》亦作"云"。

④ 余《輯》："説，《類聚》作'云'。"

⑤ 余《輯》："《談助》無此五字。"

⑥ 上兩句，《續談助》約爲"與邵談《春秋》"，《類説》《事文類聚》《廣博物志》《群書類編故事》皆作"邵要之入坐，與談《春秋》"，蓋上既有"邵"字，則"與"下不用"邵"。余既據補"邵要之入坐"，下"與邵談《春秋》"當删之。

⑦ 火，《類説》諸書無。

⑧ 余《輯》："《談助》無上九字，《類説》作'神氣甚烈'，今從《類聚》。"

⑨ 返，《續談助》《類説》作"反"。

⑩ 余《輯》："原無'邵'字。"按：《類説》諸書並有，所補爲上。

⑪《類説》"病"下有"篤"字。

⑫ 余《輯》："自'鬼怒曰'以下《談助》原無，從《類説》《類

聚》補。"

【綜説】

余《輯》："原注：'出《志怪》。'《續談助》。《類説》《事文類聚》四十八引。案：《廣記》二百九十三引《志怪》此節尤詳，多一百三十餘字。又案：《隋志》雜傳類有《志怪》二卷，祖臺之撰，《志怪》四卷，孔氏撰。"按：此條周氏見余氏云《廣記》所載尤詳，因取《廣記所載》爲底本，然《廣記》實只言出自《志怪》，本非取自《小説》也，不當從，因以余氏所輯爲底本出校。此又見《廣博物志》卷十四、明王螢《群書類編故事》卷十一引，雖或轉引，亦取以校之。除《廣記》外，明張鳳翼《夢占類考》卷十、清文行遠《潯陽蹠醢》卷六、趙一清《三國志注補》卷五十二亦引《志怪》，文與《廣記》相近，因未言出《小説》，故不出校。

《三國志·吳志·顧邵傳》："（顧邵）年二十七，起家爲豫章太守。下車祀先賢徐孺子之墓，優待其後；禁其淫祀非禮之祭者。小吏姿質佳者，輒令就學，擇其先進，擢置右職，舉善以教，風化大行。……在郡五年，卒官。"蓋邵在位禁淫祀，又卒於其官，當時所篤信巫鬼者因爲謠言以毀之耳。

124　豫章太守顧邵，①是雍之子。②邵在郡卒，③雍集僚友圍棋，④外啓"書信至"，⑤而無兒書，雖神意無變，而心知有故。⑥以爪掐掌，血流沾褥。⑦客散，⑧嘆曰："已無延陵之遺累，⑨寧有喪明之深責！⑩"於是割情散哀，⑪顔色自若。⑫

【疏證】

①　余《輯》："邵，原作'劭'。"

②　周《輯》：“是，原無，據《世説》補。”按：此不當補，《太平御覽》卷五一八引《世説》作“雍之子”，《事類備要》卷三十二、《事文類聚》後集卷七作“雍之子也”，則“是”字恐非《世説》所有，疑爲後人所加。

③　周《輯》：“‘邵在’句，原無，據《世説》補。”

④　周《輯》：“‘雍集’句，《世説》作‘雍盛集僚屬，自圍棋’。雍，原脱，據《世説》補。”按：補“雍”字是，若無，則主語爲顧邵矣。

⑤　周《輯》：“書，《世説》無。”

⑥　周《輯》：“‘雖神意’二句，《世説》作‘雖神氣不變而心了其故’。”

⑦　周《輯》：“‘以爪’二句，原作‘捉棋傷爪，指掌血流’，據《世説》改。捉棋何能傷爪，傷爪何致掌中流血？應以《世説》爲上。”按：余氏未改，注云：“《世説》作‘以爪掐掌，血流沾褥’，乃是悲極忍痛自掐。此言‘捉棋傷爪’，則是瞀亂之餘，不覺誤傷矣，兩者似同實異。”當以《世説》所載爲上，周氏改之，或可從。又《世説》“褥”字，《太平御覽》《事類備要》《事文類聚》引《世説》皆作“襟”，爲上，古人著長袍，下棋之時踞跪，不行棋時雙手置髀上，故流血而沾襟。作“褥”，則是手置褥墊之上。

⑧　周《輯》：“客散，《世説》作‘賓客既散’，下有‘方’字，屬下句。”按：《太平御覽》《事類備要》《事文類聚》引《世説》皆作“客散”，有“方”字。

⑨　余《輯》：“延陵之遺累，《世説》作‘延陵之高’。”

⑩　周《輯》：“深，《世説》無。”

⑪　周《輯》：“割，《世説》作‘豁’。”

⑫　周《輯》：“顔色，原無，據《世説》補。”

【綜説】

余《輯》："《類説》。案：事見《世説·雅量》篇，此所引蓋別是一書也。又案：《御覽》七百五十三引《語林》與此略同，但無'捉棋傷爪'八字。"按：周《輯》全承余説，但誤《御覽》七五三爲七三五，今不録。

125　沈峻，珩之弟也，甚有名譽，而性儉吝。[①]張温使蜀，與峻別，峻入内良久，[②]出語温曰：[③]"向擇一端布，欲以送卿，[④]而無粗者。"温嘉其能自顯其非。[⑤]

【疏證】

①　周《輯》："'沈峻'四句，《笑林》作'沈珩弟峻，字叔山（宋范成大《吳郡志》引作"字敬山"，"敬"字疑係形似而誤。沈珩既字仲山，衡諸伯仲叔季之次第，應字叔山，不應字敬山），有名譽，而性儉吝'。"

②　周《輯》："内，原無，據《笑林》補。"按：原文既通，不必改字，出校可也。下同。

③　周《輯》："語，原作'謂'，據《笑林》改。"

④　周《輯》："送卿，原作'相送'，據《笑林》改。"

⑤　周《輯》："自顯其非，《笑林》作'顯非'，《吳郡志》引《笑林》作'無隱'。"

【綜説】

周《輯》："此二條皆出《笑林》，魯迅《古小説鈎沉》輯《笑林》，合爲一條。因所叙係二事，今分爲二。上一事《殷芸小説》引之，見《續談助》。原注：'出《笑林》。'《藝文類聚》八五、《太平御覽》八二〇亦引之，注同。因以《續談助》爲主，校以《類聚》及《御覽》。下一事僅見《太平廣記》一六五，注'出《笑林》'。並未云出《小説》，因所叙同屬沈峻事，故一並輯入，以存其全。《御覽》《廣記》引文有不同處，均以魯輯爲準。余嘉錫謂：'《笑林》爲邯鄲淳著作，淳由漢入魏，不應書中多記吳事。考釋贊寧《筍譜》云："陸雲字士龍，爲性喜笑，著《〈笑林〉論》。"然則陸雲別有《笑林》，《隋志》不著録者，或即附入淳書之中。此兩條，蓋出自陸氏書也。'余氏所考證殊非：邯鄲淳爲潁川人，後漢末曾爲其師上虞長度尚撰《曹娥碑》，是其青年時代固嘗居吳越之間。獻帝初平中客荆州，在荆州達十餘年之久，曹操南下，荆州內附，始入魏。荆州與吳密邇，見聞甚切，記吳事何足異？陸雲性喜笑，故愛讀邯鄲淳《笑林》，所著《〈笑林〉論》，乃論述邯鄲淳之書，非自己別有《笑林》之著作，而爲《隋志》所不著録也。"按：周氏所云下條，文字爲："嘗經太湖岸上，使從者取鹽水；已而恨多，敕令還減之。尋亦自愧曰：'此吾天性也！'"既非《小説》文，因删去不論。周氏引余氏説，見下條注。周氏駁余氏所論非也，張温使蜀在黄武三年（224），撰《曹娥碑》在元嘉元年（151，見《後漢書》），初平（190—193）客居荆州，即以"十餘年"爲二十年計之，亦不過建安十八年（213），其時張温尚未使蜀，荆州與吳再密，邯鄲淳焉能得見其後之事。（吾所删下條，周氏云"僅見《太平廣記》"，亦非，其注所引宋范成大《吳郡志》即有之。）

126　沈珩守風糧盡，[①]從姚彪貸鹽百斛。[②]彪性峻直，得書不答，呼左右，[③]令覆鹽百斛於江中，[④]曰：[⑤]"明吾不惜，惜所與耳！"

【疏證】

① 珩，原作"玠"，余《輯》："《廣記》引《笑林》作'姚彪與張温俱至武昌，遇吴興沈珩守風糧盡'，與此作'沈玠'不同，據上條當以作'珩'爲是。《御覽》作'姚彪至武昌遇風，與沈浙江渚守風，粮用盡'，'浙'乃'珩'之誤字也。"周氏因而改之。

② 周《輯》："從，《笑林》作'遣人從'。"

③ 周《輯》："呼左右，《笑林》作'方與温談論，良久敕左右'。"按：此條《鈎沉》自《廣記》《御覽》輯出，《廣記》作"方與温談論，良久呼左右"，《御覽》作"敕左右"，《鈎沉》乃合在一起。

④ 周《輯》："'令覆'句，《笑林》作'覆鹽百斛著江水中'，《廣記》作'倒百斛鹽著江中'。"

⑤ 周《輯》："曰，《笑林》作'謂温曰'。"

【綜說】

余《輯》："《類說》。案：此出《笑林》，見《御覽》八百六十五及《廣記》一百六十五。《吴志·孫權傳》注引《吴書》：'珩字仲山，吴郡人，……以奉使有稱，封永安鄉侯，官至少府。'且言其少綜經藝，有專對才，不知姚彪何以惡之如此。又案：《笑林》爲邯鄲淳所著，淳由漢入魏，不應書中多記吴事。考釋贊寧《筍譜》云：'陸雲字士龍，爲性喜笑，著《〈笑林〉論》。'然則陸雲别有《笑林》，《隋志》不著録者，或即附入淳書之中。此兩條，蓋出自陸氏書也。"周《輯》："此條據《類說》，原注：'出《笑林》。'因以魯迅《古小説鈎沉》輯《笑林》及《太平御覽》八六五、《太平廣記》一六五引《笑林》參校。余嘉錫謂：'不知姚彪何以惡之如此。'查文中明言'彪性峻直'，蓋因沈珩善言辭，有專才對，爲孫權所寵信，故謂彪所深惡。文中云'明吾不惜，惜所與耳'，蓋謂沈珩非人，不欲以鹽貸之耳。足見其憾深矣。"按：《天中記》卷四十六亦引《笑林》，與《御覽》同，"珩"

亦誤作“浙”，恐即自《御覽》輯出也。宋沈作喆《寓簡》卷六、《韻府群玉》卷八下亦載此，皆未云出處，沈作喆論之曰：“彼以急病告，勿與則已矣，而惡聲以辱之，是爲絶物不仁甚矣。”余氏在《釋傖楚》（亦見《余嘉錫文史論集》）一文中論曰：“《笑林》，《隋》《唐志》皆題‘邯鄲淳撰’，淳在漢末事曹操，魏黃初中，官至給事中，未嘗入吳，而《類聚》卷八十五引有張温使蜀與沈峻别事，似非淳所能知。”亦皆持此《笑林》非邯鄲淳作觀點。《後漢書·列女傳》引《會稽典略》云邯鄲淳元嘉元年（151）作《曹娥碑》“時甫弱冠”，《三國志·魏志·王粲傳》注引《魏略》云邯鄲淳黃初（220—226）初爲博士給士中，張温使蜀在黃武三年（224），其時已八十餘，邯鄲淳恐不能取此事入《笑林》。疑《笑林》所載有後人所增益。周氏云因沈珩“善言辭，有專才對，爲孫權所寵信”因爲姚彪所惡，則姚彪但一善嫉之人，何來“峻直”之説。姚彪恐因它事而惡沈珩耳，未可妄揣也。

127 諸葛恪對南陽韓文晃，[①]誤呼其父字。晃曰：“向人子前呼其父字，[②]爲是禮邪？[③]”恪笑而答曰：[④]“向天穿針，不見天怒者，[⑤]非輕於天，意有所在耳。”

【疏證】

　　① 余《輯》：“南陽，《類説》無此二字。”

　　② 余《輯》：“《類説》無‘向’字，《談助》無‘子’字。”

　　③ 余《輯》：“爲是，二字《類説》無。”

　　④ 余《輯》：“笑而答，三字《類説》無。”

　　⑤ 余《輯》：“粵雅本《談助》無‘怒’字，從陸本補，《類説》亦無。”按：此“怒”字似不當補，《太平廣記》卷二百四十五引《啓

顏録》、《太平御覽》卷八百三十引《諸葛元遜傳》，皆無"怒"字。
余氏蓋以爲此言人向天穿針則無禮於天，故天應怒其人無禮也。然此實
言人向天穿針，天大而針小，然而人見針不見天者，以意在針而不在
天也。

【綜説】

周《輯》："此條據《續談助》，校以《類説》。"按：此條兩書皆
未注出處，《太平廣記》卷二百四十五引作《啓顏録》，《太平御覽》卷
八百三十引作《諸葛元遜傳》，《啓顏録》乃隋侯白撰，爲笑話集，以
此推之，是條或亦出自《笑林》。

128　孫權時，有人獲大龜，欲獻吳王，夜泊越里，纜舟
於大桑中。①宵中，②桑呼龜曰：③"勤乎元緒，奚事爾?④"龜
曰："我行不擇日，⑤乃遭拘繫，⑥然盡南山之薪，不能潰我。"
桑曰：⑦"諸葛元遜，必致相困，求我之徒煮汝，⑧計將安出?"
龜曰："子明無多言，⑨禍將及汝。"既至建業，諸葛恪諭權取
此桑烹之，⑩龜乃立爛。

【疏證】

　　① 纜舟，原無，據《箋注簡齋詩集》補。
　　② 宵中，原無，據《箋注簡齋詩集》補。
　　③ 桑，《箋注簡齋詩集》作"樹"。
　　④ "爾"下，《箋注簡齋詩集》有"也"字。
　　⑤ 余《輯》："《異苑》無此句。"

⑥　余《輯》："《異苑》作'我被拘繫'。"

⑦　桑，《箋注簡齋詩集》作"樹"。

⑧　余《輯》："煮汝，《異苑》無此二字，此可補其闕。"

⑨　余《輯》原無"明"字，云："《異苑》'子'下有'明'字，蓋亦桑樹爲字子明，猶之呼龜爲玄緒也，此疑脱誤。"按：《箋注簡齋詩集》亦有"明"字，恐《類説》脱之，今據補。

⑩　"諸葛""取此桑"五字，原無，據《箋注簡齋詩集》補。

【綜説】

余《輯》："《類説》。案：此出《異苑》三，但作删改。"按：唐《輯》亦用此文，周《輯》用《淵鑒類函》，周云："此條見《續談助》，原注：'出《異苑》。'惟《續談助》《類説》所引，均删節甚多，不可據。今本《異苑》首段亦有删節，僅《淵鑒類函》鱗介部龜二引《異苑》獨得其全，蓋清初館閣諸臣編《淵鑒類函》時，猶得見《異苑》原書也。因據爲底本，而以《續談助》《類説》及今本《異苑》參校。今本《異苑》除首段有删節外，其餘均與《淵鑒類函》所引大致相同，由此可見《續談助》《類説》二書引《異苑》此條時增删之迹。又，此條故事類似童話故事，内容荒誕不足信，但亦藉此可明龜名元緒及俗諺'老龜烹不爛，延禍于枯桑'之由來。晋郭邠《古墓斑狐記》載張華以千年華表木照狐變書生事，頗與此條相類，不知《異苑》是否襲此，或别有所出。"按：周氏所云，可商榷處頗多，今一一辨析之。首先，周氏云此條見《續談助》。《續談助》實無此文，余、唐並云出《類説》。又周云原注出《異苑》，余氏之"此出《異苑》三"乃自叙之語，非云《類説》本有注也。其次，周云《淵鑒類函》引《異苑》獨得其全，館閣諸臣猶見《異苑》原書。諸家引《異苑》者頗多，《水經注》卷四十、《藝文類聚》卷九十六、《太平廣記》卷四百六十八、《事類賦》卷二十四、《事文類聚》後集卷三十五並引《異苑》，文亦甚詳，不得云《淵鑒類函》"獨得其全"。考其文字，《淵鑒類函》所引與《藝文類聚》無只字之差，蓋轉引自是書也。再次，周氏云《類說》引《異苑》時有增删，安知非殷芸所增删歟？第四，周氏取《異苑》爲底本，然殷芸引諸書入《小説》本自有删節，非照録原文。輯佚之目的，乃儘量恢復原書之舊貌，豈能取《異苑》爲之。故周氏所輯，今棄而不用，仍以余氏所輯爲底本也。又：宋胡稚箋注本《增广箋注简斋诗集》（故宫博物院存元刻本）亦引有此，云出《商美小説》，"美"即"芸"之訛，文較不同，因取以校之。又：任昉《述異記》亦載有此文。

129　新淦聶友小兒貧賤，嘗獵，見一白鹿，射中之，後見箭著梓樹。

【綜説】

余《輯》："原注：'《怪心》。'《説郛》。案：'怪心'當是'志怪'之誤。又案：《搜神後記》八載此事較詳，且云：'吳聶友，字文悌，豫章新塗人。……位至丹陽太守。'今考友事迹見《諸葛恪傳》裴注引《吳録》，載其始末甚詳，知友是吳時人。"周《輯》："此條據《説郛》，原注：'出《志怪》。'但魯迅所輯各志怪書中均不載，卻見於今本《搜神後記》（托名陶謙撰）卷八。《説郛》所載，僅節引開頭一段，不詳其以後事，今録《搜神後記》此條全文於下，以供參考。文云：'吳聶友，字文悌，豫章新淦人。少時貧賤，常好射獵，見一白鹿，射之，中，尋踪，血盡不知所在。飢困臥一梓樹下，仰見所射鹿箭著樹枝，怪之。於是還家賷粮，率子弟持斧伐之，樹有血，遂截爲二板，牽置陂中，常沉，時復浮出。出，家必有吉。友欲迎賓客，常乘此板，或於中流欲没，客大懼，友呵之，復浮。仕官如願，位至丹陽太守。其板忽隨至石頭；友驚曰：“此陂中板來，必有意。”因解職還家，二板夾兩邊，一日即至。自爾後，板出或爲凶禍。今新淦北二十里餘曰封溪，有聶友截梓樹板捣牂柯（繫船木）處，旁有樟樹，乃聶友向日所載，枝葉皆向下生。’”按：《太平廣記》卷四百一十五引全文，云出《搜神記》，當是《搜神後記》之誤。《太平御覽》卷第七百六十七引云出《續搜神記》，卷第七百七十二引云出《豫章記》。又《太平廣記》卷三百七十四引此作：“新淦聶友少時貧，嘗獵，見一白鹿，射中，後見箭著梓樹。”下談愷注云：“原闕出處，明鈔本作出《宣室志》，今見《説郛》二五《小説》，引作《怪志》。”

130　孫皓初立，治後園，得一金像，如今之灌頂佛。未暮，皓陰痛不可堪。采女有奉法者，啓皓取像，香湯浴之，置殿上，燒香懺悔，痛即便止。

【綜説】

周《輯》：“此條據《續談助》，原注：‘出志咸《徹心記》。’余嘉錫謂：‘志咸當時僧名，《徹心記》未見著録，事見《高僧傳》一《康僧會傳》，視此爲詳，蓋亦采自志咸書也。’余氏所云《康僧會傳》，即《法苑珠林》卷十三之記載，隋侯白亦曾引《珠林》此條入其所纂《旌異記》中。南朝劉義慶《宣驗記》亦載其事云：‘吳主孫皓，性甚暴虐，作事不近人情。與采女看治園地，土下忽得一軀金像，形相麗嚴。皓令置像厠傍，使持屏籌。到四月八日。皓乃溺像頭上。笑而言曰：“今是八日，爲爾灌頂。”對諸采女，以爲戲樂。在後經時，陰囊忽腫，疼痛壯熱，不可堪任，自夜達晨，苦痛求死，名醫上藥，治而轉增。太史占曰：“犯大神所爲。”敕令祈禱靈廟，一禱一劇，上下無計。中宮有一宮人，常敬信佛，兼承帝之愛，凡所説事，往往甚中。奏云："陛下求佛圖未？"皓問："佛，大神邪？"女曰："天上天下，尊莫過佛。陛下前所得像，猶在厠傍，請收供養，腫必立瘥。"皓以痛急，即具香湯，手自洗像，置之殿上，叩頭謝過，一心求哀。當夜痛止，腫即隨消。即於康僧會受五戒，起大市（按：疑當作佛）寺，供養衆僧也。'此一事所以記載非一，津津樂道者，蓋緣南北朝時佛教盛行，故此類書亦風起雲湧，其内容正如魯迅在《中國小説史略》中所云：'大抵記經像之顯效，明應驗之實有，以震聳世俗，使生敬信之心。顧後世則或視爲小説。'"

史無載孫皓有奉佛事，孫皓爲人，暴虐殘肆，誅殺無辜，戮辱忠良，釋家若以其後奉佛喻佛教之廣化，殊爲自毀長城也。又《法苑珠林》卷九六載："宋文帝元嘉二十三年丙戌，是北魏太平真君七年，太武皇帝信任崔皓，邪佞諂諛，崇重寇謙，號爲天師，殘害釋種，毀破浮圖，廢棄法祀。諸臣僉曰：'康僧感瑞，太皇創寺。若也除毀，恐貽後悔。'又於後宮内掘地得一金像，皓乃穢之，陰處尤痛，叫聲難忍。太史卜曰：'由犯大神。'故於是廣祈名山，多賽祠廟，而疾苦尤重，内痛彌甚。有信宮人屢設諫曰：'陛下所痛，由犯釋像。請祈佛者，容可止苦。'皓曰：'佛爲大神耶？'試可求之，一請便愈，欣慶易心，乃以車馬迎康僧會法師，請求洗懺，從受五戒，深加敬重，方知寇謙陰用邪娛，乃加重罰，以置四郊，埋身出口。令四衢行人皆用口厠，以盡形命，徒黨之流，並皆斬決。至庚寅年，太武遭疾，方始感悟，兼有曇始白足禪師，来相啓發，生愧悔心，即誅崔皓。"與孫皓事相似，當即據孫皓事變來。

131　孫皓問丞相陸凱曰："卿一門在朝幾人？[①]"答曰：[②]"二相五侯，將軍十餘人。"皓曰："盛矣！[③]"凱曰："君賢臣忠，國之盛；④父慈子孝，家之盛；⑤今政荒民敝，⑥覆亡是懼，臣何敢言盛也？"

【疏證】

① 周《輯》："門，《世説》作'宗'。朝，《世説》作'朝有'。"
② 周《輯》："答，《世説》作'陸'。"
③ 周《輯》："矣，《世説》作'載'。"
④ 周《輯》："盛，《世説》作'盛也'。"
⑤ 周《輯》："盛，《世説》作'盛也'。"
⑥ 周《輯》："弊，《世説》作'敝'。"按：二字通。

【綜説】

　　周《輯》："此條據《類説》，亦見《世説新語》第十《規箴》篇，因據以參校。"按：《漢書·李尋傳》載李尋説王根："將軍一門九侯，二十朱輪，漢興以來，臣子貴盛，未嘗至此。"上六四條載袁安："後果位至司徒，子孫昌盛，四世三公焉。"兩漢魏晉門閥士族，根蔓枝延，宗族之中，往往多人位居要職，亦不甚怪。

　　132　有客相從，各言所志，或願爲揚州刺史，或願多貲財，或願騎鶴上升。其一人曰："腰纏十萬貫，①騎鶴上揚州。"欲兼三者。

【疏證】

① 十，《事類備要》作"千"。

【綜説】

周《輯》："此條據《淵鑒類函》鳥部三鶴三，小題‘上揚州’。亦見《佩文韻府》鶴字‘揚州鶴’條。原注：‘出《商芸小説》。’商芸即殷芸。各書均未見徵引。因其所記係揚州事，故附於此。"按：周氏云"各書均未見徵引"，非也，《事類備要》別集卷六十四、《事文類聚》後集卷四十二、《説郛》卷四十六下、《韻府群玉》卷十九、明胡我琨《錢通》卷三十、《天中記》卷五十八等書皆有此文，皆云出自《小説》。台灣學者黃東陽著有《"騎鶴上揚州"非〈殷芸小説〉佚文辨正》（《文獻》2007 年第 4 期）一文，力辨此條非《小説》文。其首段云《説郛》節録《小説》無此文，然四庫本《説郛》卻於末尾附有此條，即以此點論之，其觀點恐未必成立也。是條所出，或亦即《笑林》之類也。

卷七　晋江左人

133　王安豐云："山巨源初不見《老》《易》，而意暗與之同。"①

晋武帝講武於宣武場，②欲偃武修文。③山公謂不宜爾，因與諸尚書言孫、吳用兵本意。④遂究論，舉坐無不咨嗟。皆曰："山少傅乃天下名言。"⑤後寇盜蜂合，郡國無備，不能復制，⑥皆如公言。時以爲濤不學孫、吳，⑦而暗與理會。⑧王夷甫亦嘆其暗與道合。⑨

【疏證】

①　余《輯》："事見《世説·賞譽》篇，然文既小異，且是王夷甫，非王安豐，或今本誤也。"周《輯》："其時文既非小異，名亦當從之作王夷甫。"按：此句《世説》作："人問王夷甫：'山巨源義理何如？是誰輩？'王曰：'此人初不肯以談自居，然不讀《老》《莊》，時聞其咏，往往與其旨合。'"王安豐少山濤三十歲，王夷甫少山濤五十餘歲，似皆不得有此評。《晋書》言山濤年少時即性好《老》《莊》，每隱身自晦，此云初不見《老》《莊》，恐亦非事實。然既是傳説，作王安豐，作王夷甫，皆不得究其實也。此猶下文"天下名言"或諸尚書

219

言，或晉武帝言，皆傳聞異辭而已。周氏下條云未知孰是，不知此條何以確定其爲王夷甫之言也。

②周《輯》："宣武，原作'宣揚'，據《世説》改。余嘉錫謂：'考《世説·雅量》篇及《水經·穀水注》，均有魏明帝於宣武場搏虎事，知當作'武'，此涉下'場'字而誤。'是。《晉書·王戎傳》亦作'宣武'。"

③周《輯》："'欲偃武'下，《世説》有'親自臨幸，悉召群臣'八字。"

④"吳"本作"武"，余云："《世説》作'孫吳'，注云：'孫武，齊人；吳起，衛人。'此作'武'誤。"周《輯》從而改之。

⑤周《輯》："'遂究論'四句，原無，據《世説》補。《世説》注引《名士傳》云：'濤居魏晉之間，無所標明，嘗與尚書盧欽言及用兵本意。武帝聞之曰：山少傅，名言也。'可與此互證，惟發言者一作諸尚書，一作晉武帝，未詳孰是。"按：此四句當刪，語既通，不可妄補，出校可也。

⑥周《輯》："'後寇盜'三句，《世説》作'後諸王驕汰，輕遘禍難，於是寇盜處處蟻合，郡國多以無備，不能制服，遂漸熾盛'。"

⑦周《輯》："時以爲濤，《世説》作'時人以爲山濤'。"

⑧周《輯》："理，原無，據《世説》補。"按：此句本通，不當補，出校可也。"暗與會"即言暗與孫、吳會，《晉書》作"不學孫、吳闇與之合"，本無"理"字。

⑨周《輯》："嘆其，《世説》作'嘆云公'。"

【綜説】

余《輯》："原注：'出《世説》。此卷並晉江左人。'《談助》。案：此合《世説》兩事爲一條。"周《輯》："此條據《續談助》，原注：'出《世説》。'但《續談助》引文係合二事爲一，上一事出《世説·

賞譽》篇，……下一事出《世説・識鑑》篇，删節尤多。今仍分爲二，校以《世説》，正其謬誤。"

《晋書・山濤傳》："吳平之後，帝詔天下罷軍役，示海内大安，州郡悉去兵。大郡置武吏百人，小郡五十人。帝嘗講武於宣武場，濤時有疾，詔乘步輦從，因與盧欽論用兵之本，以爲不宜去州郡武備，其論甚精，於時咸以濤不學孫、吳而闇與之合。帝稱之曰：'天下名言也。'而不能用。及永寧之後，屢有變難，寇賊焱起，郡國皆以無備，不能制，天下遂以大亂。如濤言焉。"房玄齡著《晋書》，多取雜説傳聞入之，此或即用《世説》也。吳平在太康元年（280），山濤以太康四年正月卒，其間無講武宣武場事，《晋書・武帝紀》載太康四年十二月曾講武，其時山濤以卒。未知《晋書》有遺漏抑或此事本不足信也。

134　衞瓘云："吾前在中山郡無事，[①]高枕而已。"

【疏證】

① 前，原無。明天啓六年岳鍾秀刻本、四庫本均有，唐《輯》亦有，今補之。余氏所據《類説》乃文津閣傳抄本，未知本無抑或是有脱漏。周《輯》從余本。

【綜説】

周《輯》："此條僅見《類説》。《晋書》不載衞瓘在中山事，此條足補其闕。"按：衞瓘嘗任幽州刺史，未知即此事否？

135　裴令公姿容爽俊，[①]一旦有疾至困，[②]惠帝使王夷甫往看之。[③]裴先向壁卧，[④]聞王來，[⑤]強回視之。夷甫出，[⑥]語人曰：“雙眸爛爛如巖下電，⑦精神挺動，故有小惡耳。⑧”

【疏證】

① 周《輯》：“姿容爽俊，《世説》作‘有俊容姿’。”

② 周《輯》：“‘一旦’句，原作‘疾困’，據《世説》補改。”按：此不當改，出校可也。

③ 周《輯》：“惠帝，原作‘武帝’，誤。據《世説・容止》篇及《晉書・裴楷傳》改。武帝歿時，楊駿尚未被誅，八王之亂尚未發生，王夷甫尚未大用，裴楷亦未疾困瀕死，武帝何得使王夷甫往看裴楷？據《晉書》，明是惠帝無疑。之，《世説》無。”按：此雖以作“惠帝”爲上，然尚有另一可能。《御覽》卷三百六十七引《世説》亦作“武帝”，或《世説》本即誤作“武帝”，後人見作武帝不妥，乃改爲惠帝耳。

④ 周《輯》：“先，《世説》作‘方’。”按：此兩字雖俱通，然疑一字乃另一字之形訛。

⑤ 周《輯》：“來，《世説》作‘使至’。”

⑥ 周《輯》：“夷甫，《世説》作‘王’。”

⑦ 周《輯》：“雙眸爛爛如，《世説》作‘雙目閃閃若’。”按：《世説》之“若”，考《緯略》《御覽》引《世説》皆作“如”，則作“若”者，或是後人所改也。

⑧ 周《輯》：“‘故有’句，《世説》作‘體中故小惡’。”

【綜説】

周《輯》：“此條據《續談助》，原注：‘出《世説》。’見《世説新語》第十四《容止》篇，因據以參校。”

據《晉書・裴楷傳》，裴楷卒於永平元年（291），其事或在此年。

136 裴令公目王安豐："眼爛爛如巖下電。"

【綜説】

周《輯》："此條據《續談助》，原注：'出《語林》。'亦見《世説·容止》篇。《世説》注云：'王戎形狀短小，而目甚清炤，視日不眩。'足爲其證。惟裴楷目王戎之語，與上條王夷甫目裴楷之語全同，爲可異耳。"

《晋書·王戎傳》："王戎，字濬沖，琅邪臨沂人也。……戎幼而穎悟，神彩秀徹，視日不眩。裴楷見而目之曰：'戎眼爛爛如巖下電。'年六七歲，於宣武場觀戲猛獸……。"裴楷論王戎之時，當亦在王戎六七歲時，然裴楷不過長王戎三歲，其時止十歲左右，何得出此語？事殊可疑。

137 杜預書告兒："古諺：①'有書借人爲可嗤，借書送還亦可嗤。'"

【疏證】

① 余《輯》："諺，《類説》及《海録》並作'詩'，惟《淵海》作'諺'。案：《資暇集》引杜預語正作'諺'，今從之。"

【綜説】

余《輯》："《類説》。《海録碎事》十八引《小説》。《記纂淵海》四十六引《小説》。案：《資暇集》下引王府新書杜元凱遺其子書曰：'書勿借人。古人云古諺：借書一嗤，還書一嗤。'與此不同，'古人云'三字當是衍文。又案：嚴可均《全晋文》四十二《杜預集》內此書失收，而別有與子耽書曰：'知汝頗欲念學，令同還，車致副書可案録受之，當別置一宅中，勿復以借人。'嚴氏自注云：'梅鼎祚《文紀》引《玉府新書》，張采《晉文》亦有之，未知《玉府新書》是何代書也。'今案：《文紀》所録蓋即此書之上文，以《資暇集》所引合讀之，自知《玉府新書》亦即《王府新書》，其書雖不見於《隋》《唐志》，但既爲李匡乂所引，自是唐以前人所作，梅鼎祚蓋得之販稗，實未見原書，故其文不全。嚴氏云云，亦失考也。"周《輯》："關於杜預告兒書，歷來頗多異説，蓋亦借書還書，有何可嗤？故唐時已訛爲癡，宋時更訛爲瓻。宋孫宗鑑《東皋雜録》云：'唐李匡乂《資暇集》曰："借書，俗曰惜（周《輯》原誤作借）一癡，借二癡，索三癡，還四癡。"又按《玉府新書》："杜元凱遺其子書曰：書勿借人，古人云：古諺：借書一嗤，還書二嗤（此句周《輯》原脱）。後人更生其詞至三四，因訛爲癡。"《集韻》釋瓻字："酒器也，以借書。"謂借書饋酒一瓻，還書亦饋酒一瓻，故山谷從人借書有詩曰："勿辭借我千里，他日還君一瓻。"三説可兼而存之。恒惜《集韻》不載以瓻盛酒借書出何典故也。'"按：《酉陽雜俎》卷四云："今人云'借書還書，等爲二癡'，據杜荆州書告覎云：'知汝頗欲念學，今因還車致副，書可案録受之，當別置一宅中，勿復以借人。古諺云：有書借人爲嗤，借人書送還爲嗤也。'"段成式生活年代與李匡乂同時而略早（李匡乂生活年代參郁賢皓《唐刺史考》），則唐時雖有它説，時人亦能不自誤也。嗤、癡、瓻三説外，尚有"鴟"説，《事文類聚》別集卷三引嚴有翼《藝苑雌黃》："李濟翁（按：即李匡乂）《資暇集》云……。《緗素雜記》載此二事云：'癡之與嗤，其義同，儌書者之誤。'予謂此二字皆非。案：《唐韻》云：'瓻，丑饑切，酒器大者一石，小者五斗，古之借書以盛酒瓶。'則借書二瓻當用此字。或又用鴟字，鴟夷亦盛酒器也。所謂鴟夷滑稽，腹大如壺，盡日盛酒，人復借沽。蓋此物也。山谷詩亦用鴟字。"又據此引《唐韻》，則唐時"借書一瓻"之説已經出現，非周云宋時方訛也。

138　洛下有洞穴，深不可測。一婦人欲殺其夫，推墮穴中，此人顚倒良久方蘇。旁得一穴，行百餘里，覺所踐如塵，聞粳米香，啖之芬美。復遇如泥者，味似向塵。入一都郭，雖無日月，明逾三光，人皆披羽衣，奏奇樂。凡過此九處。有長人指柏下一羊，令跪捋羊須，得二珠，長人取之，後一珠，令啖之，甚得療飢。請問九處，答曰："問張華可知。"其人隨穴得出，詣華問之，云："如塵者，黃河下龍涎。泥是昆侖山下泥。九處地，仙名九館。羊爲癡龍。初一珠，食之，壽等天地；次者延年；後一丸，①充飢而已。"

【疏證】

①　後一丸，上作"後一珠"，《藝文類聚》卷九十四、《太平御覽》卷八百〇三、《事類賦》卷九引《幽明録》並作"後者"，疑"一丸"即"者"字之誤。

【綜説】

周《輯》："此條據《類説》。原出劉義慶《幽明録》，各書引者頗衆，有《法苑珠林》《初學記》《六貼》《藝文類聚》《太平廣記》《事類賦注》等，以《廣記》一九七引爲最詳，特移録《廣記》引原文如下：'洛中有一洞穴，深不可測。有一婦人欲殺夫，謂夫曰："未曾見此穴。"夫自過視之，至穴，婦推夫墜穴至底。婦擲飯物，如欲祭之。此人當時顚墜恍惚，良久乃蘇，得飯食之，氣力稍強。周惶覓路，乃得

225

一穴，匍匐從就，崎嶇反側。行數十里，穴小寬，亦有微明，遂得寬平廣遠之地。步行百餘里，覺所踐如塵，而聞粳米香，啖之芬美，過於充飢。即裹以爲糧，緣穴行而食此物。既盡，復遇如泥者，味似向塵，又齎以去。所歷幽遠，里數難測，就明曠而食。所齎盡，便入一都，郛郭修整，宮館壯麗，臺榭房宇，悉以金魄爲飾。雖無日月，明逾三光。人皆長三丈，被羽衣，奏奇樂，非世所聞也。便告請求哀，長人語令前去。從命進道，凡遇如此者九處。最後所至，苦告飢餒，長人入指中庭一大柏樹，近百圍，下有一羊，令跪捋羊鬚。初得一珠，長人取之，次捋亦取，後捋令啖食，即得療飢。請問九處之名，求停不去。答曰："君命不得停，還問張華當悉。"此人便復隨穴而行，遂得出交郡。往還六七年間，即歸洛，問華，以所得二物視之。華云："如塵者是黃河龍涎；泥是昆山下泥；九處地，仙名九館；羊爲癡龍；其初一珠，食之與天地等壽，次者延年，後者充飢而已。"'"按：此又見《金樓子》，文後尚有"因訴華云爲妻所苦，華乃取其妻而煮之"句，如此，事方首尾相銜。

139　張華有鸚鵡，[1]每出還，[2]輒說僮僕善惡。一日，[3]寂無言；華問其故，曰：[4]"被禁在甕中，[5]無因得知外事。"[6]忽云：[7]"昨夢不佳，所忌出外。"[8]華強呼至庭，[9]果爲飛鷹所擊，[10]僅獲見免。[11]

【疏證】

①　周《輯》："張華，《鐵圍山叢談》作'晋張華'。鸚鵡，《異苑》作'白鸚鵡'。"按：此卷本晋江左人，不得復有"晋"字，疑引者所加。

② 余《輯》："《異苑》作'華没出行還'。"

③ 一日，《異苑》作"後"。

④ 曰，今本《異苑》作"答曰"，《藝文類聚》卷九一、《太平御覽》卷四百六十引《異苑》皆作"烏云"。

⑤ 周《輯》："'被禁'句，《異苑》作'見藏籠（按：當作瓮）中'。"

⑥ 周《輯》："'無因'句，《鐵圍山叢談》作'無因得知'，並引至此止。"按：此句《異苑》作"何由得知"。

⑦ 周《輯》："忽云，《異苑》作'公後在外，令唤鸚鵡，鸚鵡曰'。"

⑧ "昨夢"句，《異苑》作"昨夜夢惡，不宜出户"。

⑨ 華強呼，《異苑》作"公猶強之"。

⑩ 周《輯》："飛鷹，《異苑》作'鷂'。所擊，《異苑》下有'教其啄鷂脚'句。"

⑪ "僅獲"句，《異苑》作"僅而獲免"。

【綜説】

周《輯》："此條據《類説》，原出劉敬叔《異苑》卷三，宋蔡絛《鐵圍山叢談》曾引之，因並以參校。"

140　張華與友人飲九醖酒，頗同酣暢。華每醉，①令左右轉側，則必安泰。至明，華忽思友人夜來必死，急問之，果腹穿，腸流牀下，蓋不轉側耳。

【疏證】

① "華"字原無，《類説》本有，今補。

【綜説】

余《輯》："《類説》。案：事見《廣記》二百二十三，而文字大異。《廣記》引作《世説》，今《世説》無此事，蓋出於《幽明録》，以其同爲劉義慶所作，因而致誤耳。"周《輯》："此條據《太平廣記》二三三，校以明鈔本《類説》。《廣記》原注：'出《世説》。'余嘉錫謂云云。余氏語殊欠考，類書引《幽明録》雖常作《世説》，但魯迅《古小説鈎沉》輯《幽明録》無此條，琳琅秘室叢書本及虞山錢氏也是園藏述古堂舊抄本《幽明録》中亦無此條，是知原出《世説》，惟今本《世説》經後人删削改竄，已非原書之舊耳。"按：周氏以《太平廣記》引《世説》爲底本，甚爲不妥，《廣記》未云出自《小説》，焉能僅因文字多而用之，因仍以《類説》所載爲底本，不用周《輯》。又周氏駁余氏甚是，《北堂書鈔》卷一百四十八、《太平御覽》卷三百七十一、卷四百九十七並引有此條，云出《世説》，則恐今本《世説》脱之也。

王嘉《拾遺記》卷九載："張華爲九醖酒，以三薇漬麴蘖，蘖出西羌，麴出北胡。胡中有指星麥，四月火星出，麥熟而獲之。蘖用水漬麥三夕而萌芽，平旦雞鳴而用之，俗人呼爲'雞鳴麥'。以之釀酒，醇美，久含令人齒動。若大醉，不叫笑搖蕩，令人肝腸消爛，俗人謂爲'消腸酒'。或云醇酒可爲長宵之樂，兩説同而事異也。閭里歌曰：'寧得醇酒消腸，不與日月齊光。'言耽此美酒，以悦一時，何用保守靈而取長久。"或即此事所本。

141　魏時，殿前鐘忽大鳴，①震駭省署。②華曰："此蜀銅山崩，③故鐘鳴應之也。④"蜀尋上事，果云銅山崩，時日皆如華言。⑤

【疏證】

① 鐘忽大鳴，《異苑》作"大鐘無故大鳴"，下注："或云'不扣

自鳴’。”

②“震駭”句，《異苑》作“人皆異之以問張華”。

③蜀，《異苑》作“蜀郡”。

④也，《異苑》作“耳”。

⑤“蜀尋”三句，《異苑》作“尋蜀郡上其事，果如華言”。此句下周氏總注云：“世人有認爲這裏所説的故事就是‘銅山西崩，洛鐘東應’成語的出典。但漢武帝時東方朔已有‘銅山西崩，洛鐘東應’之語，見《漢書》，似非出自張華。”按：《漢書》無此，詳見下疏。

【綜説】

周《輯》：“此條據《太平廣記》一九七。原出《異苑》卷二，因據以參校，文字小有異同，不具引。”按：周氏既云“據以參校”，又云“不具引”，自相矛盾。今以四庫本《異苑》校之。又此文作“魏時”，《劉子·類感》篇云“銅山崩蜀，鐘鳴於晉”，《魏志·張淵傳》有“晉鐘之應銅山”，則俱云晉時，未詳孰是。

山崩鐘應事，上周注云或屬之伍子胥，此又或屬之漢樊應，事俱見《世説·文學》篇“銅山西崩，靈鐘東應”劉孝標注引《東方朔傳》曰：“孝武皇帝時，未央宮前殿鐘無故自鳴，三日三夜不止。詔問太史待詔王朔，朔言恐有兵氣。更問東方朔，朔曰：‘臣聞銅者山之子，山者銅之母，以陰陽氣言之，子母相感，山恐有崩弛者，故鐘先鳴。《易》曰：“鳴鶴在陰，其子和之。”精之至也。其應在後五日内。’居三日，南郡太守上書言山崩，延袤二十餘里。”引《樊英別傳》曰：“漢順帝時，殿下鐘鳴。問英，對曰：‘蜀銅山崩，山於銅爲母，母崩子鳴，非聖朝災。’後蜀果上言山崩，日月相應。”三事當同出一源。《後漢書·樊英傳》：“嘗有暴風從西方起，英謂學者曰：‘成都市火甚盛。’因含水西向漱之，乃令記其日時。客後有從蜀來，云：‘是日大火，有黑雲卒從東起，須臾大雨，火遂得滅。’於是天下稱其術藝。”

銅山崩事屬樊英或即因此事附會而來。《東方朔傳》《樊英別傳》之作時皆不能知，故三事究竟孰先孰後，難以定之。

142　中朝時，有人畜銅澡盤，^①晨夕恒鳴如人扣。以白張華。華曰："此盤與洛鐘宮商相諧，宮中朝暮撞，^②故聲相應。^③可鑢令輕，^④則韻乖，^⑤鳴自止也。"依言，即不復鳴。

【疏證】

①《鉤沉》"有人"上有"蜀"字，或涉上文"蜀銅山"之"蜀"而衍。

②"撞"下，《廣博物志》有"鐘"字。

③相，《駢志》無。

④鑢，《廣博物志》作"錯"。

⑤周《輯》："乖，錯亂。"按：此"乖"字當作"違"解。

【綜說】

周《輯》："此條據《太平廣記》一九七。原出《異苑》卷二，文同。"按：今本《異苑》與《小說》文略有小異。《說郛》卷四十六下、《天中記》卷二十五、《駢志》卷四、《廣博物志》卷三十五引此，皆云出《小說》，因以校之。考《博物志》引，"撞"下有"鐘"字，"鑢"作"錯"，與今本《異苑》合，疑據《異苑》改之也。

此事與上一條山崩鐘應之事頗類，胡應麟云："必一事記者訛而二之。"可備一說。又唐韋絢《劉賓客嘉話》載："洛陽有僧，房中磬，日夜輒自鳴，僧以為怪，懼而成疾，求術士百方禁之，終不能已。曹紹夔素與僧善，乃笑曰：'明日設盛饌，余當為除之。'僧雖不信紹夔言，冀或有效，乃力置饌以待。紹夔食訖，出懷中錯，鑢磬數處而去，其聲遂絶。僧問其所以，紹夔曰：‘此磬與鐘律合，故擊彼應此。’僧大喜，其疾便愈。”所叙略同，或即因張華事變而來。

143　武庫内有雄雉，時人咸謂爲怪。華云：“此蛇之所化也。”即使搜除庫中，果見蛇蜕之皮。

【綜説】

周《輯》：“此條據《太平廣記》一九七。原出《異苑》卷二，文同。”按：今本《異苑》作：“晋中朝武庫内封閉甚密，忽有雄雛，時人咸謂爲怪。張司空云：‘此必蛇之所化耳。’即使搜庫中，雉側果得蛇蜕。”文有小異，不知周氏何以云“文同”。此又見《晋書·張華傳》。

梅堯臣《讀范桐廬述嚴先生祠堂碑》：“二蛇志不同，相得蓁莽裏。一蛇化爲龍，一蛇化爲雉。龍飛上亨衢，雉飛入深水。爲蜃得自宜，潛游江海涘。”即合此事及《周禮》“冰後五日，雉入大水爲蜃”爲之。

144　吳郡臨平岸崩，[①]出一石鼓，打之無聲。以問華。華曰：“可取蜀中桐材，刻作魚形，扣之則鳴矣。[②]”即從華言，聲聞數十里。

【疏證】

①　今本《異苑》“吳郡”上有“晋武帝時”四字，此蓋因承上數條言之，因而略去。

② 扣，今本《異苑》作"打"，《晋書·張華傳》及《水經注》卷四十、《初學記》卷五、《藝文類聚》卷八十八、《白氏六貼》卷九引《異苑》並作"扣"，則"打"或爲"扣"字形訛。

【綜説】

周《輯》："此條據《太平廣記》一九七。原出《異苑》卷二，文同。"按：今本《異苑》文與此略異。事又見《晋書·張華傳》。

145　嵩高山北有大穴空，[①]莫測其深。百姓歲時，每游其上。晋初，嘗有一人，誤墜穴中，[②]同輩冀其儻不死，試投食於穴。墜者得之爲糧，乃緣穴而行。可十許日，忽曠然見明。又有草屋一區，中有二人，對坐圍棋，局下有一杯白飲。[③]墜者告以飢渴，棋者曰："可飲此。"墜者飲之，氣力十倍。棋者曰："汝欲停此不？"墜者曰："不願停。"棋者曰："汝從西行數十步，有一井，其中多怪異，慎勿畏，但投身入井，當得出。若飢，即可取井中物食之。"墜者如其言。井多蛟龍，然見墜者輒避其路。墜者緣井而行，井中有物若青泥，墜者食之，了不復飢。可半年許，乃出蜀中。因歸洛下，問張華。華曰："此仙館；所飲者玉漿，所食者龍穴石髓也。"

【疏證】

① 唐《輯》在"空"上斷句，《類説》及諸書引《世説》皆無"空"字，疑"空"即"穴"之形訛。

② 誤，談愷刻本、四庫本並誤作“悮”，《鈎沉》、余《輯》、周《輯》並已正之，唐《輯》未正。

③ 周《輯》：“白飲，就是供飲用的白酒。”王達津《〈殷芸小説輯注〉獻疑》：“注白飲爲白酒似非。按：左思《吳都賦》‘舉白’注：‘白，杯也。’杯、白此處連用。”

【綜説】

余《輯》：“《類説》引云：‘嵩山有大穴，甚深。晋初有人誤墮穴中，中有草堂，二人圍棋，飲其人以白酒一杯。又行一大井，井旁有物如青泥，食之不飢。半年許，乃出。張華曰：所飲者玉漿，所食者龍腦石髓也。’案：事見《初學記》五、《御覽》三十九引劉義慶《世説》，蓋《幽明録》之誤，與《類説》所引互有不同，皆不如《廣記》之完備。又案：此與洛下洞穴一條大同小異，要皆因張華《博物志》所載‘有人乘槎至天河，得織女搘機石，以問嚴君平’事模擬爲之，以資談助，非事實也。”周《輯》：“此條據《太平廣記》一九七，校以明鈔本《類説》。”按：余氏云此條與洛下洞穴一條皆因嚴君平事演之而來，可備一説。惟云諸書引《世説》當爲《幽明録》之誤恐非，除《初學記》《御覽》外，《藝文類聚》卷七、《北堂書鈔》卷一八五、《白氏六帖》卷二、《廣記》卷十四、《事類備要》卷五、《事文類聚》卷十三皆引有此事，云出《世説》，或因此事不經，後人乃删之也。又：《搜神後記》卷一亦載有此事。

146 羊琇驕豪，搗炭爲屑，以香和之，①作獸形。

【疏證】

① 香，《御覽》卷四百九十三引《晋朝雜記》、卷八百七十一引

《語林》並作“物”。《語林》首有“洛下少林木炭，止如粟狀”句，意爲洛下缺乏木炭，其有者盡如粟般大小，藉此言其時洛陽木炭之貴也。而羊琇竟搗碎爲屑以爲獸，以此言其豪侈也。蓋淺人以木炭搗屑何侈之有，因改“物”爲“香”，因“香”言羊琇之侈也。

【綜説】

余《輯》：“原注：‘出《列傳》。’《續談助》。案：‘列傳’當作‘別傳’。《羊琇別傳》未見他書引用，若其事則見《御覽》八百六十一引《語林》。”周《輯》：“此條據《續談助》，惟删節過甚，使人不明羊琇搗炭爲屑和香作獸形究作何用。查此事見《太平御覽》八七一引裴啓《語林》，爰移録如下，俾讀者知晋初外戚之驕奢：‘洛下少林木炭（周原以“炭”字屬下句，今正之），止如粟狀。羊琇驕豪，乃擣小炭爲屑，以物和之，作獸形。後何召（周原誤作“吕”，何召即何劭，今正之）之徒共集，乃以溫酒；火既熱，猛獸皆開口向人，赫然。諸豪相矜，皆服而效之。’又《續談助》原注：‘出《列傳》。’《羊琇列傳》未見他書徵引，但實爲《晋書·外戚傳》‘琇性豪侈，費用無復齊限，而屑炭和作獸形以溫酒，洛下豪貴咸競效之’所本。”按：余氏多將《續談助》之《列傳》改作《別傳》，恐不妥。周氏云《晋書》所本於《羊琇列傳》，亦未必妥當。房玄齡修《晋書》，《語林》《晋朝雜記》（即《御覽》四九三引）當皆尚存，未必即取自《別傳》。

147　羊稚舒琇冬月釀酒，①令人抱瓮暖之，②須臾復易其人。酒既速成，味仍嘉美。③其驕豪皆此類。

【疏證】

① 稚，十萬卷樓本原誤作“雅”，《鈎沉》、唐《輯》皆已正之，

余《輯》未正。又"琇"字，《鈎沉》注："原注云'琇'。"周《輯》因以小字别之。然十萬卷樓本並未作注文，今仍置正文中。

　　② 周《輯》："之，《北堂書鈔》《御覽》七八五無。"按："暖之"二書作"爲暖"，語義本足，故無需綴"之"字。

　　③ 周《輯》："'酒既'二句，《御覽》二七作'速成而味好'。"

【綜説】

　　周《輯》："此條據《續談助》，原注：'出《語林》。'因以《北堂書鈔》一四八，《太平御覽》二七、七五八引《語林》參校。亦見《海録碎事》卷六，僅作：'羊稚舒冬月釀酒，令人抱瓮，速得味好。'"按：周氏校所用三書實取自魯迅《鈎沉》輯《語林》之注，恐並未詳考原文，如首句《書鈔》作"羊琇字稚舒，冬月釀酒"，《書鈔》《御覽》二書皆引至"抱瓮爲暖"止，周氏皆未出校。校注文字雖可藉他人書以明文字出處，本古籍校勘之一手段，然不詳核原文只用他人所注，恐不可取。諸書引《語林》，又見《白氏六帖》卷四、卷二十八、《御覽》卷四九三、《類説》卷二九等。又：此文唐李冗《獨異志》卷中有之，文作："魯羊琇，字雉舒，家富豪，秋冬月造酒，令人抱瓮，須臾易之，有頃便可熟。"

卷八　晋江左人

148　夏侯湛作《周詩》成，以示潘岳。① 岳曰：② “此文非徒温雅，乃別見孝悌之性。”岳因此作《家風詩》。③

【疏證】

① 周《輯》：“以，《世説》無。潘岳，《世説》作‘潘安仁’。”按：《藝文類聚》卷五十六引《世説》有“以”字（吾恐一本或有誤，乃以宋紹興本、四庫本並參之，二本同），《太平御覽》卷五百八十六、《海録碎事》卷七下引《世説》已無，則《世説》當本有此字，後脱之也。潘岳，《類聚》《御覽》同，《海録碎事》作“潘安仁”，則其改或在宋時。

② 周《輯》：“岳，《世説》作‘安仁’。”按：此蓋因後人既改上“潘岳”爲“潘安仁”，因改此爲“安仁”也。

③ 周《輯》：“岳，《世説》作‘潘’，作，《世説》作‘遂作’。”按：作，《晋書》及《類聚》、《御覽》引《世説》並作“遂作”。

【綜説】

余《輯》：“原注：‘出《世説》。此卷並晋江左人。’《續談助》。”周《輯》：“此條據《續談助》，原注：‘出《世説》。’見《世説》第四

236

《文學》篇，因據校。《晋書・夏侯湛傳》亦載此事，與本篇全同，而與《小説》小異，是知今本《世説》曾經後人改竄。"按：《晋書》比此多"遂"字，與《世説》同。夏侯湛、潘岳爲詩事，詳見《世説》劉孝標注。

149　石崇與潘岳同刑東市，^①崇曰：^②"天下殺英雄，君復何爲爾？^③"岳曰："俊士填溝壑，^④餘波來及人。^⑤"

【疏證】

① 周《輯》："石崇與潘岳，《語林》作'潘石'。"

② 周《輯》："崇曰，《語林》作'石謂崇曰'。"

③ 周《輯》："君，《語林》作'卿'。爾，《語林》無。"按：爾，天啓六年刻本《類説》作"者"。

④ 俊，原作"壯"，余《輯》："當從《語林》作'俊'。"周氏徑改之。按：所改是，考諸書引此皆作"俊"。俊，天啓六年刻本《類説》誤作"殺"。

⑤ 周《輯》："人，原作'我'，據《語林》改。"按：四庫本《類説》仍作"人"，天啓六年刻本《類説》作"我"，此作"人"是。考其改字之由，蓋以問語、答語皆五言句，後人因疑當韻，因改上"爾"字爲"者"，改此"人"字爲"我"。然殊不知音有今古，中古之時，"者"爲魚部，"我"爲歌部，本不相韻。

【綜説】

周《輯》："此條據明鈔本《類説》，亦見《世説》第三十六《仇隙》篇注引《語林》，因以《世説》參校。"按：周校實從《語林》。

金王鵬壽《類林雜説》卷八亦有此，文作："崇乃與潘岳同日斬於市，岳謂崇曰：'天下殺英雄，卿復何爲？'崇曰：'殺士滿溝壑，餘塵來及人。'"此兩人語互置。殊不知石崇以英雄自稱，潘岳亦稱石崇爲俊士，以此見潘之諂諛至死不改也。後人蓋以潘岳文名之美，石崇奢名之惡，因互換耳。又王原注："出《晉書》。"《晉書》實無此，當誤注。

150　孫子荆新除婦服，①作詩示王武子，②武子曰：③ "不知文生於情，④情生於文，⑤覽之凄然，生伉儷之重。⑥"

【疏證】

①　周《輯》："新，《世説》無。"

②　周《輯》："示，《世説》作'以示'。"

③　周《輯》："武子，《世説》作'王'。"按：《白氏六帖》卷六引《世説》作"王武子"，《事類備要》卷二十八引《世説》作"武子"。《晉書》作"濟"，上文作"以示濟"，《晉書》若用《世説》文，則改兩"武子"爲"濟"，以此論之，《世説》或本作"武子"也。今本作"王"者，亦恐乃後人改之。

④　周《輯》："不，《世説》作'未'，"

⑤　文生於情，情生於文，《世説》原注："一作'文於情生，情於文生'。"

⑥　周《輯》："生，《世説》作'增'。"

【綜説】

周《輯》："此條據《續談助》，原注：'出《世説》。'見《世説》第四《文學》篇，因取以參校。"按：此又見《晉書·孫楚傳》。

151　王武子左右人，^①嘗於閣中就婢取濟衣服，^②婢欲奸之。^③其人云：“不敢。”婢云：“若不從，^④我當大呼。”^⑤其人終不從，^⑥婢乃呼曰：^⑦“某甲欲奸我。”^⑧濟令殺之。^⑨其人具述前狀，^⑩武子不信。^⑪其人顧謂濟曰：^⑫“枉不可受，要當訟府君於天。”^⑬武子經年疾困。^⑭此人見形云：“府君當去矣。”遂卒。^⑮

【疏證】

①　周《輯》：“‘王武子’句，《廣記》作‘晋王濟侍者’。”

②　周《輯》：“閣，《廣記》作‘闈’，《類説》作‘門’。服，《廣記》作‘物’。”按：此以作“閣”爲上，《琴堂諭俗編》亦作“閣”，今本《還冤志》《法苑珠林》卷一百一十俱誤作“闈”。

③　周《輯》：“欲，《廣記》作‘遂欲’。”

④　周《輯》：“‘婢云’二句，《廣記》作‘婢言：若不從我’。”

⑤　周《輯》：“呼，《廣記》作‘叫’。”按：《類説》作“叫”，即“叫”字。此以作“呼”爲上，下文云“婢乃呼”正承此句來，《事類備要》《山堂肆考》《奩史》並作“呼”，蓋“呼”“叫”形近而訛。

⑥　周《輯》：“‘其人’句，《廣記》作‘此人卒不肯’。”

⑦　周《輯》：“乃，原無，據《類説》補。《廣記》作‘遂’。曰，《廣記》作‘云’。”按：補“乃”字是，《事類備要》《山堂肆考》《奩史》並有“乃”字。

⑧　周《輯》：“某，原無，據《廣記》補。我，原作‘己’，據《廣記》改。”范崇高《〈殷芸小説〉校注瑣議》：“原作‘己’也可通，可不必改。‘己’作爲己稱代詞，常用在間接引語中，如今之‘自己’；但有時用在直接引語中，指説話人自己，則相當於第一人稱代詞

'我'。如《搜神後記》卷四：'忽然婦及家人夢茂云："己未應死，偶悶絶爾，可開棺出我，燒車釭以熨頭頂。"如言乃活。'《異苑》卷五：'忽詣陳氏宅，言：是已舊宅，可見還，不爾燒汝。'本書中也見用例，如卷三（84條）：'賊既至，謂伯曰：大軍至此，一郡俱空，汝何人，獨止耶？伯曰：有友人疾，不忍委之，寧以己身，代友人之命。'己，《世説新語・德行》作'我'，義同。又卷五（112條）：'景王欲誅夏侯玄，意未決間，問安平王孚云："己才足以制之否？"孚云："昔趙儼葬兒，汝来，半坐迎之；太初後至，一坐悉起。以此方之，恐汝不如。"乃殺之。''己'的此類用法在《太平廣記》引《廣異記》中尤多，如卷一〇五'劉鴻漸'：'僧云：劉鴻漸是己弟子，持《金剛經》，功力甚至，其算又未盡，宜見釋也。'卷三三八'商順'：'順問：何以知己來？奴云：適聞郎君大呼某，言商郎從東來，急往迎。如是再三，是以畏之。'卷三七九'崔明達'：'元獎見明達，不悦，明達大言云：己事漢子，阿翁寧不識耶？'卷三八〇'金壇王丞'：'有頃，外傳王坐，崔令傳語白王云：金壇王丞是己親友，計未合死，事了願早遣，時熱，恐其舍壞。'皆其例。"按：范説是，《類説》《事類備要》《山堂肆考》並作"己"，既皆可通，不必改字。"某"亦不當補，"甲"即指"其人"之名，此乃婢之語，不當復有"某"字。

⑨　周《輯》："令，《廣記》作'即令'。"

⑩　周《輯》："'其人'句，《廣記》作'此人具陳説'。"

⑪　周《輯》："武子，《廣記》作'濟'。不信，《廣記》下有'教牽將去'。"按："教牽將去"之"教"，談愷本、四庫本《廣記》均作"故"，蓋周氏誤書。

⑫　周《輯》："其人，《廣記》無。顧謂濟，原無，據《廣記》補。"按：此句《事文類聚》本省作"曰"，文義自足，不當補，出校可也。

⑬　周《輯》："要，原無，據《廣記》補。"按：《類説》《事類備

要》《山堂肆考》皆無"要"字，句既可通，不當補。

⑭《山堂肆考》"武子"上有"由是"二字。

⑮ 周《輯》："'武子'四句，《廣記》作'濟乃病，忽見此人語之曰：'前具告實，既不見理，便應去。濟數日而死'。"

【綜説】

余《輯》："《類説》。《事文類聚》後集十六引。案：事見《廣記》一百二十九引《還冤記》，然顔之推生於殷芸之後，必非《小説》所引也。蓋其先已見他書，殷、顔同據之耳，今《還冤記》作'漢時王濟'，乃刻本之誤。"周《輯》："此條據《事文類聚》後集，校以《太平廣記》一二九及《類説》。"按：此又見《事類備要》卷五十四、《山堂肆考》卷一百二十，清王初桐《奩史》亦引之，至"濟令殺之"止，因並以參校。《廣記》非引自《小説》，故文多有異。此既多見它書徵引，周氏據《廣記》以校正文字，頗爲不妥。《法苑珠林》亦載此事，與今本《還冤志》略同，開篇並言"漢時王濟"，未知今本《還冤記》是否據此是正之也。又宋應俊《琴堂諭俗編》卷上亦載此事，考其文字，與《事文類聚》引《小説》相近，去《廣記》引《還冤記》較遠，未知即本自《小説》否。

152 吾彦爲交州時，①林邑王范熊獻青白猿各一口。②

【疏證】

① 余《輯》："吾，原作'伍'，今改。吾彦爲交州刺史，見《晋書·本傳》。"

② 余《輯》："范能，《晋書·林邑傳》作'范熊'。"周氏據此改之。

【綜説】

周《輯》："此條據崔龜圖注唐段公路《北户録》卷一引，他書均未見。"按：《隋志》有《交州雜事》九卷、《林邑國記》一卷，云《交州雜事》"記士燮及陶璜事"，未及吾彦，蓋不出自是書，未知即出自《林邑國記》否。

卷九 晉江左人

153 裴僕射頠，時人謂言談之林藪。

【綜説】

余《輯》：“原注：‘出《頠別傳》。此卷晉江左人。’《續談助》。案：《頠別傳》未見他書引用。”周《輯》：“此條據《續談助》，亦見《世説·賞譽》篇，文同。《續談助》原注：‘《頠別傳》。’余嘉錫謂：‘《頠別傳》未見他書引用。’此語殊不確。《晉書》列傳五《裴頠傳》載：‘樂廣嘗與頠清言，欲以理服之，而頠辭論豐博，廣笑而不言。時人謂頠爲言談之林藪。’可見臧榮緒編《晉書》時就曾引用過；《世説》所載，當亦出《頠別傳》，惟因《頠別傳》已佚，遂致無從證實耳。”按：周説不可從，劉義慶卒後近三十年殷芸方出生，焉知《頠別傳》不在劉義慶卒後才經人作出。且房玄齡修《晉書》，雖以臧榮緒所修《晉書》爲主要底本，又焉知此條非房玄齡後補之。況臧榮緒編修《晉書》之時，所見兩晉典籍尚多，又何必定取自《頠別傳》。況余氏云未見徵引者，言明稱引自《頠別傳》者，僅此一條而已，何不確之有。又：《世説》“裴僕射射”下無“頠”字，非全同也。

154 士衡在座，安仁來，陸便起去。潘曰：^①“清風至，塵飛揚。”陸應聲答曰：“衆鳥集，鳳皇翔。”

【疏證】

　①　余《輯》：“《説郛》作‘安云’。”

【綜説】

　　周《輯》：“此條據《續談助》，原注：‘出《語林》。’因據魯迅《古小説鈎沉》所輯《裴子語林》參校，並校以《説郛》。”按：魯迅《鈎沉》所輯《語林》即自《續談助》輯出，與此本爲一條，不得以之參校也。又：明查應光《靳史》有此文，稱引自《外紀》，未知是何書。

　155　士衡爲河北都督，①已遭間構，②内懷憂懑，聞其鼓吹，③謂司馬孫拯曰：④“我今聞之，⑤不如聞華亭鶴唳。⑥”

【疏證】

　①　唐《輯》：“爲，原無此字，今補。都，原誤‘郡’，今正。”
　②　周《輯》：“遭，《語林》作‘被’。”
　③　周《輯》：“聞其，《語林》作‘聞衆軍警角’。”
　④　拯，原作“游”。余《輯》：“當作‘拯’，孫拯，《晋書》附《（陸）機傳》。”唐《輯》：“游，一作‘拯’。”周《輯》：“謂，《語林》作‘謂其’。孫拯，原作‘孫游’，據《晋書》改。《世説·尤毁》篇作‘孫丞’，《北堂書鈔》作‘孫掾’，《御覽》作‘孫極’，均非。”按：周氏此注多襲余注（見下），《北堂書鈔》之“孫掾”，陳、俞本並作“孫極”，非止《御覽》作“孫極”也。周氏照録余説且不作考證、

説明，殊不恰當。

　　⑤　周《輯》："之，《語林》作'此'。"

　　⑥　周《輯》："聞，《語林》無。《世説·尤悔》篇引《八王故事》
曰：'華亭，吳由拳縣郊外墅也，有清泉茂林。吳平後，陸機兄先已
（按：此二字衍）弟共游於此十餘年。'按：陸機臨死前曾嘆息説：'華
亭鶴唳，豈得復聞乎？'殊不知他在被構陷後聞鼓吹聲有這嘆息，所以劉
孝標在注《世説·尤悔》篇引《語林》此條後説：'故臨刑而有此嘆。'"
按：《書鈔》"唳"作"鳴"，宋刻本《書鈔》"鳴"下有"也"字。

【綜説】

　　余《輯》："原注：'出《小史》。'《續談助》。案：《隋志》雜史類
有《小史》八卷，不著撰人，遺文僅見於此。又案：事見《世説·尤
悔》篇注，《書鈔》一百二十一、《御覽》三百三十八引《語林》。《世
説》注作'孫丞'，《書鈔》作'孫掾'，《御覽》作'孫極'，參互考
之，知皆'孫拯'之誤。"周《輯》："此條據《續談助》，校以《北堂
書鈔》一二一、《太平御覽》三三八引《語林》，並以《晉書·陸機
傳》參校。《續談助》原注：'出《小史》。'余嘉錫謂：'《隋志》雜史
類有《小史》八卷，不著撰人，遺文僅見於此。'查此條實出裴啓《語
林》，《語林》成書年代約在陸機被害後半個世紀，《小史》作者的生活
時代不會早於裴啓，當係襲自《語林》。"按：晏殊《類要》卷十三引
有《小史·王曇首傳》"元嘉四年車架出北堂"云云，然是書乃清人手
抄本，文字錯訛甚多，引文又見《宋書·王曇首傳》，未知《小史》即
《宋書》之誤否。又周云《小史》作者生活年代全屬推測之語，毫無依
據，其説不可從。《魏志·司馬熙傳》熙有"李斯憶上蔡黃犬，陸機想
華亭鶴唳"句，與李斯並言，則亦用臨死而嘆之事。臨死而嘆之説，
蓋在當時最爲盛行，此所以殷芸棄遭間而嘆之説不用也。

　　冥報之説，盡佛、道兩家取短壽者附會之，其誣自不待言，此即一

例也。然其勸善懲惡之意，亦有用於正世俗之澆漓，亦不可全廢之。

156　蔡司徒説：[①]"在洛見陸機兄弟，住參佐廨中，[②]三間瓦屋，士龍住東頭，士衡住西頭。"[③]

【疏證】

①　周《輯》："説，《世説》無。"按：《太平御覽》卷一百八十一、三百八十八引《世説》並有"説"字，或今本《世説》脱之。

②　廨，《鈎沉》、唐《輯》並無，余《輯》有之。考《四庫叢刊》三編影宋本、明萬曆刻本、四庫本《困學紀聞》並無，蓋余氏據《世説》補之。周承余文而未出校也。

③　周《輯》："《困學紀聞》所引不全，應據《世説》補足下文：'士龍爲人，文弱可愛；士衡長七尺餘，聲作鐘聲，言多忼慨。'"

【綜説】

周《輯》："此條據《困學紀聞》二〇，亦見《世説》第八《賞譽》篇，因據以參校。"按：清查慎行《補注東坡編年詩》卷三九、杭世駿《訂訛類編》卷二亦有此，一注蘇詩，一則論蘇詩，蓋皆轉引自《困學紀聞》。

157　後分華亭村南爲黄耳村，以犬冢爲號焉。

【綜説】

周《輯》："此條據《紹興雲間志》卷上'古迹'黄耳冢條及《至

元嘉禾志》卷十四引。據梁任昉《述異記》載：'陸機少時，頗好游獵，在吳，豪客獻快犬名曰黃耳。機後仕洛，常將自隨。此犬黠慧，能解人語。又嘗借人三百里外，犬識路自還，一日至家。機羈旅京師，久無家問，因戲語犬曰："我家絕無書信，汝能齎書馳取消息不？"犬搖尾作聲應之。機試爲書，盛以竹筒，繫之犬頸。犬出驛路，疾走向吳，飢則入草噬肉取飽。每經大水，輒依渡者弭毛掉尾向之，其人憐愛，因呼上船。裁近岸，犬即騰上，速去如飛，徑至機家，口銜筒作聲示之。機家開筒取書，看畢，犬又向人作聲，如有所求；其家作答書內筒，復繫犬頸。犬既得答，仍馳還洛，計人行程五旬，犬往還裁半月。後犬死，殯之，遣送還葬機村南，去機家二百步，聚土爲墳，村人呼爲"黃耳冢"。'按：明顧清《松江府志》卷二十一亦有，《嘉禾志》《松江府志》所引此段上下文皆與《紹熙雲間志》同，蓋皆本之。又此段文字突兀而來，《小說》絕不能只引此段。《雲間志》引《述異記》至"村人呼爲'黃耳冢'"止，其下接此段，《小說》本有此類內容。《述異記》無此句，後人因截取《小說》末段補之。

158　劉道真年十五六，[①]在門前戲弄塵，[②]垂鼻涕至胸。洛下少年乘車從門前過，曰：[③]"此少年甚垌堁。[④]"劉隨車後，[⑤]問"此言爲惡爲善？"答以"爲善"。[⑥]劉曰：[⑦]"若佳言，令你翁垌堁，[⑧]你母亦垌堁。[⑨]"

【疏證】

① 余《輯》："年，原作'言'，據《御覽》引《語林》改。"

② 弄塵，余《輯》作"鼻上"，云："《語林》作'弄塵'，此以字形相近，又涉下文而誤。"周《輯》："弄塵，余嘉錫改爲'鼻

上'，……殊非。'鼻'上與'弄塵'字形並不相近，無由致誤。蓋原作弄塵，屬上句，謂在門前戲弄塵土也。且'鼻上垂鼻涕至胸'，古代亦無此語法。"按：周說是，白居易《觀兒戲》有"韶齔七八歲，綺紈三四兒。弄塵復門草，盡日樂嬉嬉"句，弄塵、門草皆兒童之戲也。

③ 余《輯》："以上二十八字《紺珠》作'有人見劉道真曰'，《類說》作'洛下人見劉道真曰'。"按：《海録碎事》同《紺珠》。

④ 余《輯》："坰塠，《說郛》原注曰：'上呼回反，下徒推反。'《紺珠》作'咽喧'，《類說》作'蛔蜳'，後並同。"周《輯》："殆係形近而訛。'坰塠'二字，今已不能詳其義。"按：坰塠，《類說》實作"蛔蜳"，《海録碎事》作"咽塠"，《御覽》引《語林》作"塠屼"。據注，《紺珠》之"咽"當係訛字。坰塠，蓋腌臢不講衛生之義。少年，《類說》《御覽》引《語林》作"年少"。

⑤ 此句《紺珠集》《類說》《海録碎事》無。

⑥ 余《輯》："'劉隨'下，《紺珠》作'道問此言佳否，云佳'，《類說》作'劉問此言佳否，云善'。"按：《海録碎事》作"道真問此言佳否"，無答句，蓋脱。

⑦ 余《輯》："《紺珠》作'道真曰'。"按：《海録碎事》同《紺珠》。

⑧ 余《輯》："你翁，《紺珠》作'汝翁'，《類說》作'若翁亦'。"按：《海録碎事》同《紺珠》。

⑨ 余《輯》："你母亦，《紺珠》無'你'字、'亦'字。《類說》'你'作'亦'。坰塠，《紺珠》此下有'呼回、徒推反'五字，乃小注誤入正文。"按：《海録碎事》同《紺珠》。

【綜說】

周《輯》："此條據《說郛》，校以《紺珠集》《類說》。《說郛》原注：'出《雜記》。'實係襲自《語林》，因以《太平御覽》三八五引

《語林》參校。"按：此又見《海録碎事》卷八，除"坰埵"二字不同外，餘與《紺珠集》全同。考其文字，《紺珠集》《類説》《海録碎事》文字相近，或宋時《小説》本即此貌。余以《説郛》爲底本，周氏從之，然吾恐陶宗儀輯《説郛》時據《語林》校其文字也，故其文近於《語林》而别於三書所引《小説》。如"此言爲惡爲善"，《紺珠集》《類説》《海録碎事》並作"此言佳否"，與下"若佳言"相承。故未若以《紺珠集》爲底本爲上。又周氏云此條襲自《語林》，亦可能《雜記》産生於《語林》之前而《語林》襲自《雜記》。

159　阮瞻作《無鬼論》，忽有人謁阮曰："鬼神之道，古今聖賢共傳，君何獨言無？即僕便是。"忽異其形，須臾消滅。後年餘，遇疾而卒。

【綜説】

周《輯》："此條據（周《輯》原無"據"字，據周氏行文例補）《續談助》，原注：'出《列傳》。'余嘉錫謂：'《列傳》當作《别傳》，《瞻别傳》不見他書。此事見《幽明録》，較《續談助》爲詳。'因録魯迅《古小説鈎沉》輯《幽明録》所引全文。並以《晋書·阮瞻傳》及《太平御覽》八八三參校。"按：周原文用《幽明録》，又據《阮瞻傳》《御覽》參校，則是校《幽明録》，非校《小説》也。唐釋湛然《輔行記》亦載有此事，與《小説》近而去《幽明録》遠，則殷芸亦可節録也，或今本《幽明録》乃後人所改，亦未可知。今仍以《續談助》爲底本，周氏之校亦可棄而不用也。又余氏云《列傳》當作《别傳》，則如上將凡標注爲"列傳"者皆改爲"别傳"，恐不妥。

160　宋岱爲青州刺史，^①禁淫祀，著《無鬼論》，人莫能屈，鄰州咸化之。^②後有一書生詣岱，^③岱理稍屈。生乃振衣而起，^④曰：“君絶我輩血食二十餘年，^⑤君有青牛、髯奴，所以未得相因耳。^⑥今奴已叛、牛已死，此日得相制矣。^⑦”言訖，失書生。^⑧明日而岱亡。^⑨

【疏證】

①　宋，《廣記》引《雜語（當作“記”，見下余説）》作“宗”，誤。見下余説。

②　余《輯》：“《類説》無此二字。”按：以上兩句，《廣記》作：“甚精，無能屈者，鄰州咸化之。”

③　余《輯》：“《類説》無‘有’字。”按：此句《廣記》作：“後有一書生葛巾修刺詣岱。”則或本有“有”字。

④　余《輯》：“二句《類説》無。”按：“岱理”以下，《廣記》作：“與之談甚久，岱理未屈。辭或未暢，書生輒爲申之。次及無鬼論，便苦難岱，岱理欲屈。書生乃振衣而起。”

⑤　余《輯》：“《類説》此下有‘以’字。”

⑥　余《輯》：“所以，二字《類説》無。《類説》無‘耳’字。”按：《廣記》無“所以”。

⑦　余《輯》：“日，《類説》誤作‘自’。”按：此，《廣記》作“令”，當係“今”之訛。

⑧　余《輯》：“五字《類説》無。”按：訖，《廣記》作“遂絶”。

⑨　余《輯》：“《類説》作‘明日岱卒’。”

【綜説】

余《輯》：“原注：‘出《雜記》。’《續談助》。《類説》。案：《廣記》三百十七引作《雜語》，蓋《雜記》之誤，似即從《小說》轉引。然其文反較此爲詳，疑晁伯宇、曾慥皆有所删節也。《御覽》五百及五百五十九、八百八十四、八百八十九引《語林》，皆有此事，亦不如《廣記》之詳。又案：《隋書·經籍志》有《周易論》一卷，晉荆州刺史宋岱撰。《唐書·藝文志》有宋處宗《通易論》一卷。《藝文類聚》九十一引《幽明錄》曰：‘晉兗州刺史沛國宋處宗嘗買一長鳴雞，恒籠著窗間，雞遂作人語，與處宗談論。’《金樓子·雜記》篇曰：‘宋岱之雞猶解談說。’據此，知岱字處宗，沛國人。《御覽》五百及八百八十四作‘宗岱’者，非也。姚振宗《隋志考證》一據《晉書·惠帝本紀》太安二年三月李特攻陷益州，荆州刺史宋岱擊特，斬之，《華陽國志·大同志》：荆州刺史宋岱水軍三萬次墊江；太安二年五月宋岱病卒墊江；及《小說》此條，稱岱爲青州刺史，《晉書·孫旗傳》稱襄陽太守宗岱，《隋志》總集類‘明真論’條下稱兗州刺史宗岱，以考其生平始末。今案：《華陽國志》既稱岱以荆州刺史卒於軍，則此條謂岱卒於青州者，已不足信，其果否嘗爲青州刺史，亦不可知也。”周《輯》：“此條據《太平廣記》卷三一七，《續談助》《類說》《太平御覽》均引。《續談助》原注：‘出《雜記》。’《廣記》引作《雜語》。余嘉錫謂：‘蓋《雜記》之誤，似即從《小說》轉引。然其文反較此爲詳，疑晁伯宇、曾慥皆有所删節也。’余氏謂《續談助》《類說》皆有所删節，雖是，但謂《廣記》從《小說》轉引，則所考殊非。蓋此條原出《語林》。《世說·文學》篇記裴啓作《語林》，‘始出，大爲遠近所傳，時流年少，無不傳寫。’後因記謝安語，被安詆爲不實，其書遂廢，然讀者仍歡迎不衰，傳寫者乃冠以《雜語》《雜記》《小史》等名，究其文，無不采自《語林》，故非《廣記》從《小說》轉引，反係《小說》從此類雜題書名中傳襲《語林》之文也。”按：余氏云《廣記》襲自《小說》者，蓋以其時《雜記》或已佚，李昉等人不得見其文，因據《小說》以輯録，仍標爲出《雜記》也。周氏云《雜語》《雜記》《小史》

等即《語林》之異名，無絲毫證據，不可從。其時《語林》雖爲謝安所詆，其書未必即廢，《小說》《世說》並多引此，則其時仍得見也。又周氏既云《廣記》非轉引自《小說》，又以《廣記》所引爲底本，校以《語林》，恐不妥。今仍以《續談助》所引爲底本，以《廣記》引《雜記》校之。

《廣博物志》卷十五引《語林》此條下注云："阮瞻事同，不重錄。"此條與上一條内容相似，或一事歧傳。又《搜神記》卷十六載："施續爲尋陽督，能言論，有門生亦有理意，嘗秉無鬼論。忽有人單衣白袷來，言及鬼，客詞屈。曰：'僕便即鬼，何以言無？使來取君。'門生酸苦求之，鬼問：'有似君者不？'門生云：'施續下都督與僕相似。'鬼許之，俄而督亡。"亦與此相類。

161　孫興公常著戲頭，與逐除人共至桓宣武家，[①]宣武覺其應對不凡，推問乃驗也。

【疏證】

① 周《輯》："逐除人，《荆楚歲時記》作'逐人'。"按：民國景明寶顔堂秘笈本、四庫本《荆楚歲時記》並作"逐除人"，無作"逐人"者，未知周氏所據何本。

【綜説】

余《輯》："《説郛》二十五《荆楚歲時記》引小説。案：《説郛》《歲時記》雖不完，猶是就原本删節，今本乃明人所輯録，此條即從《説郛》輯出。又案：此事不見他書，惟《建康實録》八引《孫綽傳》曰：'京師每歲除日行儺，所謂逐除也。結黨連群，通夜達曉，家至門到，責其送迎。孫興公嘗著戲爲儺，至桓宣武家。宣武覺其應對不凡，推問之，乃興公。'今《晋書·綽傳》無此語，疑是臧榮緒之文，可與此條互證。"周《輯》："此條據《説郛》，校以今本《荆楚歲時記》。……余氏能於唐許嵩《建康實録》引文中獲得資料與此條互證，具見治學之勤，鈎稽探索之功實不可没。惟《晋書》作者自何法盛以下凡十八家，今俱不傳，遽疑爲臧榮緒《晋書》之文，似亦未妥。且唐修《晋書》，多采自臧榮緒《晋書》之文，今本《晋書》中既無此語，則知亦非出自臧榮緒書也。"按：余、周二説皆揣測之語，未知是否。隋杜臺卿《玉燭寶典》（古逸叢書景日本鈔卷子本）卷十二亦載此事，云出《異苑拾遺》。

卷十　宋齊人①

162　昔傅亮北征,②在河中流。或人問之曰:③"潘安仁作《懷舊賦》曰:'前瞻太室,傍眺嵩丘。④'嵩丘、太室一山,何云前瞻傍眺哉?⑤"亮對曰:⑥"有嵩丘山,去太室七十里,此是寫書誤耳。"⑦

【疏證】

① 此卷余《輯》只題作"宋人",周氏因補下條入此卷,因改爲"宋齊人"。余云:"《續談助》所載諸卷次第數之只九卷,至晉江左人止,無宋人。然《書録解題》言其書'首題秦漢魏晉宋諸帝',又云其述事止於宋,則當有宋人審矣。今爲補題之如此。"

② 周《輯》:"昔,《俗説》無。"

③ 周《輯》:"'在河'二句,《俗説》作'在黄河中,垂至洛,遙見嵩高山,於時同從客在坐問傅曰'。"按:或人,《天中記》作"從客"。

④ 傍,《天中記》作"旁",二字通。下"傍"字亦如此。

⑤ 周《輯》:"何云,《俗説》作'何以言傍眺'。"

⑥ 周《輯》:"亮對,《俗説》作'傅'。"

⑦ 周《輯》:"味傅亮語,似潘岳《懷舊賦》'傍眺嵩丘'的

'丘'字原爲'高'字，故云'寫書誤耳'。"按：若爲"高"字，則
與上下韻不屬同一韻部；若爲"丘"字，傅氏"傳寫之誤"又無著落，
未知本當作何字。

【綜説】

　　周《輯》："此條據《文選》潘岳《懷舊賦》注引，校以魯迅《古
小説鈎沉》輯沈約《俗説》。"按：此又見《天中記》卷八，因據以
參校。

　　163　齊宜都王鏗，三歲喪母，及有識，問母所在，左右
告以早亡，便思慕蔬食。自悲不識母，常祈請幽冥，求一夢
見。至六歲夢見一婦人，謂之曰："我是汝之母。"鏗悲泣。
旦説之，容貌衣服，事事如平生也。聞者莫不欷歔。

【綜説】

　　余《輯》此條作爲附録，云："《御覽》四百十一引《小説》。案：
此書叙事終於宋，不得有齊事，此所引當是劉餗《小説》。"唐《輯》
置於正文，云："每卷比次，只得九卷。第九卷爲晋江左人，《文選》
《御覽》所引，下及齊世，則卷十所載，當是宋齊人也。"周《輯》亦
入正文，未説明理由。按：此條不當入正文，《直齋書録解題》明云
"其序事止宋初"，王鏗宋末方生，焉得及之。陳振孫之時，《小説》尤
存，陳氏尚能睹其原貌。則此條不當放入《小説》中，唐、周之注文
亦不録。

附録一：佚文（含誤爲《小説》者）

諸書言引《小説》者衆多，然《小説》本有多部，若無旁證，難以證其出《殷芸小説》也。如《事物紀原》卷九載《小説》云諸葛亮征孟獲之事，宋施宿《（嘉泰）會稽志》卷十八載《小説》王羲之借紙桓温之事，皆不能定其實。又如《九家集注杜詩》引《小説》，既有見於《殷芸小説》者，又有確非出此書者，《天中記》一書亦有此種情況。爲避繁擾，今單輯明言出自殷芸《小説》者，以附於下。共得十一條，其中首二條當爲《小説》文，次一條則疑而不能知，末八條則明爲誤作《小説》者。

1　諸葛亮才智精鋭，内外敏捷，萬人敵也。○郭知達《九家集注杜詩》卷十二引《殷芸小説》。按：此未見它書引。

2　於漢中積石作八陣圖。○《玉海》卷一百四十二、《通鑒地理通釋》卷十一引《殷芸小説》。按：《北堂書鈔》卷九十六引《異苑》："諸葛亮於漢中積石作八陣圖，號令儼然，無鼓鼙甲兵之響，贖珠亮也。"

256

（此條有誤文，今仍承其舊）卷一百一十七引《晋紀》："諸葛亮於漢中積石作八陣圖，今儼然，常有鼓甲之響，天陰彌盛。桓宣武伐蜀，望之以爲常山蛇勢也。"據此，王應麟引《小説》，當是節引。此條當在《吳蜀人》卷。

3　滎當作"滎"。陽有馮池，宛人於馮池鑄劍，故號宛馮。○明錢希言《劍筴》卷一引《殷芸小説》。又見董説《七國考》卷十一引《殷芸小説》。按：此見《史記・蘇秦列傳》索隱："徐廣云：'滎陽有馮池'，謂宛人於馮池鑄劍，故號宛馮。"明時《小説》已佚，恐非是《小説》文。

4　葛玄常師事左慈，有道術，與客對食。食畢，漱口中，飯皆成大蜂，飛行有聲。良久張口，蜂皆復入，却成飯粒。○四庫本《紺珠集》卷二引《商芸小説》。按：此是版本之誤，"商芸小説"本當單列一欄，四庫本誤置於此條下。《類説》卷三、《錦繡萬花谷》後集卷二十七引此皆作《續仙傳》。

5　唐宣宗探丸命相。○《海録碎事》卷十一上引《商芸小説》。按：此唐時事，非殷芸《小説》文。劉餗《小説》叙事止於開元，亦非其文。《太平廣記》卷一百五十七引此事甚詳，云出《盧氏雜記》。

6　文宗謂宰臣曰："金條脱爲臂飾，即今釧也。"○《韻府群玉》卷十八引《商芸爾説》，"爾"即"小"之誤。又見朱鶴齡《李

義山詩集注》卷二下引《商芸小説》，吳兆宜《玉臺新咏箋注》卷一、王
初桐《奩史》卷七十引《殷芸小説》。按：文宗指唐文宗，非《小説》文。
事出《盧氏雜説》，見《能改齋漫録》卷三、《類説》卷四十九引。

  7 蜀侯繼圖見飄一大桐葉，有詩云："拭翠歛雙蛾，爲
鬱心中事。掰管下庭除，書成相思字。"數年繼圖昏，任氏
曰："是妾所書也。"〇《韻府群玉》卷二十引《商芸小説》。又見
《佩文韻府》卷一百〇五之一引《商芸小説》。按：侯繼圖乃唐人，《太平
廣記》卷一百〇六、《錦繡萬花谷》卷十八云出《玉溪編事》。

  8 崔元諒任益州參軍，欲娶婦，忽夢人云："此家女非
君之婦。君婦今日方生。"乃夢中相隨，到東京履信坊，進一
屋下，見婦人生女，曰："是君婦。"崔寤，殊不信。俄所議
之女亡。後官至四品，時年五十有八，乃婚韋涉妹，年始十
九。乃履信坊居。尋勘歲月，正所夢月而生。〇華希閔《廣事類
賦》卷二十三引《商芸小説》。按：《太平廣記》卷一百五十九、《事類備
要》續集卷五十六、《類説》卷十二、《古今類事》卷十六有此文，並云出
《定命》，非《小説》文也。

  9 齊高祖徵范陽，祖鴻勳至并州，作《晋祠記》，好事
者玩其文。〇（雍正）《山西通志》卷二百八十八引《商芸小説》。按：
事又見《北齊書·祖鴻勳傳》。祖鴻勳天保（529—559）初卒，約與殷芸

同時。殷芸《小説》叙事止於宋，故非其文也。

10　殷七七嘗於一官寮處飲酒，取粟散於官妓，皆聞異香。惟笑七七者，粟綴於鼻不可脱，但聞臭氣，須臾狂舞，粉黛狼籍。人爲陳過，粟方墜。○王初桐《奩史》卷八十二引《殷芸小説》。按：殷七七即殷文祥，唐道士。事見唐沈汾《續仙傳》卷下，非《小説》文。

11　燕以日出爲旦，日入爲夕；蝙蝠以日入爲旦，日出爲夕，争之不決，訴於鳳凰。半路一禽謂燕曰：“不須往，鳳凰在假。”訓狐權攝耳。○張玉書《佩文韻府》御定佩文韻府卷一百五之三引《商芸小説》。又見《佩文韻府》卷六十三之十八引《殷芸小説》。按：此見宋朋九萬《東坡烏台詩案·寄周邠諸詩》，原文較此爲詳，開篇云“自來聞人説一小話”，是道聽塗説之意，《韻府群玉》卷十五云出《小説》，後人因誤爲《殷芸小説》。

附録二：余《輯》附録

余《輯》原附録三條，首條周《輯》誤入正文，見上。
今録其所餘兩條。

鄭餘慶處分厨家：爛蒸去毛，莫拗折項。客以爲必是鵝
鴨，乃是爛蒸葫蘆。○《海録碎事》六引《殷芸小説》。案：鄭餘慶
唐人，安得見於殷芸書，《廣記》一百六十五引此作《盧氏雜説》，《海録》
誤耳。

學者當取三多：看讀多，持論多，著述多。三多之中，
持論爲難，爲文須辭相稱，不然同乎按檢，無足取。○《海録
碎事》十八引《小説》。案：此絶不似六朝人語，檢《類説》卷五十三引
楊文公《談苑》，正與此同，但無“爲文須辭相稱”以下數句耳。

附録三：殷芸及其《小説》相關資料

殷芸之資料、評述本不多，但爲免疊牀架屋之嫌，此次附録並不是一概而收。如《南史·殷芸傳》，其内容較少，又全部涵括於《梁書·殷芸傳》中，因不録。又如一些書目之著録，僅列書名、作者、卷數，字數較少，不值單列一條；況且我們於整理説明中亦已提及，因不録。許多書目所述是重複出現，或者轉引它目，也不録。

《梁書·殷芸傳》

殷芸，字灌蔬，陳郡長平人。性倜儻，不拘細行，然不妄交游，門無雜客，勵精勤學，博洽群書。幼而廬江何憲見之，深相嘆賞。永明中，爲宜都王行參軍。天監初，爲西中郎主簿、後軍臨川王記室。七年，遷通直散騎侍郎，兼中書通事舍人。十年，除通直散騎侍郎，兼尚書左丞，又兼中書舍人，遷國子博士、昭明太子侍讀。西中郎豫章王長史，領丹陽尹丞，累遷通直散騎常侍、秘書監、司徒左長史。普通六年，直東宮學士省。大通三年卒，時年五十九。

劉知幾《史通·雜説》

劉敬叔《異苑》稱："晋武庫失火，漢高祖斬蛇劍穿屋而飛。"其言不經，致梁武帝令殷芸編諸《小説》，及蕭方等撰三十國史，乃刊爲正言。

《續談助》録《殷芸小説》晁載之跋

右鈔《殷芸小説》，其書載自秦漢迄東晋江左人物，雖與諸史時有異同，然皆細事，史官所宜略。又多取劉義慶《世説》《語林》《志怪》等已詳事，故鈔之特略，然其目小説則宜爾也。至于目若巖電事，或云："裴令公姿容爽俊，疾困，武帝使王夷甫往看之。裴先向壁臥，聞王來，强回視之。夷甫出語人曰：'雙眸爛爛如巖下電，精神挺動，故有小惡耳。'"出《世説》。或云："裴令公目王安豐：'眼爛爛如巖下電。'"出《語林》。俱收並録，並無考訂，則其書亦可……（按：此書至此止，下尚有闕文。）

陳振孫《直齋書録解題》

《殷芸小説》十卷，宋殷芸撰。《邯鄲書目》云："或題劉餗，非也。"今此書首題"秦漢魏晋宋諸帝"注云："齊殷芸撰。"非劉餗明矣，故其序事止宋初，蓋於諸史傳記中鈔集。或稱商芸者，宣祖廟未祧時避諱也。

姚振宗《隋書經籍志考證》

晁、陳二家於是書及撰人本末皆未詳考，但從流俗，不根之説，或稱宋，或稱齊，而不以爲非。案：殷芸生於宋季，仕齊入梁，且三十年，乃卒，謂之齊人可乎。（按：姚氏首引晁載之跋，次引陳振孫《解題》，此段乃注文，今雖以此開篇，仍列爲小字。）

案：是書爲小説家之最著聞者，今惟見晁氏《續談助》抄節本，凡七十餘條，各注所出，并注明分卷門目，原書體制秩然可見。今并録於後以存大略，原書分卷篇目：第一卷曰秦漢晋宋諸帝，與陳録所記同，第二卷周六國前漢人物，第三、四卷後漢人物，第五、六卷魏人物，第七卷吳蜀人物，第八、九、十卷並晋中朝江左人物。本志注云"梁目三十卷"，其分卷當亦如此。此十卷蓋合并，非關缺失。

原書引用書名：《晋敕》，《宋武手敕》，《簡文談疏》，

263

《小史》，《鬼谷先生書》，《張良書》，《鄭劭對潁川太守問》，《東方朔傳》，《馬融別傳》，《鄭玄別傳》，《李膺家傳》，《李膺家錄》，《徐稺別傳》，《許劭別傳》，《禰衡別傳》，《魏武楊彪傳》，《司馬徽別傳》，《羊琇別傳》，《裴頠別傳》，《阮瞻別傳》，顧元仙《瀨鄉記》，山謙之《吳興記》，盛弘之《荊州記》，庾穆之《湘中記》，《襄陽記》，不著名。志咸《澂心記》，吳孫晧時僧。《俞益期牋》，豫章人，與東晉韓康伯同時。郭子《雜記》，《雜語》，《語林》，《世説》，《異苑》，《幽明録》，《志怪》，《笑林》，《俳諧文》。詳見集部總集類末。

余嘉錫《殷芸小説輯證》序

《隋書·經籍志》云："《小説》十卷，梁武帝敕安右長史殷芸撰。"案：殷芸字灌蔬，陳郡長平人，《梁書》《南史》並有傳，《南史》附《殷鈞傳》後。但皆不載其著述。《史通·雜説》篇云："劉敬叔《異苑》稱：'晉武庫失火，漢高祖斬蛇劍穿屋而飛，其言不經，故梁武帝令殷芸編爲《小説》。"姚振宗曰："案：此殆是梁武作通史時，凡此不經之説爲通史所不取者，皆令殷芸別集爲《小説》，是《小説》因通史而作，猶通史之外乘。"見《隋書經籍志考證》卷三十二。其説是矣。《北户録》注卷三。引介子推事，題爲《梁武小説》，正因其奉敕所撰，猶之唐修《晋書》，號稱太宗撰云爾。其書自隋唐以下，兩《唐志》、《宋志》《崇文總目》、尤、晁、陳三家書目皆著於錄，至陶宗儀撰《説郛》，引用尚夥，實自原書錄出，知元末猶存。明文淵閣儲藏至富，而目中竟無此書，疑其亡於明初也。

考芸所纂集，皆取之故書雅記，每條必注書名，《續談助》及《説郛》所引尚存其原式，他書則徑删去。體例謹嚴，與六朝人他書隨手抄撮不著出處者不同。援據之博，蓋不在劉孝標《世説》注以下，實六朝人所著《小説》中之較繁富者。然唐宋人著述不甚引用，《書鈔》《類説》《初學記》《六帖》等竟不登一字。《文選注》《太平御覽》號爲典籍淵藪，亦僅引一、二條而已。《選注》一條，《御覽》二條。固由當時古書尚存，無須藉手於此，亦正因其條舉書名，後人得從之販稗，不必更著所出故也。幸《太平廣記》凡引三十四條。《續談助》引七十三條。《紺珠集》引二十二條。《類説》引四十四條。《説郛》引二十三條。等書各引數十條，尚可輯錄成書。長女淑宜專攻文學，因命其以此五書爲本，輯爲一編。並遍搜群籍，補其闕遺。所采書凡二十六種，共得百五十四事。除附錄三事不數。余復略加考證，並依原書次第著爲十卷，書成，可繕寫矣，乃聞魯迅先生所輯《古小説鈎沉》已於滬上出書，求之此間書肆及圖書館不得，久之，始展轉假得其書，兩相比較，此編多得二十餘事。然

《鈎沉》采書十二種，其中《優古堂詩話》《鐵圍山叢談》《困學紀聞》三種皆向未檢及者。雖其事多據他書補入，但《紀聞》中一事則失録。即蔡司徒在洛陽見陸機事。既據以補録，謹著其事於此，不敢掠人之美。至於考論辯證，則愚父子嘗盡心焉，後之覽者亦或有取乎此也。一九四二年序於北京。

唐蘭《輯殷芸小説》跋

《殷芸小説》久佚，宋晁載之《續談助》鈔七十四條，元陶宗儀《説郛》鈔二十四條，魯迅先生《古小説鈎沉》輯本，凡一百三十四條。然周輯似未經詳覆，如蟲友爲吳人而入於晉，又如"馬融吹笛爲氣出，精列相和"，見於《長笛賦序》而信《續談助》所言"笛聲一發，感得蜻蜓出吟，有如相和"之野言。又常引《海録碎事》，不知其實不足信。如鄭餘慶蒸葫蘆事，見《太平廣記》引《盧氏雜説》；餘慶爲唐宰相甚有名，而《碎事》引此，標爲《商芸小説》，其虛誣可知。又如"學者當取三多，看讀多、持論多、著述多"云云，一望即可知其非唐以前人語，尋檢所出，則王應麟《小學》《紺珠》云是楊文莊公。凡此豈可依據。今刊其重復，删正謬誤，定著爲一百五十一條。

按：殷芸，字灌蔬，《梁書》有傳。《隋書‧經籍志》

云："《小說》十卷，梁武帝敕安右長史殷芸撰。梁目三十卷。"別有《小說》五卷，無撰人名。而《新》《舊唐書》則並有劉義慶《小說》十卷，考劉唯著《世說》及《幽明録》，不聞有《小說》，疑即因《世說》而誤。宋初有《殷芸小說》十卷，《崇文總目》及《遂初堂書目》並著録，《直齊書録解題》引《邯鄲書目》云："或題劉餗，非也。"晁公武《郡齊讀書志》初録劉餗《小說》十卷云："右唐劉餗撰，纂周漢至江左雜事。"而後志則改題《殷芸小說》十卷云："右宋，"宋"字亦誤。當云"梁"。殷芸撰。述秦漢以來雜事。予家本題曰劉餗，李淑以爲非。"據此則殷氏書在宋時有題爲劉餗者。豈即緣誤爲劉義慶，又傳之於劉餗耶？考《太平廣記》所引別有劉氏《小說》四條，亦是吳晉人雜事，似即一書，緣《廣記》成書不出一手，故或題殷芸，或題劉氏耳。然《宋史·藝文志》復有劉餗《小說》三卷，疑未能明也。

……一九五零年冬唐蘭。

……（按：此處及上處唐《跋》尚有大段文字論小說者，與《殷芸小說》無涉，今刪去）《兩唐志》所録劉義慶《小說》十卷者，《世說》之誤也。《太平廣記》所引劉氏《小說》者，實即殷芸《小說》，由劉義慶《小說》而誤題者也。宋人所見題劉餗《小說》十卷者，亦實是殷芸《小說》，更由劉氏而題改爲劉餗也。若司馬光等所見，與《宋史·藝文志》之劉餗

《小説》三卷，則又是今所傳之《隋唐嘉話》，與殷芸《小
説》之述周秦至江左事者無涉矣。故今定劉氏《小説》四
條，確即殷芸《小説》，非劉餗小説。古書舛錯，類此者衆，
安得好事者，爲之一一爬梳，使讀者無復惑惑耶？十一月終，
唐蘭再記。